Uwe Buß

Das Amulett von Gan

SCM Kläxbox

SCM

Stiftung Christliche Medien

FSC www.fsc.org MIX Papier aus verantwortungsvollen Quellen FSC® C006701

Bodenborn 43 · 58452 Witten
Internet: www.scm-kläxbox.de; E-Mail: info@scm-klaexbox.de

Die Bibelverse sind folgender Ausgabe entnommen:
Elberfelder Bibel 2006, © 2006 by SCM R.Brockhaus
im SCM-Verlag GmbH & Co. KG · 58452 Witten.

Umschlaggestaltung: Marc Robitzky, ZKY-Design
www.zky-design.de
Satz: Breklumer Print-Service, Breklum
Druck und Bindung: CPI – Ebner & Spiegel, Ulm
Gedruckt in Deutschland
ISBN 978-3-417-28508-6
Bestell-Nr. 228.508

Für Lisanne, Anike und Jeppe

Und ein Strom geht von Eden aus,
den Garten zu bewässern;
und von dort aus teilt er sich
und wird zu vier Armen.

Die Bibel, 1. Mose 2,10

INHALT

Kapitel 1
Das geheimnisvolle Amulett 7

Kapitel 2
Die Träger der Amulette 23

Kapitel 3
Die List der Bergmännchen 48

Kapitel 4
Die Welt der Bergmännchen 71

Kapitel 5
Schloss Birah 103

Kapitel 6
Überfall am Morgen 123

Kapitel 7
Der Zauberwald 144

Kapitel 8
Gefangene der Nacht 159

Kapitel 9
Harah, der Zerstörer 171

Kapitel 10
Die Hüterin der Lebensströme 189

Kapitel 11
Die Rückkehr 202

Kapitel 1

Das geheimnisvolle Amulett

Die Angst schnürte ihm die Kehle zu. Ganz alleine stand er in diesem dunklen Wald. Riesige Bäume umgaben ihn, nur der Mond schimmerte silbrig zwischen den Zweigen. Wohin sollte er jetzt gehen? Er konnte sich beim besten Willen nicht daran erinnern, wie er hierhergekommen war. Da, schon wieder: dieses krächzende Geräusch. Nichts wie weg hier, dachte er. Aber was war das? Seine Füße wollten sich einfach nicht bewegen. Keinen müden Zentimeter. Verzweifelt versuchte er davonzukommen. Über ihm bewegte sich etwas. Er schaute nach oben und da sah er es: Mit weit ausgebreiteten, ledrigen Flügeln stürzte es mit rot glühenden Augen auf ihn herab …

Finn schreckte auf. Schweiß stand auf seiner Stirn, sein Atem stockte. Es war nur ein Traum. Wie ätzend! Jetzt sogar schon tagsüber. Noch nie hatte er so fest bei einer Autofahrt geschlafen, dass er einen dieser grässlichen Albträume hatte. Seit einigen Wochen verfolgte ihn nun dieser Traum, immer dieselbe Szene: Allein in diesem seltsamen Wald und dann dieses schwarze, fliegende Etwas. Schrecklich! Finn atmete tief durch und setzte sich wieder aufrecht hin. Seine Eltern, die vor ihm saßen, schienen nichts bemerkt zu haben. Sie waren in ein Gespräch über einen Kinofilm versunken, den sie sich am Abend vorher miteinander angeschaut hatten.

Langsam beruhigte sich sein Pulsschlag wieder und Finn schaute versonnen auf die Straße. Endlich: Das lang ersehnte Schild! Ungeduldig rutschte er auf dem Rücksitz in die Mitte und schob seinen Kopf zwischen die Schultern seiner Eltern: »Nur noch 20 Kilometer bis Husum!«

»Mmh«, brummte sein Vater nur und schaute ernst auf die Straße. Wie immer, wenn sie zu Finns Großeltern an die Nordsee fuhren, hatte sein Vater schlechte Laune. Seine Mutter legte beschwichtigend ihre Hand auf seinen Arm.

Finn sagte lieber nichts. Er freute sich riesig auf die Zeit bei den Großeltern. Er verstand nicht, warum sein Vater immer so ungern zu ihnen fuhr. Aus irgendeinem Grund mussten sich sein Vater und der Großvater schon vor vielen Jahren zerstritten haben. Wie es dazu gekommen war, hatte Finn nie erfahren. Einmal hatte er seinen Vater direkt darauf angesprochen, eine wirkliche Antwort aber nicht bekommen. »Weißt du, Finn«, hatte sein Vater gemeint, »das ist eine ganz alte Geschichte. Ehrlich gesagt möchte ich darüber nicht sprechen.« Damit war das Gespräch beendet. Finn traute sich nicht mehr, das Thema anzuschneiden. Auf keinen Fall wollte er den Ärger seines Vaters über den Großvater steigern, schließlich hatte er in seiner Wut schon öfter damit gedroht, nicht mehr dorthin zu fahren, also schwieg Finn lieber.

Seine Mutter ließ sich von der schlechten Stimmung ihres Mannes nicht beirren: »Ach Bernd, freu dich doch einfach auf die schöne Natur, das Meer und den blauen Himmel, auf die Wanderungen, die wir dort machen können!«

Ein etwas freundlicheres Grunzgeräusch war die Antwort. Es wurde still im Auto. Alle hingen ihren Gedanken nach.

Zweimal im Jahr machte sich Familie Petersen auf den Weg Richtung Norden – und es war jedes Mal eine richtig coole Zeit. Zumindest für Finn und seine Mutter Sabine. Finn Petersen war ein zwölfjähriger Junge mit blonden lockigen Haaren, grünen Augen und schmaler Figur. Er freute sich riesig auf seine Großeltern. Vor allem sein Großvater dachte sich immer tolle Aktionen aus. Sie unternahmen Wanderungen im Watt oder gingen miteinander segeln. Langweilig wurde es jedenfalls nie mit ihm. Manchmal erzählte der Großvater auch eine seiner spannenden Seefahrergeschichten. Mittlerweile war es Finn zwar etwas peinlich, diesen Kindergeschichten so begeistert zu lauschen, aber sie waren einfach zu gut. Richtig spannend und voller Abenteuer und Gefahren! Viel interessanter als der ganze Kram, mit dem er sich in der Schule herumschlagen musste. Richtig dröge fand er es dort, zumal er in seiner Klasse keinen einzigen wirklichen Freund hatte. Ständig machten alle Witze über seinen norddeutschen Akzent und ärgerten ihn, weil er noch recht klein für sein Alter war. Finns Mutter versuchte stets, ihn zu beruhigen. Die anderen wären neidisch wegen seiner guten Noten und ärgerten ihn deshalb. Aber das half ihm auch nicht weiter. Er wünschte sich richtig gute Freunde – solche, mit denen man Pferde stehlen konnte, wie sein Großvater immer sagte.

Die Landschaft wurde immer vertrauter. Von Weitem sah Finn schon die gelbe Fahne mit dem blauen Wellenkreuz, die sein Großvater an einem langen, etwas windschiefen Mast gehisst hatte, der neben dem Tor in die Erde gerammt war. Sein Vater grunzte erneut. Diesmal etwas schärfer. Er fand diese Fahne immer furchtbar grässlich. »Dass er diesen albernen Kram einfach nicht lassen kann«, schimpfte er, und sein Oberlippenbart zuckte dabei verdächtig.

Finn dagegen, der diese Schrulligkeit seines Großvaters liebte, wusste, was die Fahne bedeutete: Sie wurden erwartet! Die Torflügel standen weit auf, und bald schon fuhr das Auto durch die Einfahrt eines stattlichen Bauernhofes. Neben dem alten Wohnhaus, in dem seine Großeltern lebten, stand eine Scheune mit Stallungen, die aber größtenteils nur noch als Lagerräume genutzt wurden. Tiere gab es nur noch wenige, denn schon vor vielen Jahren hatten seine Großeltern alle Kühe und Schafe abgeschafft. Es hatte sich einfach nicht mehr gelohnt. Finn fand das sehr schade, aber immerhin liefen noch ein paar Hühner und zwei Katzen über den Hof. Hinter einem Zaun meckerten Ziegen, und einen Hund gab es natürlich auch.

Ein halbes Jahr hatte Finn auf diesen Moment gewartet. Er sprang aus dem Auto und rief: »Opa, Oma!«

Als Allererstes kam Kalli, der kleine Mischling, angerannt, sprang gleich freudig an ihm hoch. »Halt, nicht so wild«, lachte Finn und streichelte der Promenadenmischung über den Rücken. Da ging auch schon die Tür des Wohnhauses auf und seine Großmutter, eine kleine rundliche Frau mit grauem Haarschopf und strahlenden blauen Augen, lief ihm entgegen:

»Da ist er ja endlich. Mein lieber Junge. Wie schön!« Sie umarmte Finn ganz fest und küsste ihn auf die Wange. Dann wandte sie sich seinen Eltern zu und drückte seine Mutter an sich, die die Umarmung herzlich erwiderte. Sein Vater ließ sich zwar auch gerne von der Großmutter umarmen, wirkte dabei aber etwas steif. Offensichtlich hatte er immer noch schlechte Laune.

»Wie immer!«, dachte sich Finn. Seine Großmutter verzog etwas betrübt das Gesicht und dachte sich wohl das Gleiche.

»Wo ist denn Opa?«, fragte Finn.

»Oh, der ist auf der Wiese hinter der Scheune. Er wollte noch das Heu wenden, damit es bis morgen auch wirklich trocken wird. Du kannst gerne zu ihm gehen und ihm sagen, dass es gleich Essen gibt.«

Das ließ sich Finn nicht zweimal sagen. Sofort rannte er los und schon war er um die Ecke. Jeden Winkel des Bauernhofes hatte er bereits erkundet. Trotzdem gab es immer Neues zu entdecken. Der vertraute Geruch von frisch gemähtem Gras stieg ihm in die Nase. Ach, wie schön wäre es, wenn er immer hier leben könnte! Aber das war nicht möglich, da sein Vater als Chemiker in Frankfurt arbeitete. Das war einfach zu weit weg.

Da sah er schon seinen Großvater auf einem kleinen Traktor sitzen. »Opa!«, rief er, so laut er konnte. Sofort hielt dieser den Traktor an, winkte Finn zu sich und bedeutete ihm, er solle sich doch gleich hinters Steuer setzen. Nichts lieber als das, dachte sich Finn. Schon im vergangenen Sommer hatte der Großvater ihm gezeigt, wie er den alten Traktor zu bedienen hatte. Er kletterte hoch und setzte sich auf den Sitz, während sein Großvater mit der Sitzfläche links daneben vorliebnahm. Finn legte den ersten Gang ein und ließ langsam die Kupplung kommen. Der Traktor setzte sich in Bewegung.

»Super, du kannst es noch!«, rief der Großvater fröhlich und strahlte ihn mit seinen auffallend grünen Augen an, die genauso wie Finns aussahen. Auf dem Kopf trug er eine blaue Seemannsmütze, die seine Glatze vor der Sommersonne schützte. Besonders stolz aber war der Großvater auf seinen langen grauen Rauschebart. Er meinte, dass er die fehlenden Haare auf seinem Kopf ja irgendwie ausgleichen müsse. Im Winter fragten ihn kleine Kinder öfter, ob er der Weihnachtsmann sei. Dann verneinte er lachend und erzählte ihnen eine der kleinen Geschichten, die Finns Vater so sehr verabscheute: Auf einer Reise nach Übersee hätte er einmal Zwerge kennengelernt. Sie hätten ihm erklärt, dass ein langer Rauschebart der ganze Stolz eines Mannes sei und er ohne Bart in ihren Augen fast nackt sei. Da er in den Augen anderer nicht nackt dastehen wollte, habe er sich halt einen Bart wachsen lassen.

Bald war die letzte Reihe Heu gewendet, und Finn und sein Großvater fuhren zurück zum Bauernhof und gingen in die Küche, wo Großmutter und seine Eltern schon am Tisch saßen. Die beiden Männer gaben sich die Hand, nickten einander kurz zu und sagten »Moin, moin«. Das war die ganze Begrüßung.

Die Großmutter sprach ein kurzes Tischgebet, und dann gab es das leckerste Essen, dass Finn seit Langem gegessen hatte. Es war sein Leibgericht: Birnen, Bohnen und Speck. Das gab es nur in Norddeutschland bei Großmutter. Oh wie lecker, dachte er, und roch genüsslich an dem Eintopf, den sie ihm reichte. Gierig machte er sich über seinen Teller her. Seine Mutter schaute ihn zwischendurch streng an. Es war dieser typische Mama-Blick, der Bände sprach. Finn wusste genau, was seine Mutter ihm damit sagen wollte. Er hörte sie deutlich in seinem Kopf: »Schling nicht so! Was soll denn Oma denken? Immerhin bist du jetzt schon zwölf Jahre alt. Wozu bringe ich dir denn Tischmanieren bei, wenn du sie hier alle vergisst?«

Finn versuchte sich etwas zurückzuhalten, aber es schmeckte einfach zu gut.

Gleich nach dem Abendessen nahm sich Finn seinen Koffer und verzog sich in sein Zimmer. Es brauchte ihm niemand zu sagen, wo er schlafen würde – er war immer im gleichen Raum untergebracht. Es war eine kleine Mansarde unter dem Dach. Innendrin war es wie in einem Zelt: Zwei große schräge Deckenwände und zwei kleine Seitenwände, eine mit der Tür und die gegenüberliegende mit einem kleinen Fenster. Von dort aus konnte er in Großmutters Gemüsegarten schauen.

Das Zimmer war klein. Es passten eigentlich nur ein Bett, ein Schreibtisch, ein Nachttisch und eine Kommode hinein. Zu Hause war sein Zimmer viel größer, aber für Finn war die kleine Dachmansarde das Paradies auf Erden. Mehr brauchte er nicht. Hier fühlte er sich so richtig wohl, selbst wenn sein Vater mit saurer Miene herumlief. Das war ihm egal. Hauptsache, er durfte hier sein. Weit weg von der Schule und den Jungs, die ihn immer ärgerten.

Am nächsten Morgen sprang er eilig aus dem Bett, denn er wollte den Tag ganz auskosten. Als er herunter in die Küche kam, war nur seine Großmutter da. »Wo sind denn die andern?«, fragte Finn.

»Guten Morgen erst mal, mein Junge«, sagte die Großmutter. »Deine Eltern sind heute in aller Frühe losgegangen. Sie wollen das schöne Wetter ausnutzen, um eine ausgiebige Wanderung zu machen. Sie meinten, dein Interesse an einer Wanderung wäre heute vermutlich nicht so groß.«

»Allerdings«, beteuerte Finn grinsend. Es gab wohl nichts Uncooleres als eine Wanderung mit den Eltern. »Aber wo ist Opa?«

»Ach, der ist eben mal nach Husum gefahren, ein paar Besorgungen machen. Bis zum Mittagessen wird er zurück sein. Aber jetzt frühstücke doch erst mal.«

Auf dem Tisch stand schon sein Frühstück bereit, über das er sich gleich hermachte. Was sollte er jetzt ohne den Großvater anstellen? Er beschloss, sich zunächst einmal ein wenig auf dem Hof umzuschauen, und ging hinaus. Aber irgendwie war das ohne den Großvater langweilig. Jede Ecke war ihm vertraut. Da fiel ihm eine offen stehende Tür im ehemaligen Kuhstall auf. Er konnte sich nicht erinnern, wozu dieser Raum jetzt genutzt wurde. Schnell lief er zu der Tür und ging hinein.

Der Raum war vollgestopft mit Gerümpel: alte Tische und Schränke. Stühle, denen ein Bein fehlte, altmodische Lampen, eingestaubte Bilder und vieles mehr. »Wie auf einem Flohmarkt«, rief Finn begeistert. »Stark!« Das musste er sich genauer anschauen. Wer konnte ahnen, was es da an interessanten Dingen zu entdecken gab!

Neugierig öffnete er alle Schränke und schaute unter jedes der Laken, mit denen die Möbel provisorisch abgedeckt waren. Er stieß auf alte Bücher mit schnörkeliger Schrift, die er nicht entziffern konnte, allerlei Zettel und auch alte Fotos. Ein Bild stach ihm besonders ins Auge. War das nicht sein Vater als Kind? Er saß auf der Schulter von Großvater. Beide lachten. Da haben sie sich wohl noch besser verstanden, dachte Finn.

Als Nächstes fiel sein Blick auf eine alte Kommode. Irgendwie kam sie ihm bekannt vor. Stand sie nicht früher auf dem Dachboden der Großeltern? Finn zog eine Schublade nach der anderen auf. Alle waren leer. Doch als er die unterste Schublade öffnen wollte, klemmte sie. Komisch, was war denn das? Wieso ging sie nicht auf? Irgendwas musste sich verhakt haben. Nun war Finns Neugierde endgültig geweckt. Er wollte unbedingt herausfinden, was sich in dieser Schublade befand. Er zog die mittlere heraus. Vielleicht konnte er ja von oben in die untere Schublade hineinfassen. Aber zwischen den Schubladen befand sich eine fest montierte Bodenplatte. Er schaute hinter die Kommode und sah, dass die Rückwand locker war. Die meisten der zahlreichen kleinen Nägel hatten sich schon gelöst. Kurz überlegte er, ob seine Großeltern wohl Einwände hätten, wenn er die Rückwand einfach abriss, aber bevor er den Gedanken richtig zugelassen hatte, zog er schon an der Holzplatte. Es war nur ein kräftiger Ruck nötig, da fiel sie schon von alleine ab. Jetzt konnte er in die Schublade hineinschauen. Sie war leer, genau wie die anderen auch. Aber irgendetwas musste das Öffnen der Schublade doch verhindert haben! Was konnte es bloß sein?

Er kniete sich hin und versuchte, in der Dunkelheit etwas zu erkennen. Zwischen der Schublade und der darüberliegenden Platte klemmte etwas. War das ein Stein? Er konnte es nicht genau erkennen. Finn schaute sich suchend im Raum nach etwas um, das er als Werkzeug nutzen konnte. In einer Ecke sah er einen schmalen Stock. Schnell holte er ihn, schob ihn von hinten in die Kommode und drückte mit ihm seitlich an dem Gegenstand, bis dieser mit einem polternden Geräusch in die Schublade fiel. Er hüpfte auf die andere Seite der Kommode, öffnete die Schublade und nahm den Gegenstand in die Hand.

Im ersten Moment sah es wie ein Stück Schiefer aus, aber dafür war es zu dick und die Oberfläche zu glatt. Der Stein hatte drei Ecken. Zwei Seiten waren ganz gerade und die dritte abgerundet, etwa so wie bei einem großen Kuchenstück. An der runden Seite standen drei Worte. Er konnte die alte, in den Stein gemeißelte Schrift nur mühsam entziffern: *Leben und Kraft*. Was das wohl bedeuten mochte? Über dem Wörtchen *und* befand sich ein kleines Loch, durch das eine Schnur aus dunkelbraunem Leder gezogen war. Auf dem schmalen Ende des Steines konnte Finn geschwungene Linien erkennen. Ansonsten war der Stein ganz unscheinbar. Trotzdem war Finn von ihm fasziniert. Es war etwas Besonderes an ihm. Immerzu musste er zu ihm hinschauen, seine Blicke wurden geradezu von ihm angezogen. Versonnen strich er mit seinen Fingerkuppen über die rätselhaften Worte: *Leben und Kraft*.

Plötzlich hörte er hinter sich ein Geräusch. Er zuckte zusammen, drehte sich blitzschnell um und versteckte vor Schreck den Stein hinter seinem Rücken. Sein Großvater stand mit ernstem Gesicht und verschränkten Armen vor ihm. »Was machst du denn hier für eine Unordnung, Junge?«

»Ähm, ich wollte mich nur umschauen«, stotterte Finn, »Ich liebe einfach altes Gerümpel.«

»Das ist aber nicht nur altes Gerümpel. Manches davon wollen wir noch verkaufen oder verschenken. Auf jeden Fall soll es nicht einfach kaputt gemacht werden«, sagte der Großvater vorwurfsvoll mit Blick auf die am Boden liegende Rückwand der Kommode.

»Äh, ja, Opa. Tut mir leid. Ich bringe alles wieder in Ordnung«, sagte Finn und schaute betreten nach unten. Es war ihm peinlich, den Großvater verärgert zu haben.

»Na, dann ist es ja gut«, sagte der Großvater schon etwas versöhnlicher. »Hast du denn wenigstens etwas Interessantes gefunden?«

»Ja, habe ich. Schau hier, dieses Bild von dir und Papa«, sagte Finn zögernd und deutete auf das Foto. »Da lacht ihr beide so schön.«

»Das war auch eine sehr schöne Zeit. Da haben wir viel miteinander gelacht. Die Stimmung zwischen deinem Vater und mir war nicht immer so mies. Aber dann …«

Großvater hielt inne. Finn merkte, dass er genauso ungern über diese Thema sprach wie sein Vater. Da wechselte der Großvater abrupt das Thema: »Und hast du sonst noch was Schönes gefunden?« Es war, als könne er direkt hinter Finns Rücken schauen, wo er immer noch den Stein mit der Schnur verborgen hielt. Leugnen war zwecklos.

Zögernd holte Finn den Stein mit der Schnur nach vorne. »Das hier!«

Der Großvater erstarrte. Reglos schaute er auf den Gegenstand in Finns Hand. Eine unheimliche Stille erfüllte den Raum. Selbst das Kreischen der Möwen, die über dem Gebäude ihre Kreise zogen, verebbte. Mühsam hauchte er: »*Das Amulett*! Wo hast du es gefunden? Sag es mir!«

Finn erschrak. So hatte er Großvater noch nie erlebt. Stockend begann er zu erzählen: »Es war hier in dieser Kommode. Es hatte sich zwischen zwei Schubladen verhakt. Deshalb hatte ich die ohnehin schon lose Rückwand ab… montiert.« *Abgerissen* traute Finn sich nicht zu sagen, aber die Rückwand interessierte den Großvater jetzt gar nicht mehr.

»Das Amulett«, sagte der Großvater leise und ernst, »ist wohl der kostbarste und wichtigste Gegenstand, den unsere Familie je besessen hat. Seit vielen Generationen befindet es sich schon in unserer Familie. Eines Tages aber war es verschwunden. Seit über zwanzig Jahren habe ich es nicht mehr gesehen. Es war nirgends aufzufinden. Bis jetzt.«

»Dann gehört es also dir?«, fragte Finn und wollte es gleich seinem Großvater in die Hand geben. Der aber wich zurück und machte mit der Hand eine abwehrende Bewegung. »Nein, Finn. Das Amulett gehört jetzt dir, denn es hat *dich* gefunden. Du bist jetzt der Träger des Amuletts.«

»Häh?« Finn schaute verwirrt seinen Großvater an. Jetzt verstand er gar nichts mehr. »Wie kann denn ein Amulett *mich* finden? Es war doch in der Kommode festgeklemmt.«

»Das Amulett sucht sich seinen Träger selbst aus. Wenn wir es einem Menschen geben wollen, der gar nicht dazu berufen ist, sein Träger zu sein, kann das ungut enden.«

Der Großvater sprach diese Worte ganz in sich gekehrt. Er schien mit den Tränen zu kämpfen. »Nimm es«, sagte er. »Es ist deins.« Mit diesen Worten drehte er sich um und verließ eilig den ehemaligen Stall. Finn stand ratlos da und schaute auf den steinernen Gegenstand, der warm in seiner Hand lag.

Den ganzen Tag über versuchte er, sich selbst zu beschäftigen, schaute nach den Tieren, die er in Frankfurt so sehr vermisste, oder lief zum Deich, um die herannahende Flut zu betrachten. Aber seine Gedanken waren immerzu bei dem Gespräch im Stall und dem steinernen Amulett. Was sollte das Gerede, er sei jetzt der Träger des Amulettes? Am liebsten hätte er den Großvater gefragt, aber der war seit ihrer Begegnung im Stall wie vom Erdboden verschluckt. Nur zum Mittagessen war er kurz aufgetaucht und dann sofort wieder verschwunden. Das war so gar nicht seine Art. Großmutter und den Eltern, die mittlerweile zurückgekehrt waren, zeigte er seinen Fund lieber nicht. Wer weiß, was für seltsame Reaktionen es noch geben würde. Sobald er in die Nähe des Hauses kam, verbarg er den Stein tief in seiner Hosentasche. Abends aß er nur einen kleinen Happen und verzog sich eilig in seine Dachmansarde. Er wollte jetzt am liebsten alleine sein.

Seinen Eltern kam das sehr merkwürdig vor, nutzte Finn doch sonst jede freie Minute, um sie mit den Großeltern zu verbringen. Also ging sein Vater die Treppe hinauf, um bei ihm nach dem Rechten zu sehen.

Finn saß auf dem Bett und tat so, als lese er interessiert in einem Buch. Sein Vater setzte sich zu ihm. »Ist bei dir alles okay?«

»Ja, alles okay!«

»Wirklich?«

»Aber ja doch«, sagte Finn etwas genervt. Immer diese Erwachsenen, die alles ganz genau wissen wollen.

Da fiel der Blick seines Vaters auf den Nachttisch neben dem Bett. Ach du Schreck, dachte Finn. Da liegt ja noch das Amulett! Schnell wollte er danach greifen, um es an sich zu nehmen, aber da hielt es sein Vater schon in den Händen. Er betrachtete es genauso erschrocken wie zuvor der Großvater und sagte dann mit strenger Stimme: »Wo hast du das her, Finn?«

»Ich … ich habe es in einer alten Kommode im Stall gefunden. Es war dort zwischen zwei Schubladen eingeklemmt«, stammelte er.

Sein Vater war auf einmal ganz aufgeregt. Sein Schnurrbart begann wieder verdächtig zu zucken. Erschüttert schaute er zwischen Finn und dem Amulett hin und her. Nach einer Weile stand er abrupt auf. Finn dachte im ersten Moment, er würde ihm das Amulett wegnehmen. »Bitte, lass es hier, Papa!«, bat er besorgt und streckte seine Hand nach dem Amulett aus.

»Ja, ja, ich lass es dir hier, schon gut. Ich habe nur eine Bitte: Glaub nicht so viel von dem Zeug, was Opa über dieses Amulett erzählt. Bitte!« Er legte kurz seine Hand auf Finns Schulter, gab ihm das Amulett zurück und verließ den Raum.

Nach dieser Unterhaltung war natürlich an Schlaf nicht zu denken. So lag Finn noch lange wach im Bett und grübelte über die seltsamen Ereignisse dieses ersten Ferientags. Das war doch nicht normal, wie Großvater und sein Vater sich benahmen. Irgendwie musste er herausfinden, was dahintersteckte.

Einige Zeit später hörte er, wie Oma und seine Mutter zu Bett gingen. Die beiden Männer blieben zu zweit im Wohnzimmer sitzen. *Das* war, so lange Finn zurückdenken konnte, noch nie passiert. Normalerweise hatten die beiden sich nicht viel zu sagen und waren nur ungern allein miteinander in einem Raum. Was hatte sie wohl dazu bewogen, noch aufzubleiben? Finn wusste zwar, dass es nicht okay war, andere Leute zu belauschen, aber er musste unbedingt herausfinden, was das alles bedeutete. Ganz leise stand er auf und schlich auf den kleinen Flur. Ein paar Schritte wagte er sich auf der alten hölzernen Treppe nach unten, bis sie zu knarren begann. Vorsichtig hockte er sich hin und versuchte, ein paar Fetzen des Gesprächs aufzuschnappen. Die beiden Männer redeten laut und mit erregten Stimmen aufeinander ein.

»Ich weiß auch nicht, wie das Amulett dorthin gekommen ist. Ich hielt es für verschollen. Genau wie du«, sagte Finns Großvater.

»*Verschollen?* So ein Quatsch!«, schrie sein Vater. »Das Amulett war nicht verschollen. Ich habe es eigenhändig ins Meer geworfen. Und jetzt ist es plötzlich wieder da.«

»Du hast was?! Du hast das Amulett weggeworfen? Den größten Schatz unserer Familie? Das glaube ich nicht. Wie konntest du nur?«

»Wie ich nur konnte? Ich habe dieses Ding gehasst. Immerzu sollte ich es mit mir herumtragen. Ich wäre bestimmt der nächste Träger des Amuletts. Ich müsse nur geduldig sein.« Bernd Petersens Stimme überschlug sich fast. »Das ist doch alles eine große Spinnerei. Ich habe dir den ganzen Kram wirklich geglaubt und immer gewartet, dass etwas Ungewöhnliches geschieht. Ich lebte in einer Traumwelt. Aber es ist nichts passiert. Rein gar nichts. Ich war so enttäuscht … Ich wollte dieses Ding nur noch loswerden. Also habe ich es weggeworfen.«

»Dabei habe ich es doch nur gut gemeint, Junge. Ich habe wirklich gehofft …«

»Du glaubst den Mist also wirklich? Ich fass es nicht.«

»Was heißt hier glauben? Ich habe es selbst erlebt!«, sagte der Großvater mit belegter Stimme. »Als ich so alt war wie Finn jetzt, begann es …«

»Ach, erzähl doch keinen Quatsch. Nichts hast du erlebt!«, fiel ihm Bernd Petersen ins Wort. »Das sind alles nur Kinderträumereien gewesen.« Er hielt inne. »Und eins will ich dir sagen: Halte mir Finn da raus. Er soll nicht die gleiche Enttäuschung erleben wie ich damals. Kein Wort über das Amulett. Ist das klar?«

Als Finn die Türklinke hörte, schlich er schnell wieder in sein Zimmer und hüpfte ins Bett. Mit kräftigen Schritten und ärgerlich vor sich hin brabbelnd ging sein Vater nach oben. Vor der Treppe, die zu Finns Dachmansarde hinaufführte, blieb er kurz stehen, als überlegte er, noch einmal zu ihm zu gehen, aber dann entschied er sich dagegen und ging in sein Schlafzimmer.

Finn versuchte, sich auf das Gehörte einen Reim zu machen, aber das war schier unmöglich. Neugierig nahm er das Amulett in Augenschein. Es fühlte sich wieder ganz warm an. Für einen gewöhnlichen Stein *zu* warm, fand er …

Nach einiger Zeit fiel Finn in einen schweren, aber unruhigen Schlaf. Mitten in der Nacht wurde er plötzlich wach. Hatte er nicht ein Geräusch gehört? Schnell rollte er sich auf die Seite, um die Nachttischlampe anzuschalten. Was er nun sah, verschlug ihm den Atem: Das Amulett lag immer noch auf dem Nachttisch, aber von ihm ging ein seltsames Licht aus. Es schien von innen heraus zu leuchten, und außerdem vibrierte es. Schnell machte Finn das Licht an. Jetzt sah das Amulett wieder ganz gewöhnlich aus. Total verrückt! Was war das? Nach dem Gespräch mit Großvater und dem Streit, den er am Abend belauscht hatte, wunderte es ihn zwar nicht sonderlich, dass der Stein seltsame Sachen machte. Aber das war doch zu sonderbar. Ob er zu seinen Eltern gehen sollte? Nein, lieber nicht. Am Ende würde sein Vater ihm das Amulett doch noch abnehmen. Er musste selber herausfinden, was es damit auf sich hatte.

Vorsichtig nahm er es in die Hand und schaltete das Licht wieder aus. Sofort begann der Stein wieder zu leuchten, immer stärker. Er fühlte sich ganz warm an. Als Finn sich umschaute, kam es ihm vor, als stünde eine in Weiß gekleidete Frau im Zimmer. War das Einbildung, oder sah er sie wirklich? Er konnte das Fenster hinter ihrem Körper erkennen, und dennoch schien sie ganz real zu sein. Die Frau streckte die Arme nach ihm aus, als ob sie ihm etwas sagen wollte. Dann hörte er eine leise flehende Stimme: »Kommt zu uns. Wir brauchen eure Hilfe.«

Der Drang, etwas zu tun, wurde in Finn immer stärker – nur wusste er beim besten Willen nicht, was. Er spürte Angst in sich aufsteigen, und gleichzeitig konnte er die Verzweiflung der Frau fühlen, die ihn so Hilfe suchend anschaute.

Schließlich wurde die Anspannung zu groß. Mit einem Ruck ließ er den Stein auf den Boden fallen und knipste hastig seinen Nachtischlampe an. Alles war wieder normal. Finn saß kerzengerade im Bett, der Schweiß stand ihm auf der Stirn.

»Meine Güte, was war denn das?«, schnaufte er noch sichtlich erregt. Morgen früh musste er gleich mit Großvater sprechen. Finn hob vorsichtig den Stein wieder auf und legte ihn auf seinen

Nachttisch. Dann versuchte er erneut, einzuschlafen. Das Licht ließ er aber lieber angeschaltet.

Am nächsten Morgen stand Finn in aller Frühe auf und ging in die Küche. Seine Eltern schliefen zum Glück noch, und die Großeltern saßen am Küchentisch und schlürften ihren Morgenkaffee.

»Opa, hättest du nachher mal kurz Zeit für mich? Ich muss dich unbedingt etwas fragen, unter vier Augen.«

Die Großmutter machte ein besorgtes Gesicht, blieb aber still. Als der Großvater seinen Kaffee zu Ende getrunken hatte, sagte er: »Na, dann komm mal, mein Junge. Lass uns draußen ein paar Schritte gehen.«

Sobald sie den Bauernhof hinter sich gelassen hatten, sprudelte es auch schon aus Finn heraus: »Du sollst mir zwar nichts sagen, meint Papa, aber ein paar Sachen muss ich einfach wissen.«

Mit hochgezogenen Augenbrauen schaute der Großvater Finn an. »Woher weißt du, dass ich dir nichts sagen soll?«, fragte er streng.

»Ich, ich …«, stammelte Finn. Er spürte, wie er rot anlief. Was sollte Großvater nur von ihm denken? »Nun ja, ich war so furchtbar neugierig und …«

»… und dann hast du gestern Abend unser Gespräch belauscht«, ergänzte der Großvater.

»Ja. Das tut mir leid, Opa. Wirklich!«

»Du weißt jetzt schon mehr, als deinem Vater lieb ist«, sagte der Großvater, dem die ganze Situation auch sehr unangenehm zu sein schien. Er machte eine kleine Pause und holte tief Luft. »Ich *darf* dir nichts erzählen, wenn dein Vater das nicht erlaubt. Er ist für dich verantwortlich, und er hat mir ausdrücklich verboten, dir irgendetwas über das Amulett zu sagen.«

»Aber Opa«, sagte Finn mit aufgeregter Stimme. »Der Stein, ich meine das Amulett, hat heute Nacht geleuchtet, und dann war da diese Frau in meinem Zimmer und die hat gesagt: ›Kommt zu uns. Wir brauchen eure Hilfe.‹«

Abrupt blieb der Großvater stehen. Er schwieg und schien mit Bedacht seine Worte zu wählen, dann sagte er mit stockender Stimme: »Du bist wirklich der neue Träger des Amuletts.« Tränen rannen seine Wangen herunter und gleichzeitig lächelte er Finn glücklich an: »Finn, wenn du wieder diese Stimme hörst und das Amulett zu leuchten beginnt, lege das Band um deinen Hals und den Stein direkt auf dein Herz. Das ist das Tor zu einer neuen Welt. Du brauchst dich nicht zu fürchten, denn du wirst Glück und Frieden finden. Du wirst Dinge sehen, die du dir im Entferntesten nicht vorstellen kannst.«

»Aber Opa, du musst mir einfach noch mehr erklären. Du hast Papa gesagt, es habe bei dir angefangen, als du so alt warst wie ich jetzt. Was heißt das? Was hast du mit dem Amulett erlebt?«

»Ich habe dir schon viel zu viel erzählt«, sagte der Großvater eilig. Scheinbar hatte er sich wieder gefasst.. »Dein Vater wäre damit überhaupt nicht einverstanden.«

»Opa!«, sagte Finn empört zu seinem Großvater, als der sich Richtung Bauernhof bewegte. »Ich bin kein kleines Kind mehr. Ich bin zwölf Jahre alt. Du musst mir einfach mehr erzählen.«

Der Alte wandte sich erneut seinem Enkel zu. Zwei starr dreinschauende grüne Augenpaare begegneten sich: »Denk an all die schönen Geschichten, die ich dir in den letzten Jahren erzählt habe.«

»Aber das waren doch nur irgendwelche ausgedachten Abenteuergeschichten. Die waren doch erfunden!«

»So? Wirklich?«, fragte der Großvater nun mit leicht verschmitztem Gesicht. »Lass uns jetzt zurückgehen. Die anderen wundern sich bestimmt schon, wo wir so lange bleiben. Ach ja – deinem Vater würde ich von dieser Unterhaltung nichts erzählen. Behalte es erst mal für dich.«

Kapitel 2

Die Träger der Amulette

Je länger der Tag wurde, desto aufgeregter wurde Finn. Seine Eltern wollten unbedingt mit ihm zusammen an den Strand gehen. Finn liebte das Meer über alles, doch diesmal hätte er sich natürlich viel lieber alleine mit dem Amulett beschäftigt. Da er aber nicht das Misstrauen seines Vaters erregen wollte, stopfte er es sich in die Hosentasche und ging mit an den Strand. Sie sammelten Muscheln und wateten mit den Füßen durch die Gischt, spritzten sich gegenseitig nass und hatten viel Spaß miteinander.

Sein Vater erwähnte das Amulett tatsächlich nicht mehr. Vielleicht hoffte er, es würde bei Finn in Vergessenheit geraten. Aber da täuschte er sich. Jede Minute dachte Finn an seinen kostbaren Schatz und kontrollierte immerzu, ob es sich noch in seiner Hosentasche befand.

Als er abends zu Bett ging, legte er das Amulett nicht wieder auf seinen Nachttisch, sondern zog die Schnur über seinen Kopf und platzierte den Anhänger genau auf sein Herz, so wie es sein Großvater ihm gesagt hatte. Er legte sich auf den Rücken und hielt das Amulett mit beiden Händen fest. Sofort spürte er, wie es sich erwärmte. Obwohl er seine Augen geschlossen hielt, wusste er ganz genau, dass der Stein wieder zu leuchten begann. Wie am Abend vorher drang wieder die Stimme an sein Ohr: »Kommt zu uns. Wir brauchen eure Hilfe.«

Finn ängstigte dieses seltsame Licht, das Vibrieren und die Stimme, aber er nahm allen Mut zusammen: »Ja, ich will zu euch kommen«, flüsterte er mit zitternder Stimme. »Zeige mir den Weg!«

Als Finn das gesagt hatte, begann das Amulett zu pulsieren wie ein Herz. Erschrocken öffnete er die Augen. Der Stein leuchtete nun so stark, dass sein Zimmer von gleißendem Licht durchflutet war. Sein Bett fing an zu zittern, ein starker Wind kam auf, als ob ein Sturm das Fenster geöffnet hätte. Im nächsten Moment gab es einen heftigen Knall. Dann war alles auf einmal still. Finns Zimmer verschwand, und schwerelos glitt er durch helles Licht. Er hätte später nicht sagen können, wie lange dieser Zustand dauerte, aber es fühlte sich wunderschön an. Am liebsten wäre er noch viel länger so herumgeschwebt, doch plötzlich gab es wieder einen lauten Knall, und Finn fand sich auf einem Bett wieder – nur war es diesmal nicht sein Bett in der Dachmansarde bei den Großeltern, sondern ein ganz anderer Ort. Schnell setzte er sich hin. Wo war er bloß?

Der Raum, in dem er sich befand, war vollkommen anders als alle Räume, die er bisher gesehen hatte. Er war rund und hatte kein Fenster. Die Wand war mit einer seidenen Tapete bespannt, die in wunderschönen Farben leuchtete. Auf blauem und rotem Hintergrund waren silberne Federn gewebt, die durch die Luft zu fliegen schienen, und am unteren Rand waren kunstvoll gestaltete silberne Vögel zu sehen, von denen sich jeweils zwei mit langen Schnäbeln einander zuwandten. Das Licht im Raum kam gleichermaßen von der Decke und vom Boden: Es waren Steine, die wie sein Amulett die Fähigkeit hatten, aus sich selbst heraus zu leuchten.

In dem Zimmer befanden sich lediglich das Bett, auf dem er jetzt saß, und ein Stuhl mit darauf zusammengelegten weißen Kleidern und ein paar Schuhen darunter. Er strich über den Stoff des Gewands und war fasziniert von dem weichen Gewebe. Es musste sich wundervoll anfühlen, so etwas auf der Haut zu tragen. Ansonsten war der Raum leer. Es gab nur eine offene Tür, die in einen schmalen Gang führte. Finn war unschlüssig, ob er das Zimmer einfach verlassen konnte. Vielleicht lauerte ihm ja jemand auf? Aber alleine in dem Raum abzuwarten machte auch keinen Sinn, und so beschloss er nach einer Weile, einfach loszugehen. Er öffnete die Tür, setzte vorsichtig einen Fuß vor den andern und schlich den Flur entlang. Am anderen Ende konnte er einen weiteren Raum erkennen. Was würde ihn dort wohl erwarten? Ganz langsam und mucksmäuschenstill ging Finn weiter. Er spürte sein Herz pochen und wäre am liebsten wieder zurückgeschlichen. Andererseits war er auch neugierig, was das für ein seltsamer Ort war, an dem er sich befand …

Am Ende des Ganges blieb er stehen und lugte gespannt in den Raum. Es war das Prachtvollste, was er je gesehen hatte: Der Raum schien vollständig aus hell leuchtendem Gold und Silber zu bestehen. Fünf Eingänge hatte er und in der Mitte stand ein runder Tisch mit vier Stühlen, ebenfalls aus Gold. Ansonsten war der Raum leer. Finn war beeindruckt. Vor lauter Staunen vergaß er alle Vorsicht. Ehrfürchtig näherte er sich dem Tisch. Tausend Gedanken schwirrten ihm durch den Kopf. Was war das für ein Palast? Wer mochte in diesen Räumen wohl leben?

Da hörte er eine helle, freundliche Stimme.

»Wer bist du denn?«

Mit einem kurzen Schrei wandte sich Finn ruckartig zur Seite, wo die Stimme herkam. Da stand ein Mädchen mit dunkler Hautfarbe und schwarzen, zu vielen Zöpfen geflochtenen Haaren in einem der weiteren Eingänge. Es trug ein schlichtes Kleid mit einem Blumenmuster, lächelte ihn freundlich an und wartete auf eine Antwort.

»Ich bin Finn. Und wer bist du?«

Das Mädchen wollte gerade antworten, da fragte eine weitere Stimme: »Könnt ihr mir sagen, wo wir hier sind?« Ein Junge mit bräunlicher Haut, der seine langen dunklen Haare zu einem Zopf zusammengebunden hatte, schaute die beiden fragend an. Er trug eine Jeans und ein gelbes T-Shirt.

Als Finn die beiden in ihren Kleidern sah und sie nun auch ihn anschauten, wurde ihm bewusst, dass er ja im Pyjama vor ihnen stand. Wie peinlich! Schnell versuchte er davon abzulenken, indem er etwas sagte:

»Ähm, ich weiß nicht, wo wir sind, aber wenn ich das hier richtig einschätze, haben wir alle gerade keinen Plan, was das alles soll, oder?«

»Nicht wirklich«, meinte das Mädchen, und der Junge nickte zustimmend. »Aber vielleicht sollten wir uns erst einmal vorstellen. Ich bin Pendo, und wie heißt ihr?«

»Also ich bin Finn.«

»Und ich heiße Chochuschuvio. Ihr könnt aber einfach Joe zu mir sagen.«

Die beiden anderen nickten dankbar.

»Ob hier noch mehr Leute sind?«, fragte Pendo. »Immerhin gibt es fünf Eingänge zu diesem Raum, und wir sind nur zu dritt.«

»Lasst uns doch einfach mal in die anderen reinschauen. Vielleicht finden wir ja noch jemanden«, schlug Joe vor.

Gemeinsam gingen sie einen der Gänge entlang. Am Ende sahen sie eine geöffnete Tür, die in einen ebenfalls runden Raum führte. Die Wand hatte eine rote seidene Tapete, auf der zahllose kleine Spiegel befestigt waren. Fußboden und Decke leuchteten genau wie in dem Raum, in dem Finn angekommen war.

Auf dem Bett kauerte ein Mädchen mit einer schwarzen Hose und einer weißen Bluse. Ängstlich schaute sie zu den zwei Jungs und dem Mädchen, die den Raum nun betraten.

»Hallo, wir sind Finn, Pendo und Chochu… äh«, Finn konnte den Namen nicht aussprechen, deshalb sagte er: »Ich meine Joe. Bist du auch gerade hierhergekommen, oder wohnst du hier?«

»Nein, ich wohne hier nicht«, sagte sie zögerlich. Ich lebe in Japan.«

»In Japan? Dafür sprichst du aber wirklich gut Deutsch«, meinte Finn.

»Wieso Deutsch?«, fragte das Mädchen verwirrt. »Ich rede doch Japanisch! Ich habe mich schon gewundert, warum *ihr* alle so gut Japanisch sprecht, obwohl ihr ja keine Japaner seid – zumindest seht ihr nicht so aus.«

»Häh? So ein Quatsch«, sagten nun Joe und Pendo. »Wir reden doch nicht Japanisch oder Deutsch. Wir reden Englisch!«

Verdutzt schauten sich die Kinder einen Moment lang an. Dann schnatterten alle vier auf einmal los. Was hatte das zu bedeuten?

»Das ist ja seltsam«, überlegte Finn laut. »Jeder von uns redet in seiner Sprache, und trotzdem verstehen wir uns. Wie cool ist das denn?«

»Ich bin mir gar nicht so sicher, ob ich das cool finde«, erwiderte das Mädchen aus Japan. »Mir ist das eher unheimlich. Wie die ganze Geschichte hier. Mein Name ist übrigens Chika. Das Amulett«, sie zeigte auf ein Amulett, das fast genauso aussah wie das von Finn, »fing plötzlich an zu leuchten, und dann fand ich mich hier wieder. Ich verstehe das alles nicht.«

»Das war bei mir genauso!«, riefen plötzlich alle durcheinander. »Ja, ich habe auch so ein Amulett.« Jeder hielt nun seinen Anhänger in den Händen und schien seine Geschichte erzählen zu wollen.

Pendo hob eine Hand und rief: »Nicht alle durcheinander. Jeder von uns kann ja mal erzählen, wo er herkommt und vor allem, wie er hierhergekommen ist.« Die anderen nickten und schauten sich fragend an.

»Chika, magst du anfangen?«, fragte Joe.

»Ja, das kann ich machen«, begann Chika.

»Ich komme aus Kyoto, das ist eine der größten Städte Japans. Mit meinen Eltern lebe ich dort in einer Wohnung in einem riesigen Hochhaus. Gestern hatte ich Geburtstag. Ich wurde zwölf Jahre alt.«

»Herzlichen Glückwunsch«, riefen die anderen dazwischen.

»Danke«, antwortete Chika immer noch etwas ängstlich, aber lächelnd. »Es kamen meine Tanten und Onkel zu Besuch sowie meine Großmutter. Darüber habe ich mich besonders gefreut, denn sie war von weither angereist. Extra zu meinem Geburtstag! Das ist etwas ganz Besonderes für mich. Um mein Geburtstagsgeschenk machte sie ein riesengroßes Theater. Niemand dürfe es sehen außer mir. Also warteten wir, bis alle am Tisch saßen und ins Gespräch vertieft waren. Dann zogen wir uns in mein Zimmer zurück, wo ich das Geschenk auspacken sollte. Sie sagte mir, es handle sich um den wertvollsten Besitz unserer Familie, der seit vielen Generationen weitergereicht werde. Sie hätte kaum jemandem davon erzählt, auch meinen Eltern nicht, aber zu meinem zwölften Geburtstag wolle sie es mir nun schenken. Ich war über diese große Ehre ziemlich erstaunt und sagte ihr, dass ich doch nur ein einfaches Mädchen sei. Daraufhin schaute sie mir ganz ernst und mit gerunzelter Stirn in die Augen und flüsterte: ›Sage nicht, du bist nur ein Mädchen. Du bist nämlich dazu auserwählt, die Trägerin des Amuletts zu sein. Du bist ein ganz besonderes Mädchen. Vergiss das nicht.‹ Dieser Zuspruch meiner Großmutter berührte mich sehr, auch wenn ich nicht verstand, von was sie da redete. Also packte ich mein Geburtstagsgeschenk aus. Darin befand sich dieses Amulett.«

Pendo, Finn und Joe schauten mit wissendem Blick auf den Anhänger, den Chika in ihrer Hand hielt.

»Ich war zunächst etwas verwirrt: Ein Stück Stein mit ein paar Kritzeleien drauf – das war schon etwas komisch. Aber natürlich habe ich mich höflich bei meiner Großmutter bedankt. Sie machte dann noch einige seltsame Anspielungen. Dieses Amulett berge einen tiefen Zauber in sich und sei schon seit vielen hundert Jahren im Besitz unserer Familie. Sie tat sehr geheimnisvoll und ermahnte mich: ›Trage es auf deinem Herzen und du wirst seine Kraft entdecken.‹«

»Na, das hast du ja ganz offensichtlich getan«, warf Finn schmunzelnd ein.

»Allerdings! Als ich später alleine in meinem Zimmer war, zog ich das Band mit dem Amulett über meinen Kopf. Ich merkte sofort, wie es merkwürdig heiß wurde. Das machte mir Angst. Es begann zu leuchten, und ich hörte eine Stimme. Vor Schreck legte ich meine Hände darauf. Dann ging alles ganz schnell: Um mich herum wurde es gleißend hell, und ich fing an zu schweben wie eine Feder, die von einem leichten Wind durch die Luft getragen wird, und landete hier in diesem seltsamen Raum.« Sie schwieg einen Augenblick gedankenverloren. »Noch nie habe ich solch einen Raum gesehen: Ganz rund und nur mit Spiegeln dekoriert. Außer diesem Bett, den Stuhl und den Kleidern gibt es hier nichts.«

»Der Raum, in dem ich hier angekommen bin, ist genauso eingerichtet, nur ist seine Tapete blau und rot mit silbernen Federn und Vögeln mit langen Schnäbeln drauf«, sagte Finn aufgeregt. »Kommt, ich zeig ihn euch.« Eilig liefen alle Finn hinterher, der in seinem Raum ebenfalls seine Geschichte erzählte.

»Ist das nicht verrückt?«, endete er. »Mir wurde das Amulett zwar nicht geschenkt, aber ich habe es vorgestern gefunden. Mein Großvater sagte dann auch etwas zu mir, von wegen ich sei jetzt der rechtmäßige Träger des Amulettes. Versteht ihr das? Das ist alles ganz schön seltsam.«

»So was Ähnliches hat mein Vater auch zu mir gesagt, und zwar auch vorgestern. Kommt mal in den nächsten Raum, dort erzähle ich euch meine Geschichte«, rief Joe mit aufgeregter Stimme. Alle folgten ihm.

»Also, ich bin aus dem Stamm der Hopi, das sind Ureinwohner Amerikas. Ich bin ebenfalls zwölf Jahre alt. Meine Familie lebt in Colorado. Ursprünglich gehörte meinem Volk ein riesiges Land, aber das ist lange her. Heute leben wir in einem vergleichsweise kleinen Gebiet, das man Reservat nennt. Dort dürfen wir noch unsere Traditionen pflegen. Meine Familie betreibt Landwirtschaft, hauptsächlich bauen wir Mais an. Vorgestern überreichte mir mein Vater feierlich dieses Amulett. Mein Vater erzählte mir, er habe es von seinem Vater erhalten und der von seinem Vater und so weiter.« Mit Stolz in der Stimme fuhr er fort: »Es sei sehr wertvoll für unsere Familie. Ab und zu komme es vor, dass der Träger dieses Amuletts in eine andere Welt gerufen werde. Ihm selbst sei es zwar nie widerfahren, aber sein Vater, der schon tot ist, habe ihm solche Geschichten erzählt. Ich solle es gut verwahren und wenn mich das Amulett riefe, müsse ich es gegen mein Herz drücken.« Joe hielt kurz inne. »Wie es weiterging, könnt ihr euch ja mittlerweile vorstellen. Ich landete hier in diesem Zimmer. Ist es nicht schön? Die Seidentapete leuchtet ganz grün und darauf sind helle, brennende Kerzen zu sehen. Ich bin mächtig gespannt, was uns hier erwartet.«

Joe schaute die anderen begeistert an. Chika, Finn und Pendo konnten Joes Begeisterung noch nicht wirklich teilen. Ihnen machte das Ganze eher Angst.

»Jetzt will ich aber auch noch erzählen«, sagte Pendo drängend. »Kommt mit!«

Gemeinsam gingen sie nun in ihren Raum, dessen Schönheit ihnen die Sprache verschlug: Auf eine gelbe Seidentapete waren kunstvoll Tausende von Diamanten befestigt. Ihr Glitzern erfüllte den ganzen Raum mit einem hellen Licht.

»Mein Name ist Pendo. Ich bin zwölf Jahre alt, genau wir ihr, und komme aus Südafrika«, begann sie ihre Erzählung. »Ich lebe in Kapstadt, das ist eine große Stadt in Südafrika. Meine Eltern arbeiten in einer Diamantmine. Vielleicht bin ich deshalb in diesem Zimmer gelandet…« Sie schaute nachdenklich zu den Diamanten an der Wand. »Wie auch immer, wir hatten eine ganz alte Tante. Sie lebte vollkommen alleine in dem Haus neben uns. Außer uns hatte sie keine Verwandten mehr. Vorgestern, als ich gerade dabei war, das Abendessen für mich und meine Eltern vorzubereiten, klopfte sie an unsere Tür. Ich machte ihr auf und bat sie einzutreten. Meine Eltern waren noch nicht von der Arbeit zurück. Sie war ganz aufgeregt und fing gleich an, zu erzählen. Sie müsse mir dringend etwas geben, aber es sei ein großes Geheimnis, von dem ich niemand sonst erzählen dürfe. Ich war überrascht und fragte, wieso sie gerade mir dieses Geheimnis anvertrauen wolle. Sie lächelte mich gütig an und sagte ruhig und ernst: ›Weil du berufen bist!‹

Ich erschrak ein wenig über ihre Worte, fühlte mich aber auch sehr geehrt. Sie legte daraufhin ein Etui in meine Hand. Es war aus Holz geschnitzt und hatte wunderschöne wellenförmige Einlegearbeiten aus Perlmutt auf der oberen Seite. Als ich es öffnete, fand ich das Amulett darin. Ich musste innerlich etwas schmunzeln, denn ein Stein mit ein paar darauf eingeritzten Wörtern und ein paar krummen Strichen schien mir nicht unbedingt ein Schatz zu sein. Wisst ihr, meine Tante konnte manchmal etwas seltsam sein.«

»Du konntest ja auch nicht ahnen, was sich hinter diesem Stein verbirgt«, merkte Chika verständig an.

»Allerdings«, bestätigte Pendo, die nachdenklich das Amulett betrachtete.

»Wieso redest du eigentlich von deiner Tante in der Vergangenheit?«, fragte Finn verwundert.

»Weil gestern etwas ganz Schreckliches geschehen ist«, antwortete Pendo mit tränenerstickter Stimme. »Die alte Tante wurde tot in ihrem Haus aufgefunden. Sie ist wohl mitten in der Nacht gestorben. Ganz unerwartet. Einfach so.«

»Das ist ja traurig. Oh, das tut mir wirklich sehr leid für dich«, sagte Chika mitfühlend, und Finn und Joe stimmten ihr zu.

»Vielen Dank«, entgegnete Pendo. »Es ist, als ob meine Tante ihren Tod vorhergesehen hätte. Sie hat mir das Amulett gerade noch rechtzeitig anvertraut.«

Pendo nahm den Stein, der genau wie die anderen aussah, in die Hände und zeigte ihn den dreien. »Nun ja, wie es dann weiterging, wisst ihr ja. Ich kann das alles noch gar nicht glauben. Ob ich das bloß träume?«

Eine nachdenkliche Stille legte sich über die vier. Finn unterbrach das Schweigen: »Ganz bestimmt träumst du das nicht«, sagte er. »Ich habe nämlich einen riesigen Hunger, und der ist garantiert echt.« Alle mussten nun lachen.

»Lasst uns schauen, was es hier noch zu entdecken gibt und ob etwas Essbares zu finden ist«, sagte Joe. Eilig liefen sie in den großen Raum in der Mitte. »Wir waren noch gar nicht in dem fünften Gang. Ob wir dort etwas zu essen finden? Irgendwo muss es ja was geben.«

Entgegen ihren Hoffnungen fanden sie am Ende des fünften Ganges aber kein Zimmer mit einem festlich gedeckten Tisch, sondern einfach nur den Ausgang des Gebäudes. Sie traten ins Freie und atmeten die unglaublich erfrischende Luft ein. Das Haus stand inmitten eines wunderschön gestalteten Gartens. Es gab einen kleinen Bach mit einer Brücke aus weißem Marmor. Entlang der Wege blühten Blumen und Sträucher, deren süßlicher Duft die Sinne verwirrte. Der Garten war von riesigen Bäumen umgeben, auf denen unzählige bunt gefiederte Vögel umherhüpften und wunderschön sangen. Die Bienen eilten von Blüte zu Blüte, und rubinrote und zitronengelbe Schmetterlinge ließen sich flatternd auf den Jungen und Mädchen nieder.

»Schaut mal, wie wunderschön dieser Garten aussieht!«, sagte Chika ehrfürchtig.

»Und diese Vögel«, flüsterte Pendo und zeigte auf einen leuchtend blauen Vogel, der auf einer Baumkrone saß. »Wie schön das alles ist. So stelle ich mir das Paradies vor.«

Das Gebäude, aus dem sie gekommen waren, sah von außen eher schlicht aus; gar nicht wie ein Palast. Sie erkannten die runden Formen der Zimmer, das Dach war in verschiedene Kuppeln aufgeteilt. Es war ganz weiß angestrichen und hatte keinerlei Fenster oder irgendwelche Verzierungen. Selbst der Eingang, aus dem sie herausgekommen waren, war ganz unscheinbar. Niemand hätte vermutet, welch wunderbare Räume sich in seinem Innern verbargen.

»Zu essen gibt es hier allerdings auch nichts«, stellte Joe enttäuscht fest. »Kein Busch trägt irgendwelche Früchte, die wir essen könnten! Kommt, lasst uns wieder reingehen. Es wird schon dunkel.«

Sie liefen wieder in das Haus zurück und gelangten in den gold- und silberfarbenen Raum in der Mitte.

Finn sagte: »Schaut mal. Das sind doch genau vier Stühle. Wie für uns gemacht«, und schon setzte er sich auf einen. »Setzt euch doch auch mal hin.«

Chika, Pendo und Joe folgten seiner Aufforderung und setzten sich. Die Stühle waren überraschend bequem, obwohl sie auch aus Gold zu sein schienen. Da fiel Finns Blick auf die Mitte des Tisches. Irgendetwas kam ihm daran seltsam vor. »Seht mal diese runde Vertiefung auf dem Tisch. …« Er hielt inne und überlegte: »Ob unsere Amulette zusammengelegt da reinpassen?« Kurzerhand legte er sein Amulett hinein. Am äußeren Rand standen die Worte *»Leben und Kraft«*. Eilig legten die anderen ihre Amulette ebenfalls in die Vertiefung.

»Leben und Kraft der Erde bis an die Enden vier Ströme geben«, las Pendo kopfschüttelnd vor. »Das macht ja überhaupt keinen Sinn. Was bedeutet das?«

Finn sagte nachdenklich: »Vielleicht liegen sie nur in der falschen Reihenfolge?« Er legte noch einmal sein Amulett mit den Worten *Leben und Kraft* in die Vertiefung.

»Mein Amulett könnte davorpassen«, sagte Chika begeistert. »Schaut, bei mir steht drauf: *Vier Ströme geben.*«

»Das klingt schon besser«, sagte Pendo. *»Vier Ströme geben Leben und Kraft.* Aber was könnte das bedeuten?«

»Lasst uns die anderen auch noch dazulegen«, sagte Joe eifrig, »dann verstehen wir bestimmt mehr.«

Auf seinem Amulett, das er ehrfürchtig zu den beiden anderen legte, waren die Worte zu lesen: *bis an die Enden.* »Leg deins auch noch dazu, Pendo.«

Ganz vorsichtig legte Pendo das letzte Amulett in die Vertiefung. Es passte genau hinein. Am äußeren Rand der runden Scheibe stand nun der Satz: *»Vier Ströme geben Leben und Kraft bis an die Enden der Erde.«*

Chika las den Satz noch einmal vor und sagte: »Das ist jetzt zwar ein sinnvoller Satz, aber was bedeutet er?«

»Schaut doch mal in die Mitte der Amulette«, hauchte Finn.

»Was wir bei den einzelnen Amuletten alle nur als Kritzeleien oder Striche angesehen haben, sieht zusammengesetzt wie das Wellenkreuz aus, dass auf der Fahne vor dem Haus meines Großvaters zu sehen ist.«

»Auf dem Etui meiner Tante war auch so ein Kreuz«, sagte Pendo erstaunt. Alle fanden das sehr seltsam. Was bedeuteten der Satz und die Zeichnung?

»Ich verstehe das alles nicht«, sagte Joe verwirrt. »Was sollen wir denn jetzt machen?«

Pendo hatte eine Idee: »Schaut doch mal: Der Tisch, die Stühle, vier Amulette, die wie ein Puzzle zusammenpassen. Das sieht doch wie für uns vorbereitet aus, oder? Vielleicht …« Sie grübelte und strich sich dabei über ihr Kinn. »Jeder von uns ist hierhergekommen, als er sein Amulett auf seinem Herzen trug und seine Hände daraufgelegt hatte. Vielleicht sollten wir jetzt unsere Hände auch auf die Amulette legen. Alle gleichzeitig.«

Finn und Joe schauten misstrauisch zu ihr hinüber. »Und du glaubst, dass dann irgendwas passiert?«, fragte Joe zweifelnd.

»Wir können es ja mal probieren«, sagte Chika zögernd.

»Na gut, wenn du meinst«, entgegnete Joe, immer noch nicht sonderlich überzeugt von dem Vorschlag.

Die vier nickten einander zu, atmeten tief durch und legten ihre Hände auf die runde Scheibe in der Mitte des Tisches. Jeder von ihnen spürte sogleich, wie die mittlerweile vertraute Wärme von den Amuletten ausging. Erst wurden die Hände und schließlich der ganze Körper davon erfasst. Mit weit aufgerissenen Augen starrten sie auf ihre Finger, zwischen denen eine goldene Flüssigkeit hervorquoll. Vor Schreck wollten sie die Hände von den Amuletten wegziehen. Vielleicht war es ja eine gefährliche Flüssigkeit, die da über ihre Finger floss? Aber was sie nun zu sehen bekamen, faszinierte sie so sehr, dass sie gespannt ihre Hände weiter auf die Amulette drückten. Die goldfarbene Flüssigkeit bahnte sich ihren Weg zwischen ihren Fingern, lief aber nicht seitlich herunter, sondern formte sich seltsamerweise direkt über ihren Händen zu einer goldenen Kugel, die immer größer wurde. Nach einer Weile begann die Kugel emporzusteigen. Sie bewegte sich zur Seite, neben den Tisch und wuchs immer weiter. Plötzlich zerbarst sie in unzählige goldene Tropfen. Im ersten Moment dachten die vier, dass jetzt alles vorbei sei, doch die Tropfen fielen nicht hinunter, sondern ordneten sich in der Luft schwebend neu an: Ihre Farbe veränderte sich, und zum Vorschein kam eine alte Frau.

Finn, Pendo, Chika und Joe schauten mit offenem Mund dem Schauspiel zu, das da vor ihren Augen stattfand. Ihre Hände hielten sie immer noch auf die Amulette gedrückt. Keiner wagte es, sich zu rühren oder auch nur ein Wort zu sagen.

Die Frau, die nun freundlich lächelnd vor ihnen stand, erinnerte Finn an die schemenhafte Gestalt, die ihm in der Dachmansarde bei seinen Großeltern erschienen war. Sie war recht klein, nicht viel größer als sie selbst, hatte silbergraues Haar, das sie zu einer eleganten Frisur hochgesteckt hatte, und trug ein langes weißes Kleid mit einem goldenen Gürtel. Auf der Schnalle erkannten die Mädchen und Jungen die gleiche kreuzförmige Zeichnung, die sie schon von den zusammengelegten Amuletten kannten. Die Frau musste sehr alt sein, denn ihr Gesicht hatte schon viele tiefe Falten. Dennoch erkannte man sofort, wie schön sie einmal gewesen sein musste. Sie strahlte große Würde und Freundlichkeit aus. Die vier waren sprachlos und schauten unsicher zu ihr hinüber.

»Seid gegrüßt, Trägerinnen und Träger der Amulette, die Ihr von den vier Enden der Erde gekommen seid«, sagte die Frau mit einer weichen Stimme und verneigte sich ein wenig vor Pendo, Chika, Finn und Joe. Erst jetzt ließen die vier die Amulette los und versuchten, die passenden Worte zu finden. Pendo hatte sich als Erste wieder gefasst und grüßte höflich. »Guten Tag«, flüsterte sie und fragte unsicher: »Wer sind Sie? Und wo sind wir hier?«

Die Frau erwiderte lächelnd: »Mein Name ist Nebijah, ich bin die Hüterin der vier Lebensströme, verehrte Pendo aus den südlichen Landen. Ihr seid im Lande Gan. Herzlich willkommen.«

»Woher wissen Sie, wie ich heiße?«, entfuhr es Pendo, der es nicht geheuer war, dass die Fremde ihren Namen kannte.

»Ich kenne Euch«, sagte sie und begann sich umzuschauen. »Hier haben wir Finn aus den nördlichen Landen. Dann haben wir hier Chochuschuvio aus den westlichen Landen und Chika aus den östlichen Landen.« Während sie die Namen sagte, verneigte sie sich leicht vor jedem Kind.

»Was sagten Sie gerade, wo wir hier sind? Im Land Gan? Davon habe ich noch nie gehört«, stellte Finn fest, der verzweifelt seine Geografiekenntnisse nach einem Land mit diesem Namen durchforstete.

»Das Land Gan«, erklärte Nebijah freundlich, »ist bekannt als einer der Gärten Gottes, ein Land voller Schönheit, Glück und Frieden.«

»Und wo soll das sein? Ist das auf unserer Erde?«

»Ja, das Land Gan liegt auf der Erde. Aber sehen können es nur seine Bewohner und wenige Auserwählte, denn uralte Kräfte schützen es vor der Außenwelt.« Nebijah sah in die fragenden Gesichter der Kinder und fuhr fort: »Ihr habt natürlich viele Fragen auf dem Herzen. Deshalb lasst mich erklären. Das Land Gan existiert seit Anbeginn der Welt. Hier ist noch etwas von dem Zauber zu spüren, der die Erde bedeckte, als sie entstand. Alle Völker der Welt haben hier ihre Wurzeln, denn vom Lande Gan aus zogen die Menschen vor vielen Tausend Jahren in ferne Gegenden, um den Erdkreis zu bevölkern. Jeder Mensch hat hier sein wahres Zuhause. Noch heute ist Gan die Mitte der Erde – und hier ist es, wo die vier Ströme entspringen, von denen alles Leben auf dieser Erde abhängt.

Die Menschen vergaßen im Laufe der Jahrhunderte ihre Herkunft. Unser Land geriet in Vergessenheit und mit ihm die Leben spendende Kraft der vier Ströme. Entfremdet von dieser Lebensquelle wurden die Menschen böse. Ihre Herzen verhärteten sich. Krieg und Gewalt erschüttern seitdem immer wieder unsere Erde. Und wenn Menschen sich doch einmal hierher verirrten, richteten sie meist nur Zerstörung an. Sie waren mehr an den Schätzen unseres Landes interessiert als an seiner Schönheit und den Lebensströmen.

Um das Land zu bewahren wurde einst ein besonderer Schutz über Gan gelegt. Die Bosheit der Menschen und aller finsteren Mächte von den Enden der Erde sollte nie mehr den Weg nach Gan finden.«

»Aber warum dürfen wir dann hier sein?«, fragte Chika. »Wir gehören doch auch zu diesen Menschen von den Enden der Erde, oder?«

»Da habt Ihr recht. Wir mussten zwar unser Land vor aller Bosheit schützen, aber wir hatten nicht das Recht, die Menschen und Tiere außerhalb von Gan von der Kraft der Lebensströme auszuschließen. Alle Lebewesen, egal, wie gut oder böse sie sind, bedürfen der Kraft der Ströme. Genau aus diesem Grund gab es zu allen Zeiten immer vier Menschen, je einen von jedem Ende der Erde, denen Einlass nach Gan gewährt wurde. Meistens waren es Kinder, so wie Ihr, da diese noch reinen Herzens sind. Mithilfe der Amulette, die ihren Ursprung in Gan haben und voller wundersamer Kräfte sind, können diese vier Menschen hierher gelangen. Nun seid Ihr die Träger der Amulette.« Nebijah machte eine kurze Pause.

»Die vier Träger der Amulette dürfen in gewissen Abständen nach Gan kommen, um von den vier Lebensströmen zu trinken. Sie nehmen dadurch deren Kraft in sich auf und bringen sie, wenn sie zurückkehren, zu den vier Enden der Erde. Ohne die regelmäßige Vereinigung mit den Lebensströmen kann kein Leben auf dieser Welt dauerhaft gedeihen.«

Finn musste an die Inschrift auf den Amuletten denken: »›Vier Ströme geben Leben und Kraft bis an die Enden der Erde‹«, wiederholte er die Inschrift der Amulette. »Natürlich, jetzt verstehe ich das.«

Joe rief begeistert: »Und diesmal sind wir es, die von diesen Lebensströmen trinken, damit die Erde weitergedeihen kann? Wow! Oh bitte, zeigt uns, wo sie sind!«

Nebijah seufzte leise: »Ganz so einfach ist es dieses Mal leider nicht, Chochuschuvio aus den westlichen Landen. Gan ist nämlich in großer Gefahr.« Erschrocken sahen die vier in ihre traurigen Augen.

»Die vier Lebensströme sind versiegt«, sagte Nebijah mit erstickter Stimme.

Chika, Pendo, Joe und Finn waren verwirrt. Hatte Nebijah ihnen nicht eben noch erklärt, wie absolut notwendig die Ströme für das Leben auf der Erde seien?

»Aber dann …?«

»Ja, Finn aus den nördlichen Landen, dann wird unsere Erde so nicht weiterbestehen können.« Die vier waren fassungslos.

»Eine Weile wird die Lebenskraft wohl noch genügen«, erklärte Nebijah, »aber nicht mehr lange. Wenn die Ströme nicht wieder zu fließen beginnen, wird die Erde, so wie wir sie kennen und lieben, vergehen. Die Kraft und vor allem der Schutz, die das Wasser der Lebensströme der Erde gegeben haben, werden zusammenbrechen. Das Böse wird die Herrschaft übernehmen, und sein einziges Ziel ist die totale Unterwerfung allen Lebens.«

»Aber wie konnte das geschehen?«, fragte Pendo bestürzt.

»Gan ist zwar ein Land, in dem noch etwas von dem Zauber zu spüren ist, der die Erde bedeckte, als sie entstand, und das Böse hat hier auch bei Weitem nicht die Macht wie an den vier Enden der Erde – aber auch Gan ist nicht das Paradies.« Nebijahs Gesicht verfinsterte sich. »Solange die Bewohner unseres Landes regelmäßig zu den Lebensströmen gingen und davon tranken, floss das Wasser reichlich. Aber mit der Zeit meinten sie, genau wie die Menschen an den Enden der Erde, ohne dieses Wasser leben zu können. Sie sagten sich: ›Was sollen denn diese alten Rituale mit dem Wasser? Das brauchen wir doch heute nicht mehr. Wir können auch leben, ohne immer zu den Strömen laufen zu müssen.‹ Sie vergaßen schließlich die immense Bedeutung des Wassers für ihr Leben, ja für unser aller Leben auf dieser Erde. Irgendwann ging niemand mehr zu den Strömen. Sie waren ihnen völlig gleichgültig geworden. Als Hüterin der vier Lebensströme wartete ich auf die Menschen. Ich habe sie ermahnt, aber niemand kam. So wurde das Wasser immer weniger. Vorgestern ist die Quelle, aus der die vier Lebensströme gespeist werden, versiegt.«

»Das ist ja furchtbar!«, sagte Joe. »Aber was haben wir damit zu tun?«

Nebijah schaute sie lange und ernst an: »Ich habe Euch hierher gerufen, weil Ihr, die vier Träger der Amulette, die Einzigen seid, die jetzt noch helfen können.«

Die vier schauten Nebijah mit vor Schreck geweiteten Augen an und riefen wie aus einem Mund: »Wir?«.

»Lasst mich weitererzählen«, sagte die alte Frau ernst. »Erst als es zu spät war, begriffen die Bewohner von Gan, welche Folgen ihr Verhalten hatte. Sie spürten auf einmal, wie ihnen und dem ganzen Land die Lebenskraft entzogen wurde. Sogleich liefen sie zu den Lebensströmen und fanden sie vertrocknet vor. Sie rannten zur Quelle, in der Hoffnung, dort noch etwas von dem so wichtigen Wasser zu finden, aber die Quelle war versiegt. Es ist fast so, als ob die Quelle die Menschen in unserem Land für ihre Unachtsamkeit bestrafen wolle. Sosehr sie auch die Quelle bitten, das Wasser fließen zu lassen, es will nicht kommen.

Nun seid Ihr unsere einzige Rettung. Wenn die Träger der Amulette, die an der Unachtsamkeit der Bewohner Gans keine Schuld tragen, kommen, um das Wasser zu schöpfen, dann wird die Quelle wieder Wasser geben und die Lebensströme füllen. So ist zumindest unsere Hoffnung. Ihr müsst zur Quelle gehen. Dort gibt es einen Tisch, der ebenso aussieht wie der Tisch in diesem Raum. In diesen Tisch müsst Ihr die Amulette legen. Wenn das geschieht, beginnt die Quelle wieder zu fließen. Dann müsst Ihr von dem Wasser trinken, damit auch die vier Enden der Erde durch Euch wieder neue Lebenskraft empfangen.«

»Dann lass uns gleich hingehen«, sagte Joe voller Tatendrang. Nebijah lächelte ihn dankbar an, wurde dann aber sehr ernst.

»Der Weg zur Quelle ist leider sehr gefährlich«, sagte sie. »Sobald die Lebensströme versiegt waren, brach der wunderbare Schutz unseres Landes zusammen. Finstere Gestalten und Mächte sind seitdem in Gan eingedrungen. Diese Wesen stammen aus dem Teil der Welt, in dem Ihr lebt. Dort treiben sie schon seit vielen Tausend Jahren ihr Unwesen. Die Menschen dort können sie nicht sehen, aber die Folgen ihres Handelns erleben sie täglich. Die Mächte sind grausam und haben nichts anderes im Sinn, als alles an sich zu reißen und die Menschen zu knechten. Sie sind die Feinde des Lebens. Sie hassen die Lebensströme, weil diese immer noch das Leben auf dieser Erde ermöglichen, und sie werden alles Erdenkliche tun, um zu verhindern, dass die Träger der Amulette an ihr Ziel kommen. Wenn sie auch nur einen von Euch besiegen, bedeutet dies das Ende von Gan und damit auch das Ende des Lebens auf dieser Erde. Das Böse wird dann die Herrschaft übernehmen. Es wird eine Herrschaft voller Schrecken und Grausamkeit sein.«

Die Mädchen und Jungen schluckten. Die Angst stand ihnen ins Gesicht geschrieben.

»Du sprichst von *dem Bösen*, wie sieht das denn aus? Ist das so etwas wie ein Teufel mit Hörnern und Pferdefuß?«, fragte Pendo.

»Das Böse hat viele Gesichter. Manchmal sieht es ganz harmlos aus, manchmal sogar schön, ein anderes Mal ist es hässlich und brutal. Aber immer hat es ein Ziel: Es will das Leben zerstören.«

»Und wir sollen jetzt gegen das Böse kämpfen?«, fragte Chika mit greller Stimme.

»Ja, das ist Eure Aufgabe. Aus diesem Grund habe ich Euch gerufen.«

»Aber das ist doch verrückt«, sagte Pendo kopfschüttelnd. »Vier Zwölfjährige sollen gegen das Böse kämpfen. Wie soll denn das gehen? Da gibt es doch bestimmt Menschen, die viel besser geeignet sind. Wir sind doch viel zu klein und zu schwach.«

»Nein, das stimmt nicht. Es gibt niemanden, der besser geeignet ist als Ihr. Eure Namen verraten die Begabungen, die Euch anvertraut wurden und die Euch im Kampf helfen werden.«

Finn, Pendo, Chika und Joe schauten sich ratlos an. Was hatten ihre Namen denn damit zu tun?

»Finn – der Kenntnisreiche. Zügelt Euren Wissenshunger nicht. Wissen führt in die Weite.

Chika – die Weisheit.« Chika nickte, denn sie kannte die Bedeutung ihres Namens. »Wenn andere vorauslaufen, haltet inne. Lasst die Weisheit in Euch sprechen.

Chochuschuvio – der weiße Hirsch. Bewahrt Euch Stärke und Mut, so werdet Ihr Euer Ziel erreichen.

Pendo – die Liebe. Sie ist die stärkste Macht gegen das Böse, denn es weiß von der Liebe nichts.«

Alle schwiegen einen Moment, denn jeder versuchte, das Gehörte mit seinem Leben in Einklang zu bringen. Hatte der eigene Name wirklich eine so große Bedeutung? Waren sie wirklich in der Lage, gegen das Böse zu kämpfen?

Nach einigen Sekunden erstarrten Schweigens sagte Joe mit fester Stimme: »Also, ich bin bereit, für unsere Erde zu kämpfen.«

»Wenn wir uns weigern zu kämpfen, werden wir ohnehin alle umkommen, nicht wahr?«, fragte Finn.

»Das weiß ich nicht«, sagte Nebijah. »Aber egal, wo die Träger der Amulette sich auf der Welt aufhalten, die dunklen Mächte werden sie suchen. Sie sind die Einzigen, die die Lebensströme wieder zum Fließen bringen können. *Ihr* seid die Einzigen, die der Macht des Bösen noch im Wege stehen, bevor es die Herrschaft endgültig übernehmen kann. Es kreist schon über unserem Land, um Euch zu suchen.«

»Dann müssen wir kämpfen!«, sagte Pendo mit entschlossener Stimme. »Bist du auch mit dabei?«, fragte sie Chika, die bisher geschwiegen hatte.

Die überlegte und sagte dann: »Aber unsere Eltern – werden die sich keine Sorgen machen, wenn wir so lange von zu Hause weg sind? Vermutlich suchen sie uns schon.«

»Das ist eine weise Frage, die von großer Achtsamkeit zeugt«, sagte Nebijah. »Aber darüber müsst Ihr Euch nicht sorgen. Wenn Ihr zu den vier Enden der Erde zurückkehrt, wird dort keine Zeit vergangen sein. Alle Träger der Amulette haben erzählt, dass sie bei ihrer Rückkehr immer auch in ihre alte Zeit zurückgekehrt sind.«

»Ich kann mir zwar nicht vorstellen, wie ein kleines Mädchen irgendetwas zum Erfolg beitragen kann …«, begann Chika, aber Nebijah unterbrach sie sofort.

»Sagt nicht, dass Ihr nur ein kleines Mädchen seid. Ihr seid dazu auserwählt, Trägerin des Amuletts zu sein. Ihr seid etwas ganz Besonderes«, sagte Nebijah tadelnd.

Diesen Satz hörte Chika nun schon zum zweiten Mal. Vielleicht sollte sie sich doch etwas mehr zutrauen, überlegte sie. »Gut, ich bin auch mit dabei«, sagte sie schließlich und freute sich über ihre mutige Entscheidung.

»Dann ist ja alles klar«, sagte Joe. »Wann geht es los?«

»Zunächst einmal müsst Ihr Euch stärken und ausruhen. In Euren Zimmern werdet Ihr alles finden, was Ihr braucht: Etwas zu essen, Kleidung für die Nacht und für den morgigen Tag.«

»Nun ja«, sagte Finn mit grinsendem Gesicht. »Für die Nacht bin ich ja schon angezogen«, und schaute runter auf seinen Schlafanzug. Alle mussten lachen.

»Morgen sehen wir uns wieder. Nehmt nun Eure Amulette und tragt sie immer bei Euch. Lebt wohl.« Nebijah verneigte sich, und im nächsten Moment zerfiel sie in tausend goldene Tropfen, die sich sogleich in Luft auflösten.

»Ich weiß zwar nicht, wie ich heute Nacht auch nur ein Auge zumachen soll, aber vermutlich sollten wir wirklich auf unsere Zimmer gehen«, stellte Pendo fest.

»Also, ich kann jetzt auf keinen Fall schlafen gehen«, sagte Joe aufgeregt. »Mir schwirren tausend Dinge durch den Kopf.«

»Das geht mir ganz genauso«, stimmte Finn zu, und Chika sagte, sie wolle jetzt auf keinen Fall alleine sein.

»Vor wenigen Stunden war ich noch zu Hause und stöhnte darüber, meinen Eltern bei der Feldarbeit helfen zu müssen, und jetzt bin ich hier mitten in einem Abenteuer. Das kriege ich nicht in meinen Kopf hinein«, sagte Joe kopfschüttelnd. Finn, Chika und Pendo mussten lachen, denn ihnen ging es ganz ähnlich.

»Mir macht das Angst, was Nebijah uns erzählt hat«, sagte Chika. »Ich kann mir immer noch nicht denken, wie wir vier Kinder gegen das Böse kämpfen sollen.«

Finn musste an zu Hause denken, dann sagte er: »Mein Großvater hat sich so für mich gefreut, als er in mir den neuen Träger des Amuletts erkannte. Das hätte er bestimmt nicht getan, wenn er Angst um mich haben müsste. Es wird schon gut gehen.«

»Hoffen wir, dass du recht hast«, meinte Pendo nachdenklich. »Ich gehe jetzt jedenfalls ins Bett. Schlaft gut.«

Finn, Joe und Chika sagten sich nun auch Gute Nacht und gingen jeder in sein Zimmer.

Als Finn den kuppelartigen Raum mit der rot und blau schimmernden Seidentapete betrat, fand er dort einen reich gedeckten Tisch mit allen Köstlichkeiten, die das Herz begehrte. Außerdem war da nun eine weitere Tür, die in ein kleines Badezimmer führte. Nachdem er sich gestärkt und für die Nacht fertig gemacht hatte, legte er sich in sein Bett. Einige Zeit musste er über das Erlebte nachdenken, es war einfach zu fantastisch, was sich in den letzten Stunden ereignet hatte, aber entgegen allen Befürchtungen schlief er schnell ein.

Als Finn am nächsten Morgen aufwachte, fand er auf dem Tisch ein wunderbares Frühstück: leckere Brötchen, Marmelade, Käse, Eier, Kakao. Alles war reichlich vorhanden. Als er sich satt gegessen hatte, zog er sich die weißen Kleider an, die er am Tag zuvor schon auf dem Stuhl liegen gesehen hatte. Sie bestanden aus einer Hose, einem Pullover, einem Paar Schuhe und einem langen Umhang mit Kapuze. Der Stoff fühlte sich tatsächlich wunderbar weich an. Es war ein vollkommen neues Gefühl, diese Kleidung zu tragen. Sie wog fast gar nichts und spannte oder zwickte an keiner Stelle. Finn überlegte gerade noch, wie lange diese Kleidung wohl bei ihrem Abenteuer weiß bleiben würde, als er sich die Kapuze über den Kopf zog, die ihn irgendwie an eine Mönchskutte erinnerte. Verblüfft blickte er an sich runter: Die gesamte Kleidung war nicht mehr weiß, sondern blau und rot mit silbernen Federn und Vögeln drauf. Es war, als ob seine Kleidung die Wände seines Zimmers widerspiegeln würde. Dann zog er die Kapuze herunter und alles wurde wieder weiß.

Da hörte er die anderen seinen Namen rufen. Schnell ging er in den großen Saal in der Mitte, wo sie schon auf ihn warteten. Sie trugen alle die gleichen weißen Kleider wie er.

»Da bist du ja endlich«, sagte Joe schon etwas ungeduldig.

»Habt ihr auch gemerkt, was es mit den Kleidern auf sich hat?«, fragte Finn.

»Ja, sie fühlen sich unglaublich weich an. So etwas habe ich noch nie getragen«, sagte Pendo.

»Mehr habt ihr noch nicht bemerkt? Dann schaut mal her.« Finn zog sich die Kapuze über den Kopf, und schon nahm seine gesamte Kleidung die goldene und silberne Farbe des Raumes an. Pendo, Chika und Joe staunten nicht schlecht. Schnell zogen sie auch ihre Kapuzen über, und wie bei Finn veränderte sich die Farbe von Weiß in Gold und Silber.

»Das ist ja unglaublich!«, rief Chika. »Ich kann es nicht fassen. Man kann uns ja kaum noch erkennen. Wenn wir jetzt noch unsere Hände und unser Gesicht im Umhang verstecken, sind wir nahezu unsichtbar. Fantastisch!«

Die anderen waren ebenso begeistert. Aber dann fiel ihnen ein, dass Nebijah sich mit ihnen für diesen Morgen verabredet hatte.

»Ich frage mich, ob Nebijah heute von alleine kommt oder ob wir sie wieder mit unseren Amuletten rufen müssen«, überlegte Pendo.

»Da sie noch nicht hier ist, würde ich vermuten, wir machen es einfach wie gestern«, schlug Joe vor.

Sie zogen ihre Kapuzen vom Kopf, setzten sich hin und legten die Amulette in die Vertiefung auf dem Tisch. Genau wie tags zuvor konnten sie zusehen, wie die goldene Kugel im Raum umherschwebte und wie aus Tausenden goldenen Tropfen Nebijah entstand. Obwohl die vier genau wussten, was passieren würde, waren sie nicht weniger beeindruckt.

»Seid gegrüßt, Träger der Amulette, die Ihr von den vier Enden der Erde gekommen seid«, sagte sie und verneigte sich vor ihnen. Diesmal verneigten sich auch die vier vor Nebijah und grüßten sie.

»Guten Morgen, Nebijah.«

»Ich hoffe, Ihr habt Euch erholt und gestärkt, denn Euch erwarten große Abenteuer.« Nebijah schaute besorgt zu den vieren. »Ihr sollt aber nicht ohne Hilfe diesen schweren Weg gehen.« Finn, Pendo, Chika und Joe schauten Nebijah hoffnungsvoll an. »Eure Gewänder habt Ihr ja bereits angezogen. Ihr habt bestimmt schon festgestellt, dass sie sich Eurer Umgebung anpassen, wenn Ihr die Kapuze über den Kopf zieht. Sie sind eine ideale Tarnung.« Die vier nickten. »Außerdem passt sich dieser Stoff immer der Temperatur Eurer Umgebung an. Ihr werdet darin niemals frieren und auch nicht schwitzen.« Fasziniert strichen sie über den wundersamen Stoff.

»Dann habe ich hier für jeden von Euch eine Tasche. Sie sind aus dem gleichen Material gefertigt wie Eure Kleider. Ihr werdet in diesen Taschen immer alles finden, was ihr braucht: Essen, Trinken, Medizin.«

Ungläubig schauten die vier in die Taschen hinein. Sie waren leer. Doch nach allem, was sie seit gestern erlebt hatten, glaubten sie Nebijah jedes Wort.

»Aber nun kommt das Wichtigste. Jeder von Euch bekommt einen der vier Schätze von Gan. Es sind kostbare Gegenstände, die in der Anfangszeit unseres Landes entstanden. Sie bergen noch etwas von dem tiefen Zauber in sich, der unser Land in seiner Anfangszeit beseelt hat. Euch sollen sie Hilfe sein in der Not.

Pendo aus den südlichen Landen, tretet hervor!«, sagte Nebijah mit feierlicher Stimme.

Pendo ging zu der alten Frau, die ihre Hände öffnete. Aus goldenen Tropfen formte sich ein Stoffbeutel. Nebijah öffnete den Beutel und holte einen großen Diamanten hervor.

»Dies ist Jakar, wohl einer der schönsten und vermutlich wertvollsten Edelsteine überhaupt. Menschen und finstere Mächte würden für ihn töten. Aber sie sehen nur den Reichtum, den er seinem Besitzer verheißt. Sie wissen nicht, dass jeder, der ihn sich unrechtmäßig aneignet, sich auf der Stelle in einen Stein verwandelt. Je größer die Gier des Diebes nach dem Diamanten ist, desto länger hält die Verwandlung an.« Nebijah ließ den kostbaren Stein vorsichtig in den Beutel zurückgleiten und legte ihn behutsam in Pendos Hände.

Als Nächstes war Chika an der Reihe. Sie erhielt einen wunderschönen, in einen goldenen Rahmen eingefassten Spiegel.

»Dies ist der Spiegel Marah. Schaut mit dem Herzen und Ihr werdet mit seiner Hilfe aus aussichtslosen Situationen herausfinden.« Ehrfürchtig betrachtete Chika den Spiegel in ihren Händen und betastete fasziniert den kunstvoll gestalteten Goldrahmen.

»Nun zu Euch, Chochuschuvio aus den westlichen Landen. Ihr erhaltet eine Kerze. Auf den ersten Blick vielleicht das unscheinbarste Geschenk, aber täuscht Euch nicht. Diese Kerze war schon vielen Menschen eine Hilfe in großer Not. Sie trägt den Namen Orah, denn sie bringt immer die Wahrheit an das Licht.«

Joe nahm die Kerze in seine Hand. Er konnte sich zwar nicht wirklich vorstellen, was die Worte Nebijahs bedeuteten, und an der Kerze konnte er überhaupt nichts Ungewöhnliches erkennen – aber er ahnte, dass sich hinter diesem Geschenk bestimmt ein spannendes Abenteuer verbarg. Glücklich bedankte er sich.

»Und nun zu Euch, Finn aus den nördlichen Landen.« Aus den

goldenen Tropfen über Nebijahs Hand entstand ein längliches goldenes Etui. Finn nahm es dankend an und öffnete es. In dem Etui befand sich eine wunderschöne, leuchtende silberne Feder. Neugierig und gleichsam verwirrt schaute er auf den seltsamen Gegenstand in seiner Hand.

»Eine Feder?«

»Nicht irgendeine Feder«, erklärte Nebijah. »Diese Feder stammt von Äbrah, dem silbernen Pelikan. Viele Geheimnisse und Geschichten ranken sich um diesen besonderen Vogel. Wenn Menschen in Not geraten, rufen sie oft ›*Äbrah – Hilf uns!*‹. Tief in sich spüren sie noch die Kraft, die dieses geheimnisvolle Wesen umgibt. Aber gesehen …«, Nebijah schaute ernst die Träger der Amulette an, »gesehen hat ihn noch niemand. In den alten Schriften steht geschrieben: *Ergreife die silberne Feder in der größten Not, und Hilfe wird dir entgegeneilen.*«

Ehrfürchtig hielten die Gefährten die ihnen anvertrauten Schätze in den Händen. Sie sahen so unscheinbar aus – bis auf Jakar, doch auch er offenbarte auf den ersten Blick nicht, welche Macht ihm innewohnte. Waren sie wirklich die richtige Hilfe für ihre abenteuerliche Aufgabe? Wären Waffen wie Schwerter oder Pfeil und Bogen nicht viel nützlicher? Zumindest hatten die Helden in den Abenteuergeschichten, die sie aus Büchern und aus dem Fernsehen kannten, ganz andere Waffen. Finn, Pendo, Chika und Joe waren etwas ratlos. Sie wussten nicht so recht, was sie jetzt sagen sollten. Zum Glück richtete Nebijah erneut das Wort an sie:

»Ihr Kinder von den vier Enden der Erde, Ihr seid nun Gefährten auf einem gefährlichen Weg«, begann Nebijah. »Niemals zuvor wurde von den Trägern der Amulette solch ein Heldenmut verlangt. Verlasst nun diesen heiligen Ort. Dort, wo die Sonne aufgeht, werdet Ihr die Quelle der vier Lebensströme finden. Der, der ohne Namen ist, der Schöpfer aller Lebensströme, und Äbrah, seien mit Euch.«

Nebijah verneigte sich vor ihnen und, noch bevor die Kinder

etwas erwidern konnten, löste sie sich vor ihren Augen in goldene Tropfen auf und verschwand.

»Aber ich habe doch noch so viele Fragen«, sagte Finn enttäuscht. »Warum hat sie nicht noch etwas gewartet?« Er raufte sich mit einem verzweifelten Gesichtsausdruck die Haare.

»Vielleicht haben wir alles erfahren, was wir wissen müssen«, meinte Pendo.

Kapitel 3

Die List der Bergmännchen

Die Träger der Amulette verließen den Garten in Richtung Osten, genau wie Nebijah es ihnen gesagt hatte. Da es noch früh am Morgen war, konnten sie anhand der Sonne leicht feststellen, in welche Richtung sie gehen mussten.

Chika fragte besorgt: »Wie finden wir denn später heraus, in welche Richtung wir gehen müssen, wenn die Sonne hoch am Himmel steht?«

»Das ist kein Problem, mit den Himmelsrichtungen kenne ich mich ziemlich gut aus«, meinte Joe. »Mein Vater hat mir das bei unzähligen Wanderungen beigebracht. Ich weiß zwar noch lange nicht so viel wie er, aber immerhin so viel, dass ich mich gut orientieren kann.« Das beruhigte Chika sehr, für die es ein Kinderspiel war, in Kyoto die richtige U-Bahn zu finden, die sich aber mit Wanderungen in der freien Natur überhaupt nicht auskannte.

Zwar hatte Nebijah die vier Gefährten vor finsteren Mächten und Gestalten gewarnt, die in das Land Gan eingedrungen seien, aber jetzt, wo sie durch die schönen Wälder und Wiesen wanderten, war das alles weit weg. Selbst Chika vergaß ihre Sorgen und ließ Pendos Hand los, an der sie sich seit Beginn der Wanderung festgehalten hatte. Die wunderschöne Landschaft begeisterte sie zu sehr. Jeder von ihnen kam aus einer anderen Umgebung: Finn aus Deutschland mit seinen Bergen und Hügeln und der Nordsee, die er so liebte, Pendo aus Südafrika mit seinem sonnigen, trockenen Klima und dem Atlantischen und dem Indischen Ozean, Chochuschuvio aus der trockenen Hochlandebene des Colorado-Plateaus und Chika aus Japan mit seinen zahlreichen Inseln und den Bergwäldern, von denen sie bisher leider nur wenig gesehen hatte. Aber was sie hier nun sahen, war anders als all das. Alles war viel größer und die Farben intensiver. Die Natur schien vor Kraft zu strotzen.

Am meisten beeindruckte Joe die unglaubliche Vielfalt an Pflanzen. Er wusste, wie hart die Arbeit auf dem Feld war und wie viel Mühe es seine Familie kostete, dem trockenen Boden wenigstens eine kleine Maisernte abzuringen. In Gan aber schien alles fast von alleine zu wachsen. So etwas hatte er noch nie zuvor gesehen.

Finn, Chika und Pendo waren nicht minder erstaunt über das, was sie da sahen. Immer wieder sagten sie: »Seht doch nur, wie schön«, oder: »Schaut doch mal, so eine große Himbeere habe ich noch nie gesehen!«. Immerzu entdeckten sie Neues. Das Laufen machte allen Freude, zumal sie mit ihrer leichten Reisekleidung keinen unnötigen Ballast mit sich herumtragen mussten.

Fast hatten sie den Anlass ihrer Reise vergessen. Da entdeckten sie am Ende einer Lichtung ein kleines, aus roten Ziegelsteinen gebautes Haus. Mit seinem reetgedeckten Dach und dem hübschen Vorgarten, der mit Blumen und Sträuchern angelegt war, die dicke Früchte trugen, machte es einen friedlichen Eindruck. Eingefasst war der Garten mit einem niedrigen weißen Zaun und einem Holztor, um das sich Rosen rankten.

Finn wollte gerade seine Gefährten auffordern, vorsichtshalber ihre Kapuzen überzuziehen, als sie unvermittelt jemand ansprach:

»Was macht ihr denn in diesen gefährlichen Zeiten alleine draußen im Wald? Wisst ihr nicht, dass dunkle Mächte in unser Land eingefallen sind? Kinder sollten da nicht alleine rumlaufen.«

Finn, Chika, Joe und Pendo wirbelten erschrocken herum. Aus dem Wald hinter ihnen trat ein großer Mann mit blonden Haaren und einem kurz geschnittenen Bart. Er trug einen grünen Umhang, unter dem braune Lederstiefel herausschauten.

»Ja, ähm, doch«, stammelten die vier. Was sollten sie jetzt bloß sagen? Wer konnte wissen, ob dieser Mann überhaupt vertrauenswürdig war?

»Wohin seid ihr denn unterwegs? Ich habe euch hier noch nie gesehen.«

»Wir …«, begann Pendo zögernd, »ähm, wir sind Chika, Finn, Pendo und Joe, und wir sind unterwegs in Richtung der aufgehenden Sonne.«

»Aha!«, sagte der Mann und sein Blick wurde noch besorgter. »Dahin sind in den letzten Tagen viele Menschen gelaufen – auch ich. Wir wollten so schnell wie möglich zur Quelle der vier Lebensströme und sie bitten, ihr Wasser doch wieder fließen zu lassen. Wir haben die Quelle angefleht, unser Land wieder zu beschützen, aber vergeblich. Das Wasser fließt nicht mehr. Ich muss gestehen, auch ich war als Kind zum letzten Mal dort. Meine Großmutter hatte mich mitgenommen. Aber ich nahm ihren Rat, regelmäßig vom Wasser der Lebensströme zu trinken, nicht ernst. Oh, wie ich mich getäuscht habe! Jetzt, wo die Quelle versiegt ist und böse Mächte in unser Land eindringen, weiß ich erst, wie recht sie hatte. Ohne das Wasser der Lebensströme ist unser Land verloren. Es ist schrecklich.«

Der Mann hielt erschrocken inne. »Aber wie unhöflich ich bin. Ich habe mich nicht einmal vorgestellt. Mein Name ist Alon, ich bin der Hüter dieses Waldes. Ihr seid herzlich eingeladen, in meinem Haus eine kurze Rast zu machen und euch etwas zu stärken. Ich kann uns einen leckeren Kakao kochen und habe auch etwas Kuchen im Schrank. Mögt ihr?« Alon zeigte auf das kleine Haus, dass sie entdeckt hatten, kurz bevor er sie angesprochen hatte.

Die vier schauten einander fragend an. Konnten sie diesem Mann vertrauen? Seine Geschichte machte zwar einen glaubhaften Eindruck, aber bisher hatten sie keinerlei Erfahrung mit den Bewohnern Gans gemacht. Pendo nickte den anderen zu. Sie spürte genau, dass sie diesem Mann vertrauen konnten. So stimmten alle zu und Joe sagte: »Gerne nehmen wir Ihre Einladung an. Vielen Dank.«

Als sie das Haus betraten, fühlten sie sich sofort wohl. Es war schlicht eingerichtet, aber sehr gemütlich. Alon bat sie, sich an den runden Esstisch zu setzen, und kam kurze Zeit später mit Geschirr, etwas Kuchen und einer Kanne mit duftendem Kakao zurück. Die vier Wanderer waren nun schon einige Stunden gelaufen und deshalb hungrig und durstig. So ließen sie es sich schmecken und beteuerten zwischendurch mehrmals, wie lecker alles sei. Ihr Gastgeber freute sich über das Lob. Dann aber schaute er sie ernst an:

»Wenn ich euch vor nur einer Woche getroffen hätte und ihr so leichtfertig der Einladung in mein Haus gefolgt wärt, würde ich mir keine Sorgen machen, denn Gastfreundschaft war immer ein besonderes Gut im Lande Gan. Aber heute muss ich euch warnen.« Seine Stimme wurde ernst und ein Schatten legte sich auf sein Gesicht. »Ihr müsst lernen, vorsichtig zu sein. Vertraut niemandem! Es war sehr leichtsinnig von euch, mir in mein Haus zu folgen.«

Joe, Chika, Finn und Pendo schauten betreten drein. Eigentlich hätte Nebijahs Warnung ihnen genügen müssen, aber die Schönheit der Natur und das freundliche Gesicht Alons hatten sie unvorsichtig werden lassen.

»Ja, Alon, wir wollen das beherzigen. Sie haben bestimmt recht«, beteuerte Pendo und die anderen stimmten zu. »Aber ich war mir einfach ganz sicher, dass wir Ihnen vertrauen können. Mein erster Eindruck von einem Menschen hat mich noch nie getäuscht.«

»Trotzdem möchte ich euch warnen. Wenn du dich nur ein einziges Mal täuschst, könnt ihr in große Schwierigkeiten kommen. Am besten geht ihr gleich wieder nach Hause. Es lohnt sich wirklich nicht, zur Quelle der Lebensströme zu gehen«, sagte Alon. »Sie ist versiegt. Wir haben schon alles versucht. Geht lieber zurück zu euren Familien, bevor sie sich unnötig Sorgen um euch machen. Alles verändert sich gerade. Selbst die Bergmännchen, die in Gan immer freundlich gesinnt waren, verhalten sich merkwürdig. Als ich in die Nähe einer ihrer Felsklüfte kam, haben sie mich mit Steinen beworfen.«

Finn, Pendo, Joe und Chika hatten keine Vorstellung davon, was Bergmännchen überhaupt waren, und schauten den empört dreinschauenden Alon fragend an. Der deutete ihre Gesichter aber so, als ob sie über diese Tatsache genauso fassungslos waren wie er.

»Ja, wirklich. Die Bergmännchen! Sie sind zwar sonst auch mal etwas mürrisch, aber das hätte ich nie von ihnen gedacht.«

Finn hätte sich das mit den Bergmännchen furchtbar gerne erklären lassen, aber das hätte Alons Misstrauen erregt. Er sprach so über diese Wesen, als ob jedes Kind in Gan genau wüsste, wer sie waren. Also schwieg er lieber.

»Ich denke, wir müssen jetzt weiter«, sagte Joe.

»Ja, du hast recht«, stimmten die anderen zu. »Wir bedanken uns für Ihre Gastfreundschaft, Alon. Es war sehr schön bei Ihnen. Leben Sie wohl.«

Sie gaben einander die Hand und verließen das Haus. Alon schaute den vier Gefährten mit einem bekümmerten Gesichtsausdruck hinterher und rief: »Der Schöpfer aller Lebensströme sei mit euch.« Finn, Pendo, Joe und Chika winkten ihm noch einmal zu und verließen den Garten Richtung Wald. Joe blickte zum Himmel und führte die anderen sicher in die richtige Richtung.

Sie waren noch nicht weit gegangen, als Pendo plötzlich zischte: »Schnell, Kapuzen auf! In den Wald!« Ihre aufgeregte Stimme ließ die anderen sofort reagieren. Sie griffen eilig nach ihren Kapuzen und rannten auf die Bäume zu. Ihre Gewänder hatten sofort die Farben und Schattierungen der Wiese und des Waldes angenommen. Ängstlich zogen sie die Umhänge fest um sich, damit möglichst wenig von ihren Händen und Gesichtern zu erkennen war.

Als sie im Wald ankamen, fragte Chika, noch ganz außer Atem, mit erregter Stimme. »Was ist denn los? Was hast du gesehen?«

»Schaut mal vorsichtig nach oben«, sagte Pendo und deutete Richtung Himmel. In nicht allzu großer Entfernung sahen sie über sich einen dunklen Schatten seine Kreise ziehen. Das Wesen hatte zwar Flügel, aber es war kein Vogel. Vielmehr erinnerten seine Flügel an eine riesengroße Fledermaus. Sein Körper hatte Ähnlichkeit mit dem eines Menschen. Es war nackt und hatte eine ganz dunkle Haut. Die vier Gefährten konnten das Wesen wegen der großen Entfernung zwar nicht genauer erkennen, aber eines fiel ihnen sofort auf: Es hatte leuchtend rote, gefährlich dreinblickende Augen, mit denen es den Wald und die Wiesen absuchte. Zwischendurch gab es schreckliche Laute von sich, die ihnen durch Mark und Bein gingen. Voller Angst drängten sich die vier dicht aneinander und versuchten, ihre Gesichter nicht aus den Umhängen herausschauen zu lassen. Sie waren wie gelähmt und wagten es kaum, zu atmen. Eins wussten sie: Mit diesem Ding da oben wollten sie keine Bekanntschaft machen.

Nach einigen Minuten entfernte sich das Geräusch, und die Kinder konnten wieder aufatmen.

»Was war denn das?«, fragte Chika, der man die Erleichterung im Gesicht ansah, nicht von der Gestalt am Himmel entdeckt worden zu sein.

»Ich weiß es nicht«, flüsterte Finn. »Aber als ich es eben sah, musste ich an einen Albtraum denken, den ich in letzter Zeit öfter hatte. Ich bin mir nicht sicher, aber ich glaube, dass genau diese Kreatur darin auftauchte.« Er musste schlucken. Die bloße Erinnerung an den Traum schnürte ihm die Kehle zu.

»Es muss eines dieser finsteren Wesen sein, die aus unserem Teil der Erde hierher gekommen sind«, mutmaßte Pendo.

»Also, *ich* habe so etwas noch nie gesehen!«, sagte Chika, und auch Joe schüttelte besorgt seinen Kopf.

»Erinnert ihr euch nicht?«, erklärte Finn. »Für die Menschen außerhalb von Gan sind diese Wesen normalerweise nicht sichtbar. Nebijah erzählte doch, wir würden bei uns nur die Folgen ihres Handelns sehen können, aber nicht sie selbst. Hier ist das anders. Wir können jetzt all das sehen, was sonst auch unser Leben bedroht.«

»Das ist ja ein schrecklicher Gedanke«, sage Chika, der erst jetzt bewusst wurde, was die Worte Nebijahs bedeuteten. »Stellt euch das mal vor! Diese Dinger fliegen immer über uns herum, und wir wissen es nicht …« Ihr Gesicht sah nun kreidebleich aus.

»Wie kommt es dann, dass du so ein Vieh schon mal im Traum gesehen hast?«, fragte Joe.

»Keine Ahnung«, antwortete Finn. »Aber wenn es tatsächlich die gleiche Kreatur wie in meinem Traum ist, möchte ich ihr nicht begegnen.«

»Kommt«, sagte Pendo, »gehen wir lieber weiter. Die Kapuzen sollten wir aber vorsichtshalber aufbehalten und den Wald nicht verlassen. Hier sind wir geschützter.«

»Hoffen wir mal, dass der Weg Richtung Osten auch weiterhin so waldreich ist. Auf eine ungeschützte Ebene würde ich mich jetzt nicht mehr wagen«, ängstigte sich Chika.

Leise gingen sie weiter. Der Wald um sie war schön wie zuvor, aber jetzt hatten sie keine Augen mehr dafür, sondern schauten immer wieder unsicher um sich und suchten den Himmel ab, ob ihnen irgendetwas Verdächtiges auffiel. Ihnen war klar: Diese schrecklichen Kreaturen am Himmel waren auf der Suche nach ihnen. Sie wollten verhindern, dass die Träger der Amulette ihr Ziel erreichten.

Mit den übergezogenen Kapuzen zu laufen war gar nicht so einfach, denn sie konnten ihre eigenen Füße wegen der Tarnfarben nur schwer erkennen. Manchmal blieben sie an einem Zweig hängen oder rutschten in ein Loch, das sie nicht gesehen hatten. Nur selten machten sie eine kleine Pause, denn mittlerweile war ihnen bewusst, dass sie nicht zu viel Zeit verlieren durften. Wenn diese seltsamen Geisterwesen schon so weit nach Gan vorgedrungen waren, mussten sie sich beeilen.

Als es allmählich dunkel wurde, sagte Chika: »Ich kann nicht mehr weiterlaufen. Mir tut alles weh und ich bin müde.«

Die anderen reagierten fast erleichtert auf diesen Satz, denn es ging ihnen ebenso. Sie sehnten sich nach etwas Ruhe. Unter ein paar Büschen suchten sie sich einen geschützten Platz und machten es sich so bequem wie möglich.

»Ich habe solchen Durst«, sagte Finn. »Wir haben nichts getrunken, seit wir heute Nachmittag im Haus von Alon waren.«

»Und einen Bärenhunger habe ich dazu«, sagte Joe. Jetzt fiel auch den anderen auf, wie dringend sie etwas zu essen brauchten. »Lasst uns doch mal sehen, ob das mit den Taschen funktioniert, die Nebijah uns gegeben hat.«

Alle holten die weichen Beutel hervor und schauten erwartungsvoll hinein – sie waren leer. »Oh nein«, sagte Pendo enttäuscht. »Wir können doch morgen nicht weiterlaufen, wenn wir nicht etwas Vernünftiges zu essen und zu trinken bekommen.«

»Ich habe eine Idee.« Chika machte ihre Tasche wieder zu und schaute zu den anderen. »Nebijah hat uns gesagt, die Tasche gibt uns alles, was wir benötigen. Vielleicht müssen wir ihr einfach sagen, was wir brauchen? Woher soll sie denn sonst wissen, was sie uns geben soll? Also …«, sie überlegte einen Moment. »Ich brauche jetzt ganz dringend eine Flasche kühles Wasser und eine Schale Reis mit Hühnerfleisch.« Sie griff in ihre Tasche. »Aua!«

»Was ist los?«, fragten die anderen erschrocken.

»Ich habe gerade in was Heißes gefasst.« Sie öffnete die Tasche wieder, schaute hinein und machte große Augen. Dann holte sie unter den verdutzten Blicken der anderen eine Schale Reis, bedeckt mit einer leckeren Soße mit Hühnerfleisch, hervor. Als sie abermals reinfasste, hatte sie Essstäbchen und eine Flasche Mineralwasser in der Hand.

»Das ist ja der helle Wahnsinn!«, rief Finn und starrte fassungslos auf das Essen. »Chika, das war die beste Idee überhaupt!«

Chika wurde über dieses Lob etwas rot und sah verlegen zu ihrer Schale Reis. Sie freute sich riesig, wenn sie den anderen helfen konnte.

Nun begannen alle, ihre Wünsche zu äußern. Es war unglaublich, welche Vielfalt da hervorgezaubert wurde: verschiedene Fleischgerichte und Gemüse, Kartoffeln, Reis und Maisbrei, Wasser, Limonade, süße Nachspeisen und Früchte. Sie aßen und tranken nach Herzenslust. Als sie so satt waren, dass sie noch nicht einmal eine weitere Weintraube hätten essen können, schauten sie fragend um sich herum. Was sollten sie denn jetzt mit all den Schüsseln und Tellern machen? Sie konnten sie ja schlecht im Wald liegen lassen, zumal sie damit eine verdächtige Spur legen würden.

»Vielleicht sollten wir das Geschirr einfach vergraben?«, schlug Finn vor. Die anderen schüttelten den Kopf.

»Da kannst du das Geschirr auch einfach so liegen lassen«, sagte Joe. »Ein frischer Erdhügel sieht mindestens genauso verdächtig aus wie das Geschirr.«

Wieder hatte Chika eine Idee. »Warum sollten wir das Geschirr nicht dahin bringen können, wo es herkommt?« Die anderen grinsten.

»Warum nicht«, sagte Finn lachend. »Einen Versuch ist es wert.« Er öffnete seine Tasche, steckte das ganze schmutzige Geschirr hinein und verschloss sie wieder – und tatsächlich, es klappte: Als er die Tasche noch einmal öffnete, war sie so leer wie zuvor.

»Für diese Spülmaschine würde meine Mutter ihr Leben geben«, sagte Chika lachend.

Die Gefährten alberten noch etwas herum, bis es ganz dunkel war. Sie überlegten, ob sie sich noch ein Licht aus der Tasche wünschen sollten, vielleicht würde das ja auch klappen. Sie entschieden sich aber dagegen, da das viel zu auffällig wäre.

Sie kuschelten sich in ihre Tarnmäntel und zogen die Kapuzen tief ins Gesicht. Jeder versuchte, auf dem weichen Waldboden ein möglichst bequemes Plätzchen zu finden. Das gelang ihnen sogar ganz gut; unheimlich war nur, dass sie sich nun gegenseitig überhaupt nicht mehr sehen konnten, denn ihre Kleider waren so schwarz wie die sie umgebende Nacht.

Trotz der nächtlichen Kühle musste keiner frieren, denn waren die Mäntel am Tage leicht und luftig, strahlten sie nun eine wohlige Wärme aus. Ein paar Minuten unterhielten sie sich noch über den ereignisreichen Tag, der hinter ihnen lag. Sie hatten einige Fehler gemacht und hätten leicht entdeckt werden können. Das war ihnen klar. Sie mussten einfach besser aufpassen. Bald wünschten sie sich aber eine gute Nacht und schliefen vor Erschöpfung ein.

»Aua!«, schrie ein Kind. »Hilfe!«, ein anderes.

Eine tiefe Stimme brummte: »Was liegt denn hier auf dem Boden rum? Worüber sind wir da gestolpert?«

Während Pendo, Joe, Chika und Finn noch friedlich schliefen, waren fünf Bergmännchen bei Morgengrauen im Wald unterwegs. Sie gingen nichts ahnend und noch etwas verschlafen ihren Weg und stolperten plötzlich über die vier Gefährten. Wegen der Tarnumhänge konnten sie diese aber nicht sehen und wunderten sich. Die aus dem Schlaf geschreckten Jungen und Mädchen riefen durcheinander und richteten sich hektisch auf. Dabei rutschten ihnen natürlich die Kapuzen vom Kopf, ihre Kleider wurden wieder weiß und alle schauten sich mit großen Augen an. Keiner wagte, etwas zu sagen. Die vier Gefährten betrachteten die kleinen Männchen mit ihren bunten Hosen, karierten Hemden, Zipfelmützen und Bärten, die bis zum Boden reichten, und die

Bergmännchen betrachteten die Menschen. Um genau zu sein: Sie musterten die Kleider der Gefährten, die ja ganz offensichtlich irgendwie unsichtbar machen konnten.

Als Finn die kleinen Leute vor sich sah, musste er gleich an verschiedene Bilderbücher denken, die seine Eltern ihm vorgelesen hatten, als er noch in den Kindergarten ging. Deshalb fragte er: »Seid ihr Zwerge?« Das war für die Bergmännchen zu viel.

»Willst du uns etwa mit Gartenzwergen vergleichen?«, sagte einer.

Ein anderer brummte: »Sind wir etwa aus Plastik?«

»Äh, nein«, sagte Finn etwas verwirrt. »Aber ihr seht irgendwie so aus.«

»Wir sind aber keine Zwerge«, sagte einer von ihnen mit angewidertem Gesichtsausdruck. »Wir sind«, er überlegte einen Moment und sagte dann mit gestreckten Schultern und erhobenem Kopf, »die Bergmännchen von Gan. Das weiß doch jedes Kind.«

Finn verstand nicht so ganz, wo der Unterschied sein sollte, sagte aber lieber nichts dazu, denn offensichtlich war die Bezeichnung Zwerg eine Beleidigung für diese seltsamen kleinen Gestalten.

»Die Bergmännchen sind die besten Bergarbeiter auf der ganzen Welt. Die größten Schätze holen wir aus der Erde hervor«, sagte ein anderes Bergmännchen mit vor Stolz geschwellter Brust.

Die Gefährten bemerkten nicht, wie er und auch die anderen Bergmännchen ihre Mäntel begutachteten, auch den gierigen Gesichtsausdruck nahmen sie nicht wahr. Dafür waren diese Winzlinge, die auf ihre Weise auch niedlich aussahen, viel zu interessant. Sie reichten ihnen höchstens bis zum Bauch und wirkten dadurch nicht sehr bedrohlich.

Ein Bergmännchen sagte nun mit weitaus freundlicherer Stimme: »Ich finde, auf den Schreck sollten wir erst mal etwas trinken. Da vorne ist eine unserer Höhlen, zu der wir gerade unterwegs waren. Ihr könnt gerne mit uns dort frühstücken. Herzliche Einladung!«

Chika, die die Bergmännchen einfach nur putzig fand, vergaß alle Warnungen und sagte gleich: »Au ja, lasst uns mit den Bergmännchen zusammen frühstücken. Wäre das nicht wunderbar?«

»Aber hat uns Alon nicht erzählt, die Bergmännchen hätten sogar mit Steinen nach ihm geworfen?«, flüsterte Finn den anderen unter vorgehaltener Hand zu.

Eines der Bergmännchen hatte es trotzdem gehört: »Mit Steinen nach einem Menschen geworfen? Das ist ja unerhört. So etwas tun die Bergmännchen von Gan nicht. Das war bestimmt einer von diesen Zwergen, die in den letzen Tagen in unser Land eingedrungen sind, um unsere Schätze zu rauben – düstere Gesellen, die nichts als Gold im Sinn haben. So sind die Bergmännchen von Gan aber nicht. Wir haben uns mit den Menschen immer gut verstanden.«

Die vier waren sich sehr unsicher, denn die Warnung Alons war ihnen noch gut im Gedächtnis. Sie entschuldigten sich bei den Bergmännchen, weil sie erst miteinander reden wollten, aber in diesen gefährlichen Zeiten sei das ja verständlich, woraufhin die Bergmännchen zustimmend nickten. Finn, Chika, Pendo und Choe steckten ihre Köpfe zusammen und sprachen sich untereinander ab. Die Bergmännchen taten das Gleiche, indem sie zueinander schauten und in einer fremden Sprache in ihre Bärte nuschelten.

»Ich würde so gerne mit den Bergmännchen gehen«, sagte Chika begeistert. »Bitte!«

Joe überlegte: »Warum auch nicht. Sie sind so klein. Außerdem sind es ja nur fünf. Da kann uns nichts passieren.«

Auch Finn war einverstanden. Nur Pendo hatte ein ungutes Gefühl. Da die anderen aber so begeistert waren, behielt sie ihre Bedenken für sich und stimmte ebenfalls zu. Was sollten sie ihnen schon Übles antun können? Sie waren doch wirklich sehr klein. Außerdem konnten Bergmännchen mit Sicherheit gute Verbündete sein. Sie kannten bestimmt viele geheime Wege, die sie geschützt in Richtung der aufgehenden Sonne führten.

Die Höhle, in die die Bergmännchen die Jungen und Mädchen führten, war ein unwirtlicher und dunkler Ort. Die vier schauten sich etwas unsicher um, aber sie wussten ja nicht, wie die Gastfreundschaft von Bergmännchen aussah. Wenn jemand schon darauf Wert legte, ein Bergmännchen und nicht ein Zwerg zu sein, waren ihm vermutlich dunkle, nasse und kühle Höhlen als Aufenthaltsort am liebsten.

Das vermutlich jüngste Bergmännchen – es hatte noch eine etwas höhere Stimme und sein Bart reichte nur bis zum Hosenbund – lud die vier ein, sich auf Felsbrocken zu setzen, die kreisförmig angeordnet waren. Die anderen packten Brot, Käse und Wein aus ihren Rucksäcken aus.

»Ihr habt bestimmt eine lange Reise vor euch, wenn ihr sogar alleine im dunklen Wald übernachtet. Wohin seid ihr denn unterwegs?«, fragte eines der älteren Bergmännchen mit tiefer Stimme.

»Wir sind unterwegs nach …«, setzte Chika mit ihrer freundlichen Stimme an, da unterbrach Pendo sie.

»Wir sind auf dem Weg zu meinen Eltern, die weiter im Osten wohnen.« Sie hatte sich überlegt, dass es wohl hilfreich sein könnte, die richtige Himmelsrichtung zu nennen, sie aber vorsichtig damit sein sollten, den wahren Grund für ihre Reise zu nennen. Wenn wirklich viele Einwohner Gans schon zur Quelle gereist waren und die Quelle kein Wasser hergab, warum sollten dann vier Zwölfjährige jetzt noch dorthin reisen?

»Das ist aber sehr gefährlich«, brummte eines der Bergmännchen. »Selbst der Wald ist unsicher. Den ganzen Tag kreisen die Schwarzalben am Himmel, als ob sie etwas Bestimmtes suchen.«

Die Gefährten mussten sofort an die schreckliche schwarze Gestalt denken, die sie am Tag zuvor am Himmel beobachtet hatten und die Finn aus seinen Albträumen kannte.

Die Bergmännchen zeigten zu Brot, Käse und Wein und ermutigten ihre Gäste, etwas zu essen und zu trinken. Brot und Käse nahmen sie gerne, den Wein lehnten sie aber dankend ab.

»Wir dürfen noch keinen Wein trinken. Das erlauben unsere Eltern nicht. Vielen Dank«, sagte Finn, der an seine Eltern und Großeltern denken musste. Wenn sie wüssten, in welche Abenteuer er gerade verstrickt war, wäre der Wein vermutlich das kleinere Problem gewesen. Er musste grinsen.

»Aber wenn es so gefährlich ist, wie können wir denn sicher in Richtung Osten reisen?«, fragte Joe, der auf geheime unterirdische Gänge der Bergmännchen hoffte. »Kennt ihr geschützte Wege?«

»Natürlich kennen wir geschützte Wege. Aber dorthin dürfen normalerweise nur Bergmännchen – keine Menschen.«

Ein anderes Bergmännchen setzte an: »Aber in diesen Tagen ist ja alles anders als sonst. Für euch würden wir vielleicht eine Ausnahme machen. Lasst uns erst noch beraten, denn diese Entscheidung ist für uns nicht so einfach.« Die Bergmännchen setzten sich nun etwas abseits auf einen Felsbrocken und begannen wieder, in ihrer fremden Sprache miteinander zu reden. Ihre Stimmen hörten sich ganz hektisch an, immer wieder musterten sie die Gefährten.

Joe hoffte sehr auf ihre Hilfe und überlegte mit den Mädchen, welch geheimnisvolle Stollen es wohl unter der Erde gäbe und wie sie damit kinderleicht zur Quelle kämen. Finn dachte währenddessen nach. Waren die Bergmännchen von Gan wirklich so ruppige Gestalten wie diese hier? Hatte Alon nicht von ihrer Freundlichkeit erzählt? Die Atmosphäre in dieser Höhle war alles andere als freundlich. Finn misstraute den Bergmännchen. Sagten sie wirklich die Wahrheit? Plötzlich fiel es ihm wie Schuppen von den Augen. Natürlich! Nebijah hatte ihnen ein Mittel mitgegeben, um die Wahrheit ans *Licht* zu bringen!

Wie beiläufig und mit einem verschwörerischen Blick zu Joe meinte er: »Ich finde, es ist ziemlich dunkel hier. Wir können die Bergmännchen noch nicht einmal richtig sehen. Joe, magst du nicht eine Kerze für uns anzünden? Da hast doch eine dabei, oder?«

Joe, der sich nicht an der Dunkelheit störte, schaute verdutzt zu Finn. Dann dämmerte es ihm, worauf dieser anspielte. »Ach ja, natürlich. Ein wenig Licht kann nicht schaden. Unsere Augen sind diese Dunkelheit nicht gewöhnt.« Er holte Orah aus seiner Tasche, die Kerze, die die Wahrheit immer ans Licht bringen sollte. »Ihr lieben Bergmännchen«, unterbrach Joe die aufgeregt tuschelnden kleinen Gestalten, »habt ihr mal Feuer für mich? Ich würde gerne eine Kerze anzünden.«

Die Bergmännchen waren über diesen Wunsch etwas befremdet, aber da einer von ihnen Pfeife rauchte, kam er zu ihnen herüber und entzündete die Kerze.

Orah begann zu brennen – aber anders als die Kerzen, die die Kinder von zu Hause kannten. Die Flamme war nämlich nicht gelb, sondern grün. Erstaunt betrachteten sie die Flamme und warteten gespannt, was nun passieren würde.

Die Bergmännchen beachteten die Kerze gar nicht, sie waren viel zu eifrig in ihr Gespräch vertieft. Das Licht der Kerze breitete sich nun in der ganzen Höhle aus. Es war ein hartes Licht, das die Ränder der Schatten an den Höhlenwänden scharf hervortreten ließ. Auf einmal schaute Pendo ganz aufgeregt ihre neuen Freunde an und wisperte ihnen zu: »Hört doch mal auf die Bergmännchen. Ich kann sie verstehen. Es ist gerade so, als ob die Kerze uns ihre Sprache übersetzen würde.«

Finn, Pendo und Joe spitzten ihre Ohren. Tatsächlich: Auf einmal konnten sie die Worte der Bergmännchen verstehen … Und was sie da hörten, öffnete ihnen die Augen über die wahre Natur dieser kleinen Kerle. Das jüngere Bergmännchen sagte gerade: »Oh, wie ich diese Menschen hasse! Und wie hässlich ihre Sprösslinge sind, noch nicht einmal Bärte haben sie. Stellt euch mal vor, die Mädchen sollen *niemals* Bärte kriegen! Ist das nicht schrecklich?«

Pendo und Chika schauten sich erschrocken an. Bärte wollten sie nun wirklich nicht haben. Joe und Finn mussten schmunzeln, als sie sich die Mädchen mit langen Borsten im Gesicht vorstellten. Da sagte das Bergmännchen mit der tiefen Stimme unwirsch zu seinem jüngeren Kollegen: »Ist doch vollkommen egal, wie sie aussehen. Ich will die Mäntel haben! Stell dir doch nur mal vor, mit denen könnten wir uns nahezu unsichtbar machen und unentdeckt in die Stollen der Bergmännchen von Gan klettern. Wie viel Gold wir mithilfe dieser Mäntel stehlen können!«

Die Gefährten schauten sich erschrocken an. Sie hatten also gar nicht die echten Bergmännchen von Gan neben sich sitzen, sondern waren geradewegs in eine Falle von gemeinen Zwergen getappt, die sie nur ausrauben wollten.

»Wie sollen wir das anstellen? Es sind zwar noch Kinder, aber immerhin fast doppelt so groß wie wir!«

»Wir könnten ihnen sagen, dass wir sie erst spät in der Nacht zu einer anderen Höhle bringen können, wenn die Schwarzalben nicht mehr fliegen. Wir erklären ihnen, dass es dort einen sicheren Stollen gibt, der sie Richtung Osten führt. Bis dahin sollen sie sich ruhig noch etwas ausruhen und schlafen.«

»Und dann?«

»Was dann? Wenn sie schlafen, hauen wir ihnen eins mit der Schaufel über die Rübe und nehmen ihnen die Mäntel weg. Anschließend sperren wir sie zu den anderen Gefangenen.«

»Gute Idee«, stimmten die anderen freudig zu. »Später verkaufen wir sie mit den anderen Gefangenen an die Schwarzalben. Die finden bestimmt Gefallen an so süßen Menschenkindern und den ach so guten Bergmännchen von Gan.« Der gemeine Zwerg kicherte hinterlistig.

Die vier waren schockiert über so viel Boshaftigkeit. Was sollten sie bloß tun? Chika überlegte kurz, ob sie in den Spiegel Marah schauen sollte, der könnte ihr vielleicht den richtigen Weg zeigen. Aber das wäre viel zu auffällig gewesen.

Joe sagte leise: »Wir müssen *jetzt* handeln. Sie werden schnell merken, dass wir ihnen auf die Schliche gekommen sind.« Er schloss kurz seine Augen, griff dann in seine Tasche und grinste. »Schnüre haben wir auch. Damit können wir sie fesseln. Also, bei drei geht es los«, flüsterte er. Langsam und kaum sichtbar nickte er drei Mal hintereinander. Beim dritten Mal sprangen Chika, Pendo, Joe und Finn gleichzeitig auf und stürzten sich auf die Zwerge. Die Mädchen und Finn versuchten, es mit je einem aufzunehmen, und Joe nahm sich gleich zwei vor, denn er war der Stärkste von ihnen. Doch dann kam ein böses Erwachen für die vier Gefährten: Die seltsamen Wesen vor ihnen mochten zwar sehr klein sein, aber durch die harte Arbeit in den Bergwerken waren ihre Muskeln hart wie Stahl. Es kam zu einem heftigen Geraufe. Pendo riss in ihrer Verzweiflung einem von ihnen kräftig am Bart und schleuderte ihn um sich herum. Chika biss einem in die Hand, mit der er sie eisern im Griff hielt. Finn versuchte mit ausgestrecktem Arm, einen Zwerg, der wild um sich schlug und trat, von sich fernzuhalten, und Jo hatte gegen zwei auf einmal gar keine Chance. Einer war auf seinen Rücken gesprungen und umklammerte seinen Hals, der andere trat ihm immerzu mit voller Wucht gegen das Schienbein. Was sollten sie nur tun? Verzweiflung stieg in ihnen auf.

Da bemerkte Joe, dass ihnen jemand zu Hilfe gekommen war. Alon stand plötzlich in der Höhle, erfasste die Lage und rief vor Schreck: »Äbrah – hilf uns!« Er nahm Joe zwei Zwerge auf einmal ab. »Hilf den Mädchen«, sagte er. »Ich kümmere mich um die beiden hier.«

Der Zwerg, den Finn von sich fernzuhalten versuchte, rannte sofort aus der Höhle heraus und floh. Finn und Joe liefen zu den Mädchen und konnten mit ihnen gemeinsam zwei Zwerge überwältigen. Schnell waren diese Rücken an Rücken gefesselt und saßen geknebelt auf dem Boden.

Alon rannte vor die Höhle, in der Hoffnung, den entflohenen Zwerg noch zu finden, aber er konnte ihn nicht mehr entdecken. Währenddessen blies Joe die Kerze Orah aus und verstaute sie wieder in seinem Mantel.

Als Alon in die Höhle zurückkehrte, dankten ihm die vier Abenteurer kleinlaut. Hatte er sie nicht gewarnt und sogar von gefährlichen Bergmännchen erzählt?

»Na ihr vier, jetzt schaut nicht so betreten drein, es ist ja alles noch mal gut gegangen. Erzählt erst mal, was passiert ist.« Alle begannen gleichzeitig, voller Aufregung zu erzählen. »Aber Kinder, so verstehe ich doch gar nichts. Fang du an, Joe«, sagte Alon.

Joe berichtete in knappen Worten, was sie seit ihrem Abschied von Alon erlebt hatten. Allerdings verschwieg er ihre Tarnkleidung sowie Orah, die Kerze, mit der die Wahrheit ans Licht kam. Er war sich immer noch nicht ganz sicher, ob sie Alon von den Schätzen des Landes Gan erzählen konnten.

»Kinder, Kinder«, sagte Alon. »Ihr müsst wirklich besser aufpassen. Diese Wesen – egal, ob Bergmännchen oder Zwerg – sind zwar klein, aber ganz bestimmt nicht schwach und hilflos.«

»Wir hätten nicht mit ihnen gehen sollen«, sagte Pendo kleinlaut. »Ich habe es gespürt. Ganz genau. Aber ich habe nichts gesagt. Ich habe mich von der Begeisterung über diese kleinen Männchen anstecken lassen.« Ihre Augen füllten sich mit Tränen.

»Wie gut, dass ich euch gefunden habe«, versuchte Alon sie zu beruhigen. »Heute Morgen, als ich aufwachte, hatte ich ein ungutes Gefühl. Ich hätte euch nicht alleine weiterziehen lassen sollen. Deshalb versuchte ich, eure Spuren im Wald zu entdecken. Zum Glück seid ihr nicht sehr erfahren im Spurenverwischen. So kam ich hier zur Höhle, wo ich das Kampfgetümmel hörte und euch helfen konnte. Leider ist uns einer der Zwerge, die wohl genauso wie die Schwarzalben in Gan eingedrungen sind, entwischt.« Er blickte mit ernster Miene zu den vier Gefangenen hinüber.

Chika sagte aufgeregt: »Hoffentlich ist er nicht zu den Schwarzalben gelaufen, an die sie uns mit den anderen Gefangenen zusammen verkaufen wollten.«

»Welche anderen Gefangenen?«, fragte Alon.

»Die echten Bergmännchen von Gan.«

Alon war entsetzt: »Was? Das ist ja furchtbar. Wir müssen sie retten. Wo sind sie?«

»Das haben die Zwerge leider nicht verraten«, sagte Joe.

Alon durchsuchte die Höhle, konnte aber keinen Eingang zu

einem weiteren Raum entdecken. Mit energischen Schritten trat er zu den Gefesselten, die ihn mit weit aufgerissenen Augen ansahen, nahm dem jüngsten von ihnen den Knebel aus dem Mund und fragte: »Wo habt ihr die Bergmännchen von Gan versteckt?« Doch statt einer Antwort spuckte der Kleine Alon nur vor die Füße und schaute dann betont gelangweilt zur Decke.

»Du willst also nicht antworten? Gut, es gibt andere Mittel.« Alon zog ein Messer aus seinem Gürtel. Die Jungen und Mädchen verfolgten voller Angst seine Bewegungen. Er würde dem Zwerg doch nichts antun? Alon erriet ihre Gedanken und zwinkerte ihnen zu.

»Ihr Bergmännchen, oder sollte ich in eurem Fall lieber Zwerge sagen, seid doch so stolz auf eure Bärte, nicht wahr?« Keine Reaktion.

»Vielleicht sollten wir sie ein wenig stutzen.« Er griff nach dem Bart und schnitt ein paar Zentimeter ab.

»NEIN, HILFE!«, schrie der Zwerg, der panisch zu seinem Bart schaute.

»Du brauchst uns nur zu erzählen, wo die echten Bergmännchen sind.« Wieder schwieg der Gefangene.

»Also gut«, sagte Alon mit sachlichem Ton und hielt sein Messer in die Mitte des Bartes.

»Nein, bitte nicht, ich erzähle ja alles.« Alon hielt sein Messer nach wie vor an den Bart. »Hinten in der Höhle befindet sich eine Öffnung, du musst nur den runden Stein in der Mitte zur Seite rollen, dann wird sie sichtbar.« Die anderen Zwerge machten ärgerliche Geräusche und rutschen auf ihren Hintern hin und her. Sie hatten ihrem jüngsten Kollegen vermutlich mehr Durchhaltevermögen zugetraut.

Alon und die vier Gefährten rannten sofort ans andere Ende der Höhle und fanden den runden Stein, der sich aufgrund seiner Form erstaunlich leicht zur Seite bewegen ließ. Ein kleiner Eingang wurde sichtbar.

»Joe und Pendo bleiben bei den falschen Bergmännchen«, befahl Alon, »Chika und Finn kommen mit mir. Hat einer von euch eine Lampe dabei?«

Chika schloss kurz die Augen und flüsterte: »Ich brauche dringend eine Lampe.« Daraufhin fasste sie heimlich in ihre Tasche unter dem Mantel und holte eine kleine, kastenförmige Laterne heraus, in der eine Kerze stand. Für jemanden, der das Geheimnis nicht kannte, das dahintersteckte, musste es so aussehen, als ob Chika die Lampe die ganze Zeit unter ihrem Umhang getragen hätte. Sie lief dann zu dem falschen Bergmännchen, das Pfeife geraucht hatte, nahm seine Streichhölzer aus der Tasche und zündete die Kerze an.

»Danke!«, sagte Alon etwas verdutzt, nahm die Laterne, kniete sich hin und krabbelte auf allen vieren durch das Loch. Chika und Finn taten es ihm gleich. Für sie war es weitaus weniger schwierig, durch die kleine Öffnung zu kriechen.

Auf der anderen Seite war ein Raum, der ebenso groß war wie der Eingangsbereich der Höhle. Allerdings war es hier, vom Schein der Kerze abgesehen, stockfinster. Ein modriger Geruch schlug ihnen entgegen. Chika klammerte sich gleich an Finns Hand, die dieser bereitwillig zur Verfügung stellte. Alon leuchtete mit der Lampe in die Halle hinein. Überall lagen vergammelte Essensreste herum, an denen sich offensichtlich schon Mäuse und Ratten gütlich getan hatten. Chika schaute sich angewidert um und hielt sich ein Taschentuch vor die Nase. Alon rief: »Ihr Bergmännchen von Gan, wo seid ihr? Hier ist Alon, der Hüter des Waldes. Wir wollen euch helfen.« Da hörten sie Klopfgeräusche.

»Hört doch!«, sagte Finn. »Das Klopfen kommt, glaube ich, von da hinten.«

Vorsichtig liefen die drei durch die Höhle und fanden eine kleine Holztüre. Das Klopfen schien direkt von der Tür zu kommen. Alon ging mit der Lampe näher heran und fand tatsächlich einen Schlüssel, der an einem Haken in einem Pfosten direkt neben der Tür hing. Schnell steckte er ihn ins Schloss und drehte um. Er passte!

Hinter der Tür bot sich ein schrecklicher Anblick. Mindestens zehn Bergmännchen lagen an Händen und Füßen gefesselt auf dem Boden, in ihre Münder waren Knebel gestopft. »Ihr armen Bergmännchen«, sagte Alon. »Schnell, helft mir, sie loszubinden.«

Finn und Chika öffneten die Knoten und halfen den Bergmännchen beim Hinsetzen. Erschöpft stöhnte eines: »Ich habe Durst, unglaublichen Durst.« Die Freunde zögerten nicht. Sie schlossen ihre Augen, sprachen leise ihren Wunsch aus und holten mehrere Wasserschläuche, wie sie in Gan üblich waren, aus ihrer Tasche. Alon und die Bergmännchen machten große Augen, stellten aber keine Fragen. Erst einmal musste die größte Not gestillt werden.

»Danke, ihr Menschenkinder. Danke Alon. Ihr habt meinen Leuten und mir das Leben gerettet«, sagte das Bergmännchen nach einem kräftigen Zug.

»Diese bösen Eindringlinge aus fernen Ländern haben uns hinterlistig überfallen. Gegen so viel Bosheit hatten wir keine Chance«, klagte ein anderes.

»Seit Tagen halten sie uns hier gefangen und versuchen, aus uns die geheimen Eingänge zu unseren Bergwerksstollen herauszupressen.«

»Jetzt kommt erst mal aus diesem schrecklichen Verlies heraus«, meinte Alon. »Folgt uns!«

Chika, Finn und Alon gingen durch die Höhle zurück, krochen durch den schmalen Eingang und stießen wieder auf Pendo und Joe, die die falschen Bergmännchen bewachten.

»Wir haben sie gefunden!«, rief Chika erleichtert. »Die Armen wurden ja so schrecklich behandelt. Ganz furchtbar.« Schon gesellten sich die zehn Bergmännchen zu der Gruppe hinzu. Auf den ersten Blick sahen sie genauso aus wie die Zwerge, aber bei genauerem Hinschauen erkannte man deutliche Unterschiede. Ihre Augen waren freundlich und ihr ganzes Wesen, trotz der Strapazen, die sie gerade erlebt hatten, warmherzig. Es waren lustige Gesellen, die den Trägern der Amulette und Alon freundlich begegneten. Sie bedankten sich noch einmal herzlich bei ihren Befreiern und schauten missbilligend zu den Gefangenen.

»Ihr seid eine Schande für alle Bergmännchen dieser Welt«, sagte eines. »Ihr seid eben doch nur Zwerge, die in die Vorgärten der Menschen an den vier Enden der Erde gehören.« Chika, Pendo, Joe und Finn schmunzelten über diese Beschimpfung aus dem Mund eines Bergmännchens.

»Was soll jetzt mit ihnen geschehen?«, fragte Pendo.

»Das ist eine gute Frage«, sagte Alon. »Ihr Bergmännchen, was schlagt ihr vor?«

»Ich würde vorschlagen, wir bringen sie zur Hüterin der Lebensströme. Sie wird in ihrer großen Weisheit wissen, was mit diesen Eindringlingen zu tun ist«, sagte ein Bergmännchen, das ihr Anführer zu sein schien.

Joe stimmte gleich zu und sagte: »Das ist eine gute Idee. Nebijah weiß bestimmt, was zu tun ist.«

Auf einmal wurden die Bergmännchen und Alon still. Sie schauten die vier Gefährten mit großen Augen verwundert an.

»Es wird langsam Zeit, die Karten auf den Tisch zu legen, Kinder«, sagte Alon mit einem auffordernden Blick. »Niemand hier im Lande Gan würde es wagen, den Namen der Hüterin so unbekümmert auszusprechen. Sie ist eine heilige Frau, der wir nur mit größter Ehrfurcht begegnen. Wer also seid ihr?«

Finn, Pendo, Chika und Joe sahen einander an und kamen überein, dass sie Alon und den Bergmännchen vertrauen sollten.

»Nicht vor den Gefangenen. Das ist zu gefährlich«, flüsterte Chika und schielte zu den Zwergen herüber, die neugierig dem Gespräch folgten.

»Ja, ihr habt recht, wir müssen sehr vorsichtig sein«, brummte der Anführer der Bergmännchen. Er gab den anderen die Anweisung, die Gefangenen abzuführen und zur Hüterin der Quelle zu bringen. Als sie auf dem Weg hinaus aus der Höhle waren, rief er ihnen hinterher: »Viel Spaß im Vorgarten!«

Die vier Gefährten und Alon mussten lachen. Die falschen

Bergmännchen aber gaben nur knurrende Geräusche von sich und blickten sie hasserfüllt über die Schulter hinweg an.

Alleine mit Alon und dem Anführer der Bergmännchen, der sich als Alfrigg vorstellte, erzählten die Kinder ihre Geschichte. Als sie damit zu Ende waren, verneigten sich Alon und Alfrigg vor ihnen und sagten: »Seid gegrüßt, Ihr Träger der Amulette, die Ihr von den vier Enden der Erde gekommen seid.«

»Danke für den ehrenvollen Gruß«, sagte Chika mit großer japanischer Höflichkeit, lächelte und verneigte sich ebenfalls. Joe, Finn und Pendo machte die Begrüßungszeremonie eher verlegen. Sie waren diese Umgangsformen einfach nicht gewöhnt.

Finn musste grinsen bei dem Gedanken, seinen Großvater oder einen anderen Menschen mit einer Verneigung und den Worten »Sei gegrüßt« zu begrüßen. Deshalb sagte er zu dem Waldhüter und dem Bergmännchen: »Ähm, wir danken euch auch, aber wir sind immer noch dieselben Jungen und Mädchen, die wir eben noch waren. Sie können gerne weiterhin Du zu uns sagen.«

»Wir danken für euer Vertrauen, Träger der Amulette. Dann sprecht uns aber bitte ebenso an.« Alon war sichtlich bewegt: »Bisher kannte ich euch nur aus Erzählungen. Ich hätte niemals zu träumen gewagt, euch jemals kennenzulernen.«

»Dem kann ich mich nur anschließen«, sagte Alfrigg. »Aber wir müssen uns jetzt, wo wir wissen, wen wir hier vor uns haben, umso mehr beeilen. Falls die Schwarzalben durch den entflohenen Zwerg erraten, wer ihr seid, ist dies ein sehr gefährlicher Ort. Ihr müsst auf dem schnellsten Wege zur Quelle der Lebensströme gelangen.«

»Der Wald ist äußerst gefährlich – mit oder ohne Tarnkleidung. Nicht einmal eine Maus könnte jetzt unbeobachtet durch den Wald laufen«, sagte Alon besorgt.

Alfrigg erwiderte: »Es gibt eine Abkürzung, die sicherer ist. Sie führt geradewegs von hier bis in die Nähe von Schloss Birah, in dem die Lichtalben wohnen. Dann hättet ihr ein gutes Stück bis zur Quelle geschafft.« Die Gefährten schauten verwundert zu Alfrigg. Von Lichtalben hatten sie noch nie etwas gehört.

Alon schien ihre Verwunderung zu bemerken und sagte: »Wir erklären euch später, wer die Lichtalben sind. Sie werden euch gerne helfen. Da bin ich mir sicher.«

»Kannst du uns den Weg zu ihnen zeigen, Alfrigg?«, fragte Joe hoffnungsvoll.

»Kein menschliches Auge hat diesen Weg, wie überhaupt das unterirdische Reich, je zuvor gesehen. Es ist das Geheimnis der Bergmännchen von Gan.« Alfrigg hielt inne, streckte nach einer Weile den Kopf in die Höhe und sagte mit feierlicher Stimme: »Aber ihr, Träger der Amulette, seid willkommen, mir auf diesem Weg zu folgen. Ich werde euch zu Schloss Birah führen.« Zu Alon sagte er bedauernd: »Du Alon, Hüter des Waldes, darfst uns auf diesem Weg allerdings nicht folgen. So will es das Gesetz.«

»Ich danke dir, Alfrigg, für die Hilfe, die du den Trägern der Amulette zuteilwerden lässt. Es zeigt einmal mehr, wie treu die Bergmännchen zu unserm Land stehen. Sorgt euch nicht um mich. Ich werde mir Wege durch die Wälder suchen. Als Waldhüter errege ich hoffentlich nicht so viel Aufsehen.«

Kapitel 4

Die Welt der Bergmännchen

Nachdem Alon sich von allen verabschiedet und den Höhleneingang verlassen hatte, führte Alfrigg die vier Gefährten durch den engen Tunnel in die hintere Höhle. Er verschloss den Zugang und reichte jedem eine Grubenlampe. Angewidert schaute er sich um und schimpfte: »Solch eine ekelhafte Unordnung würde es bei den echten Bergmännchen von Gan niemals geben.« Eilig durchschritt er, gefolgt von den Gefährten, den Raum und blieb vor einer Felswand stehen. Mit einem sehr strengen Gesichtsausdruck schaute er sie an und sprach mit eindringlicher Stimme: »Bevor ich euch die Wege tief unter der Erde des Landes Gan zeige, möchte ich euch Träger der Amulette um eines bitten: Ihr betretet Wege, die kein Mensch je zuvor sehen durfte, und ihr werdet Orte und Schätze sehen, deren Pracht eure kühnsten Vorstellungen übersteigt. Wenn wir Bergmännchen den Menschen im Tageslicht begegnen, sehen sie uns in der Arbeitskleidung, die wir in den Bergwerken tragen. Sind wir aber in unserer Welt unter der Erde, in unseren Häusern und auf unseren Straßen, kleiden wir uns mit den Schätzen, mit denen die Erde uns versorgt. Ich bitte euch deshalb inständig: Erzählt niemandem hier in Gan und auch niemandem in eurer Welt von dem, was ihr zu sehen bekommt. Krieg und Hass würde über uns hereinbrechen. Die Zwerge, die euch ausrauben wollten, kamen aus eurer Welt nach Gan, um Schätze zu finden, von denen sie noch nicht einmal mit Sicherheit wussten, ob sie überhaupt existieren. Sollten sie erfahren, um welche Herrlichkeiten es sich tatsächlich handelt, wären wir nicht mehr sicher. Sie und die Menschen würden mit allen Mitteln versuchen, in unsere Welt einzudringen, um uns auszurauben. Es ist nicht auszudenken, was passieren könnte.«

Die vier lauschten den von Alfrigg so eindringlich vorgetragenen Worten ehrfürchtig und waren tief berührt von der Ehre, die ihnen zuteilwerden sollte. Sie beteuerten inständig, kein Sterbenswörtchen weiterzuerzählen.

Alfrigg drehte sich zur Wand hinter ihm. Er hob seine Arme und sprach mit majestätisch klingender Stimme: »Welt der Bergmännchen, öffne dich! Alfrigg erbittet Einlass.«

Pendo, Chika, Finn und Joe schauten gebannt zu der Wand. Sie konnten sich überhaupt nicht vorstellen, wo in diesem massiven Felsen eine Tür sein und wie sie sich durch bloße Worte auftun sollte. Doch plötzlich fing die Höhle an zu zittern. Was vorher wie eine geschlossene Felswand aussah, spaltete sich in unzählige Steine auf, die sich zur Seite schoben und sich zu einem stabilen Tor wieder zusammenfügten. Ehrfurchtsvoll betrachteten die Kinder das Schauspiel, das sich ihnen da bot. So etwas hatten sie noch nie gesehen.

»Schnell«, sagte Alfrigg. »Der Eingang ist nur für kurze Zeit geöffnet, dann schließt er sich wieder von alleine.« Eilig folgten sie ihm.

Kaum hatten sie das Tor durchschritten, verschwand es auch schon wieder und die Wand sah wie geschlossenes Felsgestein aus.

»Folgt mir!«, drängte Alfrigg. »Gebt auf die Decke acht! Obwohl ihr noch nicht ausgewachsen seid, wird sie für euch dennoch sehr niedrig sein.«

Die vier liefen mit kurzen und vorsichtigen Schritten hinter dem Bergmännchen her. Vorerst sahen sie nur dunkle Felsen und Schatten. Sie wagten kaum zu sprechen und konzentrierten sich auf den holprigen Weg. Mehr als eine Stunde führte dieser Pfad auf einer kurvigen Strecke immer tiefer. Langsam wurde es wärmer und die Luft immer stickiger. Sie vertrauten zwar dem Bergmännchen, aber der lange Weg durch den engen Tunnel machte ihnen auch Angst.

»Alfrigg, die Luft ist für uns hier unten sehr stickig. Wir sind das nicht so gewöhnt wie du«, sagte Finn vorsichtig.

»Oh, das ist nicht nur für euch anstrengend. Auf den Zugangswegen fällt auch uns das Atmen nicht so leicht. Aber bald sind wir auf einem der Hauptwege unter der Erde, dort ist die Luftzufuhr viel besser. Gleich haben wir es geschafft.« Mit festen Schritten lief er voran.

Etwa eine Viertelstunde mussten sie noch durchhalten. Als sie das Gefühl hatten, keinen Schritt mehr weiter in dem engen stickigen Tunnel gehen zu können, endete der Weg plötzlich vor einer weiteren Felswand. Besorgt, aber auch neugierig schauten sie zu Alfrigg, was er jetzt wohl tun würde.

»Um durch diese Wand zu kommen, braucht es einen tieferen Zauber als ein geheimes Wort. Träger der Amulette, fasst euch an den Händen!«, sagte Alfrigg und stellte sich mit ihnen im Kreis auf.

Vor ihren Augen stieg eine goldene Kugel auf, genauso wie beim Erscheinen von Nebijah. Dann verschwand sie, und einen kurzen Augenblick später fanden sie sich an einem anderen Ort wieder. Dort war von den dunklen Felsen nichts mehr zu sehen …

»So, da sind wir. Herzlich willkommen in Untererde«, sagte Alfrigg mit vor Stolz bebender Stimme. »Hier braucht ihr die Grubenlampen nicht mehr. Stellt sie dort an der Seite auf das Regal.«

Die vier aber hörten ihn gar nicht richtig, denn was sie hier sahen, verschlug ihnen schier den Atem. Zwar befanden sie sich erneut in einem Tunnel, doch war dieser fast fünfmal so breit wie der, aus dem sie kamen. Aber das war nicht das Beeindruckendste: Er schien vollständig aus strahlendem Gold zu bestehen! Die Luft war frisch, und es herrschte eine angenehme Temperatur. Unzählige Bergmännchen liefen herum, doch von roten Zipfelmützen und karierten Hemden war keine Spur. Stattdessen trugen sie festliche Gewänder, die bis zum Boden reichten. Ihre Stoffe waren aus feinstem Brokat, bestickt mit Edelsteinen und Plättchen aus Silber und Gold. Auf ihren Köpfen trugen sie dazu passende Mützen, die mit einem goldenen Ring wie eine Krone umfasst waren. In die Bärte der Bergmännchen waren Perlen und Goldfäden geflochten und an ihren Fingern prangten kostbare Ringe. Auch Alfrigg trug auf einmal nicht mehr seine Arbeitskleidung, sondern war ebenso schön gekleidet wie all die anderen. Die Jungen und Mädchen erkannten ihn kaum wieder.

Chika, die alles Schöne aufrichtig bewunderte, rief entzückt: »Das ist ja der Wahnsinn! So etwas habe ich noch nie gesehen.«

»Jetzt versteht ihr vielleicht, warum ihr Stillschweigen bewahren sollt«, sagte Alfrigg stolz. »Allerdings handelt es sich hier nur um einen der Zufahrtswege nach Chaschmal, der Hauptstadt von Untererde. Dort werden wir zuerst hingehen.«

»Hat es einen bestimmten Grund, dass wir zuerst dort hingehen, oder führt unser Weg ohnehin an Chaschmal vorbei?«, wollte Finn wissen.

»Beides«, antwortete Alfrigg. »Chaschmal liegt östlich von hier, also genau in der Richtung, die wir einschlagen wollen. Doch zudem befindet sich dort auch der Palast Auberons. Er ist der König von Untererde, und ich möchte ihn um Hilfe bitten, denn die Wege zu Schloss Birah sind auch unter der Erde nicht ungefährlich – und vor allem nicht leicht zu finden.

»Was wird er dazu sagen, wenn er uns Menschen in seinem Reich sieht?«, fragte Chika besorgt, »wo doch nie zuvor welche hier waren?«

»Aber ihr seid ja keine gewöhnlichen Menschen, ihr seid die Träger der Amulette«, sagte Alfrigg entrüstet. »König Auberon wird euch in Ehren aufnehmen, zumal wir alle in größter Not sind, nicht nur die Menschen auf der Erdoberfläche. Jetzt lasst uns gehen.«

Es war zwar ein viel schönerer Weg, und die Luft war so frisch wie oben auf der Erde, aber der weite Fußmarsch strengte sie dennoch sehr an. Eine Pause gönnte das Bergmännchen ihnen nur selten. Aus ihren Taschen holten sie manchmal einen Wasserschlauch hervor, damit sie wenigstens ihren Durst löschen konnten.

Die Bergmännchen, denen sie unterwegs begegneten, schauten sie überrascht an, denn Menschen hatten sie in Untererde noch keine zu Gesicht bekommen. Da die Jungen und Mädchen aber von Alfrigg geführt wurden, stellten sie keine Fragen – meistens zumindest. Ein altes Bergmännchen wollte ihnen unbedingt vorgestellt werden, weil es von ihrer Größe so beeindruckt war. »Ich hatte ganz vergessen, wie riesig ihr Menschen seid«, meinte es staunend.

»Aber sind Sie denn nicht regelmäßig über der Erde im Reich der Menschen?«, fragte Chika.

»Nein, warum sollte ich? Hier unten habe ich doch alles, was ich brauche. Das ist mein Zuhause«, sagte es überrascht von der Frage.

Die Gefährten verabschiedeten sich höflich und gingen mit Alfrigg weiter.

»Viele von uns waren noch nie oben auf der Erde«, erklärte er ihnen. »Für uns ist das Sonnenlicht so unangenehm und beängstigend wie für manche von euch die Dunkelheit und die Enge unter der Erde. Den meisten Bergmännchen genügt es, wenn Abgesandte von uns sich oben auf der Erde regelmäßig sehen lassen, damit die Menschen merken, dass wir immer noch treu zu ihrem Land gehören, auch wenn wir ein ganz eigenes Reich unter der Erde haben. Einzelne von uns reisen natürlich öfter an die Oberfläche, um mit den Menschen Handel zu treiben, um Lebensmittel, Stoffe und vieles mehr zu beschaffen. Aber gerne ist keiner von uns in der Sonne.«

Je näher sie an Chaschmal herankamen, desto eindrucksvoller wurde der Weg durch den goldenen Tunnel, denn immer verschwenderischer war er mit riesigen Edelsteinen geschmückt. Schließlich gelangten sie in eine Halle mit gigantischen Ausmaßen. Finn, Pendo, Chika und Joe blieben staunend stehen. Einen unterirdischen Raum dieser Größe hätten sie nicht für möglich gehalten. Es fiel gar nicht auf, dass es hier unten kein Sonnenlicht gab, denn das Edelmetall an den Wänden und die prächtigen Edelsteine spendeten ein warmes und freundliches Licht. Mitten durch die Höhle plätscherte ein Bach mit frischem Quellwasser. An seinem Ufer wuchsen Blumen, deren Blüten aus Rubinen, Amethysten, Türkisen und vielen anderen kostbaren Steinen zu bestehen schienen. Auf der gegenüberliegenden Seite lag die Stadt Chaschmal. Alfrigg erklärte, dass ihr Name die *Goldsilberne* bedeute, und dieser Name beschrieb am ehesten, was sich ihren Blicken darbot.

Pendo sagte nachdenklich zu Alfrigg: »Von diesen Schätzen darf wirklich nie ein Mensch erfahren. Es käme zu furchtbaren Kriegen, wie sie die Welt noch nie gesehen hat. Meine Eltern arbeiten in den Diamantenminen Südafrikas. Sie haben davon erzählt, wie viele Menschen wegen dieser Edelsteine schon getötet haben – und diese Pracht ist noch unvergleichlich viel größer. Nein, es ist gar nicht auszudenken, was passieren würde, wenn die Menschen davon erfahren würden.«

Die vier bestaunten die Schönheit des Ortes, aber für Alfrigg war das kein Grund, stehen zu bleiben. »Lasst uns weitergehen«, drängte er.

Finn fragte: »Ist euch überhaupt noch bewusst, welche Schätze euch umgeben?«

»Natürlich sehen wir ihre Schönheit! Wir Bergmännchen lieben alles, was glänzt und wertvoll ist. Aber es hat für uns einen anderen Wert als für euch Menschen. Für uns sind Gold, Silber und Edelsteine ideale Materialien, mit denen wir bauen und uns einrichten. Sie geben uns Licht und Halt. Für euch Menschen dagegen bedeuten sie vor allem Reichtum und Wohlstand. Das haben wir uns zunutze gemacht, indem wir etwas von diesen Schätzen verkaufen, damit wir alles Lebensnotwendige, was nicht unter der Erde zu finden ist, kaufen können.«

Obwohl Alfrigg die Gefährten ständig zum Weitergehen drängte, mussten sie doch immer wieder kurz anhalten, um das vor ihnen liegende Wunder genauer zu betrachten und zu bestaunen. Gewachsene Blumen aus Edelsteinen, wie sie kein Goldschmied hätte zusammenfügen können; Felder, die in allen Farben glitzerten. Vorsichtig, als ob die leiseste Berührung alles zerstören könnte, berührten die Mädchen und Jungen die Pracht.

Bald hatten sie den Palast von König Auberon erreicht. Die goldenen Steine, aus denen das Gebäude errichtet war, wirkten im Vergleich zu den unterirdischen Feldern und Wiesen fast schlicht.

Am Eingangsportal wurden sie bereits erwartet. Der König sah Alfrigg zum Verwechseln ähnlich. Anstelle der Mütze trug er aber eine prächtige Krone, verziert mit Juwelen in den schönsten Farben, auf seinem Kopf. Wie Alfrigg ihnen vorausgesagt hatte, empfing er die Träger der Amulette mit großen Ehren. Sie wurden in seinen Thronsaal geführt, ein prächtiger Raum, dessen Wände mit goldfarbener Seide bespannt waren. Kronleuchter mit farbenprächtigem Schmuckwerk hingen von der Decke und hüllten den Raum in ein weiches Licht. Obwohl sich der Thronsaal wie das ganze Bergmännchenreich tief unter der Erde befand, war die Luft von frischem Blumenduft erfüllt. Um den Thron, auf dem der König Platz nahm, stand eine ganze Traube von Bergmännchen, die die Menschen neugierig betrachteten. Auberon lächelte die Gefährten freundlich an:

»Seid willkommen in Untererde, ihr Träger der Amulette. Es ist uns eine große Ehre, euch empfangen zu dürfen.«

»Die Ehre liegt ganz auf unserer Seite, Majestät«, entgegnete Chika und machte eine tiefe Verbeugung vor dem König. Pendo, Chika und Joe verbeugten sich ebenfalls. Sie waren froh, Chika bei sich zu haben, die sich offensichtlich besser mit solchen Umgangsformen auskannte.

König Auberon winkte die Gefährten näher zu sich und ließ sich von ihnen alles erzählen, was sie bisher in Gan erlebt hatten. Dann schaute er sie bewundernd an. »Ihr seid sehr tapfere Mädchen und Jungen. Niemals zuvor wurde von den Trägern der Amulette derart viel Mut erwartet. Selbstverständlich werden wir alles Erdenkliche tun, um euch zu helfen. Zunächst einmal aber seid gewarnt. Auch die Wege unter der Erde sind nicht sicher. Die Bergmännchen von Gan sind mittlerweile nicht mehr die einzigen Bewohner des Erdreichs. Der bevorzugte Wohnort von Schwarzalben ist nämlich ebenfalls hier, unter der Erde. Sie lieben die Dunkelheit und haben sich deshalb in Felsspalten und Höhleneingängen eingenistet.«

Die vier tauschten erschrockene Blicke, und Chika griff spontan nach der Hand von Pendo.

»Noch hat das Böse nicht den Eingang in unser Reich unter der Erde gefunden. Die schützenden Zauber sind zu tief, als dass sie sie brechen könnten. Aber die Wege zu Schloss Birah reichen gefährlich nahe an die bevorzugten Lagerplätze der Schwarzalben heran.

Es ist also größte Vorsicht geboten! Sie dürfen euch nicht entdecken. Leistet auf eurem Weg den Anweisungen Alfriggs Gehorsam. In ihm habt ihr den besten Führer.« Er blickte stolz zu Alfrigg. »Jetzt sollt ihr aber die Gastfreundschaft der wahren Bergmännchen von Gan genießen, nachdem ihr von diesen bösen Zwergen getäuscht worden seid. Wir werden euch festlich bewirten und ein Quartier für die Nacht geben. Ruht euch aus, denn Morgen warten neue Abenteuer auf euch.« Der König klatschte in die Hände, und sogleich eilten zwei jüngere Bergmännchen herbei, die die vier Freunde aus dem Thronsaal führen sollten.

Alfrigg blickte verdrossen. Er hatte wohl gehofft, mit den Trägern der Amulette gleich weiterziehen zu können. Die aber waren sehr erleichtert und freuten sich über die Einladung. Sie dankten König Auberon, verneigten sich vor ihm und folgten den Bergmännchen in andere Gemächer, wo sie sich von den Strapazen des Tages erholen konnten. Alfrigg blieb zurück und erhielt von König Auberon und seinen Beratern noch konkrete Ratschläge für den vor ihnen liegenden Weg.

Die Gastfreundschaft der Bergmännchen war wirklich beeindruckend. Es war, als läsen sie ihnen alle Wünsche von den Augen ab. Die köstlichsten Speisen verwöhnten ihre Nasen und Gaumen. Nachdem die vier genüsslich den letzten Rest eines golden glitzernden Desserts gegessen hatten, meinte Joe versonnen: »Es ist schon ein Jammer, keinem Menschen von dieser unterirdischen Welt erzählen zu dürfen. Das ist einfach unglaublich, was wir hier alles sehen.«

»Ja«, nickte Chika. »Aber irgendwie kann ich mich über diese Schönheit gar nicht wirklich freuen. Ich habe Angst vor dem, was auf uns zukommt. Was wird mit uns geschehen, wenn die Schwarzalben uns erwischen?«

Joe sagte: »Daran will ich lieber gar nicht denken.«

Pendo legte den Arm um Chikas Schulter. »Du brauchst dich nicht zu fürchten. Seit wir in Gan sind, haben wir im entscheidenden Moment immer Hilfe gefunden. Alon hat uns im Kampf gegen die bösen Bergmännchen geholfen und Alfrigg hat uns in sein Reich geführt, damit wir den Schwarzalben nicht hoffnungslos ausgeliefert sind. Nebijah und Alon sprachen von diesem großen Pelikan, der in der größten Not helfen soll, außerdem gibt es den Schöpfer der vier Lebensströme, der bei uns sein soll. Und ich glaube wirklich, dass es ihn gibt.« Durch diese Worte fühlte sich Chika etwas getröstet. Sie legte ihren Kopf auf Pendos Schulter und schloss die Augen.

»Mein Großvater sagte zu mir: Du brauchst dich nicht zu fürchten, denn dir wird alle Hilfe zuteil, die du dir erträumen kannst«, sagte Finn ermutigend.

»Als dein Großvater in Gan war, gab es nicht diese Gefahr. Die Lebensströme sind noch nie zuvor versiegt, und es gab auch keine Schwarzalben und bösen Zwerge hier«, entgegnete Pendo.

»Das stimmt. Allerdings würde Nebijah uns bestimmt nicht diesen Weg gehen lassen, wenn es von vornherein aussichtslos wäre.«

»Hoffentlich hast du recht«, sagte Chika ernst. »Aber vielleicht hatte sie auch einfach keine andere Wahl …«

Joe und Finn hatten nun ganz andere Fragen. Sie ließen sich von den Bergmännchen genau erklären, wie lange es ihr Reich schon gab, woher die Schätze stammten und wie sie an Lebensmittel kamen, die ja unmöglich alle unter der Erde wachsen konnten, wie viele Bergmännchen es überhaupt gäbe und noch vieles mehr. Ihr Fragen kannte kein Ende. Geduldig erklärten die kleinen Wesen ihnen alles. Nur als das Gespräch auf die Schwarzalben kam, die auch gerne unterirdisch lebten, wechselten sie das Thema. Finn und Joe merkten, dass den Bergmännchen die Bedrohung durch die Schwarzalben Angst machte.

Todmüde legten die Kinder sich spät am Abend auf die Matratzenlager, die für sie vorbereitet waren. Betten in ihrer Größe gab es keine in Untererde.

»Wisst ihr was?«, sagte Finn kurz vor dem Einschlafen. »Ich kenne euch erst seit vorgestern, aber ihr seid mir schon zu besseren Freunden geworden als alle meine Klassenkameraden.«

»Ich freue mich auch, euch gefunden zu haben. Wir sind ein tolles Team. Findet ihr nicht?«, fragte Pendo nachdenklich.

»Ja, das ist wahr«, stimmten die anderen zu und schliefen erschöpft, aber mit einem wohligen Gefühl im Bauch ein.

Am nächsten Morgen weckte sie Alfrigg sehr früh: »Ihr müsst aufstehen, Träger der Amulette. Es wird höchste Zeit.«

Die Kinder räkelten sich, standen aber gleich auf, als ihnen bewusst wurde, wo sie waren und welche Herausforderungen sie an diesem Tag erwarteten.

Nach einem reichhaltigen Frühstück mit duftenden Eiern und gebratenem Speck und einer herzlichen Verabschiedung durch König Auberon machten sie sich, bepackt mit Grubenlampen und Spitzhacken, auf den Weg. Zunächst verlief alles ohne Probleme, denn sie befanden sich im Reich des Königs. Sie durchquerten riesige Höhlen mit kleinen Ortschaften, Bächen und Seen, bis sie schließlich am Ende der *Goldenen Welt*, wie sie das Land unter der Erde nun nannten, angekommen zu sein schienen.

»Hier verlassen wir nun die vertrauten Wege«, sagte Alfrigg. »Hinter dieser goldenen Wand befinden sich alte verlassene Stollen früherer Bergmännchenreiche. Seit vielen Generationen hat niemand diese Wege betreten. Wir wissen nicht genau, wie sie aussehen und was wir dort zu erwarten haben. König Auberon hat mich in den Zauber eingeweiht, mit dessen Hilfe wir durch diese Wand kommen, und mir die Wege durch die alten Stollen beschrieben. Fassen wir uns also an den Händen.«

Zögernd stellten die vier Freunde sich im Kreis auf. Sie wagten es kaum, Alfriggs Forderung nachzukommen, denn sie ahnten, wie gefährlich die Wege hinter der Felswand sein würden. Doch ihr tapferer kleiner Führer wartete nicht lange: Er ergriff ihre Hände, lächelte ihnen ermutigend zu und im Nu waren sie auf der anderen Seite der goldenen Wand.

Dort war es stockdunkel. Sie zündeten die Grubenlampen an und betraten mit behutsamen Schritten einen schmalen Pfad. Alles um sie herum war schwarz. Kein goldener Stein oder funkelnder Juwel war zu sehen. Die Luft war stickig und feucht.

»Das ist ja ein schrecklicher Ort«, hauchte Pendo. »Haben hier wirklich auch mal Bergmännchen gelebt?«

»Das ist schon viele tausend Jahre her«, erklärte Alfrigg, »und natürlich wurden alle Kostbarkeiten von hier wegtransportiert.«

Das Laufen im Stollen war sehr mühsam. Der Boden war uneben und manchmal auch gefährlich glatt. Einmal stießen sie auf einen verschütteten Durchgang, den sie mit ihren Spitzhacken und Schaufeln freilegen mussten. Alfrigg gab ihnen genaue Anweisungen, wie sie diese Arbeit durchzuführen hatten, damit nicht weiteres Geröll aus den Wänden herausbrach. Ein anderes Mal mussten sie sich fast auf den Boden legen, da sonst kaum ein Durchkommen war.

Die Stollen waren oft sehr niedrig und eng und in einem üblen Zustand. Je weiter sie vorankamen, desto mehr schien die Luft in den alten Höhlenwegen stillzustehen und modrig zu riechen.

Alfrigg beruhigte die Gefährten immer wieder, denn selbst der abenteuerlustige Joe bekam zwischendurch ein mulmiges Gefühl und musste mit Übelkeit kämpfen. Die Dunkelheit und Enge wirkten äußerst bedrohlich.

»Wie sollen wir uns hier bloß zurechtfinden?«, jammerte Chika und fragte bei jeder Abzweigung besorgt: »Sind wir noch auf dem richtigen Weg? Bist du dir auch sicher, Alfrigg?«

»Ja, ich bin mir ganz sicher. Vertrau mir!«, bat das Bergmännchen eindringlich und legte seine Hand ermutigend auf ihren Arm. Immer tiefer krochen die fünf in die Finsternis.

»Lampen aus!«, flüsterte Alfrigg plötzlich. Sie sahen noch, wie das Bergmännchen seinen Zeigefinger auf den Mund legte, dann war es stockdunkel. Sie wagten kaum zu atmen. Ganz dicht rückten sie zusammen. Zunächst konnten sie nichts hören und sehen, aber dann nahmen sie ein immer heller werdendes blaues Licht wahr. Es war ein kaltes Licht, und sie spürten Angst in sich aufsteigen. Wäre es nicht genau das Falsche gewesen, hätten sie am liebsten laut losgeschrien und wären weggelaufen. Chika biss sich vor Angst so fest auf die Lippen, dass sie fast bluteten. Tränen liefen ihre Wangen herunter. Auch Pendo, Finn und Joe wurden stocksteif und hielten den Atem an.

Es war ihnen sofort klar, was da im kalten Licht an ihnen vorüberzog: Nur Schwarzalben lösten diese Art von Angst aus, das hatten sie mittlerweile gelernt. Es war das gleiche schlimme Gefühl wie zwei Tage zuvor im Wald, als sie das Ungeheuer am Himmel beobachteten.

In der Ferne sahen sie nun eine dunkle Gestalt mit einer Lampe aus einem Eingang herauskommen und in einen anderen wieder verschwinden. Fünf weitere Minuten blieben sie reglos stehen, bis Alfrigg Entwarnung gab.

»Eklige Biester sind das. Schrecklich!« Er schüttelte sich, als hätte er sich kalt geduscht. »Wir können weitergehen, sollten aber vorsichtshalber nur noch eine Lampe anzünden«, sagte er angespannt. »König Auberon wird entsetzt sein, wenn er erfährt, wie nahe die Schwarzalben an sein Reich herangekommen sind.«

Schritt für Schritt gingen sie vorwärts. Am Ende eines langen Ganges sahen sie wieder ein Licht und löschten schnell die eigene Lampe.

»Bleibt hier und wartet auf mich. Da vorne, wo das Licht leuchtet, müssen wir durch. Ich will nachschauen, was in der Höhle los ist«, raunte Alfrigg. Finn, Joe, Pendo und Chika hätten gerne die Zeit genutzt, um über die weitere Vorgehensweise zu beraten. Sie wagten aber nicht zu reden. Stattdessen blieben sie dicht beieinandergedrängt hocken und lauschten in die Finsternis hinein. Nach zehn Minuten kam Alfrigg zurück und berichtete:

»In einem der Stollen wird Gold abgebaut. Schwarzalben halten Wache und lassen Bergmännchen für sich arbeiten. Es sind aber keine Bergmännchen von meinem Volk, sondern aus anderen Teilen der Erde. Ich habe auch eines jener Bergmännchen erkannt, die uns überfallen und gefangen genommen hatten.«

»Das ist bestimmt das entflohene Bergmännchen, von dem wir annahmen, es würde uns verraten. So groß war also der Dank der Schwarzalben für den Verrat«, sagte Finn, entsetzt über die Skrupellosigkeit der Schwarzalben.

»Was sollen wir jetzt tun?«, fragt Chika aufgebracht.

»Ich weiß es nicht«, sagte Alfrigg kopfschüttelnd. »Ich weiß zwar, wie wir durch Wände oder verschüttete Stollen kommen, aber nicht, wie wir an den Wachen der Schwarzalben vorbeikommen.« Einige Minuten schwiegen alle und suchten nach einer Lösung. Da sagte Finn:

»Ich habe eine Idee.« Alle schauten neugierig in seine Richtung.

»Uns bleibt nur eine Möglichkeit, auch wenn sie sehr gefährlich ist. Diese Kleider und Umhänge machen uns zwar nicht vollkommen unsichtbar, aber sie passen sich der Umgebung genau an. Sie bieten also eine nahezu perfekte Tarnung. Ich könnte Alfrigg auf meinem Rücken tragen und den Umhang über uns beide legen. Wenn wir den Schwarzalben den Rücken zuwenden, können wir unbemerkt durch den Raum gehen. Da die Bergwerksarbeit ziemlich laut ist, hört uns hoffentlich keiner.«

»Ein gefährlicher Plan, aber einen besseren haben wir nicht«, sagte Joe bestätigend. »Nur sollte ich Alfrigg tragen. Ich bin größer als du.«

Finn, der in der Schule öfter wegen seiner schmalen Statur gehänselt wurde, wollte protestieren, schließlich war es seine Idee, aber Alfrigg hob mahnend die Hand:

»Dein Plan ist gut, Finn aus den nördlichen Landen, aber Joe aus den westlichen Landen ist stärker als du. Er soll mich tragen.« Finn schluckte, gab aber grummelnd nach. Er wollte Alfrigg nicht widersprechen.

Die nächsten Minuten waren die spannendsten, die die vier

Abenteurer je erlebt hatten. Chika sagte gar nichts mehr. Sie brauchte alle ihre Kräfte, um die enorme Anspannung zu ertragen. Pendos Lippen bewegten sich leise, als betete sie. Finn half Alfrigg auf den Rücken von Joe und legte dessen Mantel über beide. Sie waren wirklich nahezu unsichtbar. Die anderen zogen nun auch ihre Kapuzen über und schlichen durch den Tunnel auf das immer heller werdende Licht zu. Lautlos betraten sie die Höhle.

Am schwersten fiel es ihnen, nicht zu den Wachen rüberzublicken, denn die Gesichter der Gefährten hätten die Schwarzalben vermutlich sofort bemerkt. Der Raum war heller beleuchtet, als sie vermutet hatten, aber ein Zurück gab es jetzt nicht mehr. Vorsichtig tasteten sie sich vorwärts. Zwischendurch war das leise Schnaufen von Joe zu hören, der unter der Last Alfriggs über einem Stein ins Stolpern geriet. Der Stein polterte ein kleines Stück den Hügel hinunter. Die vier blieben reglos stehen und konnten nur ahnen, wie die grässlichen roten Augen der Schwarzalben jetzt in ihre Richtung wanderten. Die Anspannung war kaum noch zu ertragen. Der Angstschweiß trat auf ihre Stirn. Da schrie auf einmal ein Bergmännchen.

»Gold! Gold! Ich habe Gold gefunden!« Alle Bergmännchen und auch die Schwarzalben wandten sich dem Ereignis zu und vergaßen den polternden Stein.

Joe mit Alfrigg auf dem Rücken und die anderen setzten sich vorsichtig wieder in Bewegung und erreichten tatsächlich kurz darauf den Eingang auf der anderen Seite der Höhle. Sie gingen noch ein Stück weiter um die nächste Biegung und blieben dann erschöpft stehen. Alfrigg rutschte von Joes Rücken herunter, und alle atmeten erleichtert auf.

»Beeilt euch. Wir dürfen uns an diesem gefährlichen Ort nicht aufhalten. Wer weiß, wie viele dieser grässlichen Gestalten hier noch rumlaufen.« Alfrigg zog die vier Gefährten hinter sich her, die noch nicht einmal die Hand vor Augen sehen konnten, aber das Bergmännchen schien sich trotz der Dunkelheit bestens zurechtzufinden.

Nachdem sie ein gutes Stück Weg hinter sich gelassen hatten, sagte er: »Ihr seht, die Schwarzalben können überall sein, kein Ort ist mehr sicher vor ihnen. Falls sie uns entdecken, müsst ihr euch schnell verstecken. Ich werde dann versuchen, die Schwarzalben von euch abzulenken. Ihr müsst unter allen Umständen Schloss Birah erreichen.«

Pendo, Chika, Finn und Joe schauten ängstlich zu Alfrigg. »Aber was, wenn wir uns gegenseitig aus den Augen verlieren und dich nicht mehr als Führer haben? Ohne dich sind wir aufgeschmissen«, sagte Finn verzagt.

»Vertraut auf den Schöpfer der Lebensströme. Er wird für uns sorgen«, sagte Alfrigg beruhigend und ging weiter.

Nach einigen weiteren Abzweigungen und Kreuzungen stießen sie auf eine Felswand.

»Wir müssen jetzt nur noch diese Wand durchqueren. In der dahinterliegenden Halle geht es links durch einen Stollen bergauf an die Erdoberfläche. Es sind nur noch einige Hundert Meter bis zu Schloss Birah.«

»Na dann los«, sagte Joe ungeduldig. Es war ihm deutlich anzumerken, wie dringend er wieder Tageslicht sehen und frische Luft einatmen wollte.

»Wir müssen vorsichtig sein«, sagte Alfrigg mahnend. »Schließlich wissen wir nicht, ob die Schwarzalben auch schon den unterirdischen Weg zu Schloss Birah gefunden haben. Setzt sicherheitshalber eure Kapuzen auf und verbergt eure Gesichter. Fassen wir uns an den Händen. Schnell!«

Eilig reichten sie sich die Hände, und die mittlerweile vertraute goldene Kugel erschien. Für einen kurzen Moment hatten sie wieder das Gefühl zu schweben, doch da waren sie schon auf der anderen Seite der Felswand. Hier brannten Grubenlampen mit dem kalten, nicht wirklich hellen blauen Licht. Schnell zogen die vier Gefährten die Kapuzen noch tiefer über ihre Gesichter. Joe überlegte, ob er Alfrigg, der neben ihm stand, noch unter seinen Mantel ziehen könnte, aber da war es schon passiert: Zwei

Schwarzalben am anderen Ende des großen Raumes sahen das Bergmännchen. Ihre Augen glühten rot und ihre Zungen züngelten wie bei einer Schlange. Die Kinder drehten sich schnell mit dem Rücken zu den Schwarzalben und hofften inständig, noch nicht bemerkt worden zu sein. Alfrigg rannte mutig los, um von den Gefährten abzulenken. Die List gelang. Entweder hatten die Schwarzalben die vier in ihren Tarnmänteln wirklich nicht bemerkt, oder sie waren alle zu sehr mit dem sichtbaren Eindringling beschäftigt. Während sie sich auf Alfrigg stürzten, suchten die Gefährten den Weg, der zum Schloss der Lichtalben führte, fanden aber nur eine frisch gemauerte Wand, die die Höhle von dem Weg trennte, der in die Freiheit führte. Sie wussten, dass Alfrigg sich nicht mehr lange gegen die Schwarzalben würde wehren können, und so sausten sie in den nächstliegenden Tunnel und versuchten, so viel Abstand wie möglich zu den Schwarzalben zu gewinnen.

Nach einer ganzen Weile sagte Finn: »Ich denke, der Abstand ist groß genug. Hier können wir reden.«

Da begann Pendo zu schluchzen. Sie dachte an den armen Alfrigg, der nun in den Klauen der Schwarzalben war.

»Beruhige dich«, beschwor Joe sie eindringlich. »Wir müssen uns jetzt zusammennehmen, sonst sind wir alle verloren. Wir haben einen Auftrag.«

»Aber was sollen wir denn tun?«, wimmerte Chika. »Wir kennen uns doch gar nicht aus.«

Sie überlegten eine Weile und lauschten in die Dunkelheit hinein.

»Nebijah hat uns nicht ohne Hilfe ziehen lassen«, sagte Finn. »Was könnte uns denn hier helfen?«

»Der Spiegel Marah!«, rief Chika hoffnungsvoll. »Natürlich – der Spiegel. Nebijah sagte, mit ihm würden wir aus aussichtslosen Situationen herausfinden.« Sie griff in ihre Tasche und holte den Spiegel heraus. Wie würde er funktionieren? Was musste sie tun? Sie schaute hinein und sagte leise: »Bitte, lieber Spiegel, zeige uns den Weg hier heraus. Wir müssen das Schloss der Lichtalben finden.« Nichts geschah. Sie wiederholte den Satz immer wieder, aber der Spiegel zeigte keine Regung.

»Wir müssen ein Licht entzünden, und wenn es noch so gefährlich ist. Ich kann in dem Spiegel nichts erkennen.« Finn nahm seine Laterne in die Hand und zündete die Kerze an. Chika flüsterte erneut: »Bitte, lieber Spiegel, zeige uns den Weg hier heraus.« Aber es half nichts. Außer ihrem eigenen verzagten Gesicht konnte sie nichts erkennen.

Plötzlich hörten sie in einiger Entfernung ein polterndes Geräusch. Erschreckt pustete Finn die Kerze aus. Keiner wagte es, sich zu bewegen. Chika geriet in Panik. Ihre Augen füllten sich mit Tränen und sie musste zwinkern. Da sah sie plötzlich etwas. War das nicht ein Licht? Verwirrt schloss sie noch einmal die Augen. Die Lösung kam ihr nicht im Glas des Spiegels selbst entgegen, sondern vor ihrem *inneren Auge*. Sie brauchte nur den Spiegel vor sich zu halten und die Augen zu schließen. Jetzt verstand sie, was Nebijah ihr gesagt hatte. Sie sollte mit dem Herzen in den Spiegel schauen. Klar! Und auf einmal wusste sie, was sie zu tun hatte.

»Folgt mir«, sagte Chika. Ihre Stimme war nun klar, und ohne zu zögern schritt sie die goldene Spur auf dem Boden ab, die sie hinter ihren geschlossenen Lidern sehen konnte. Die anderen drei vertrauten ihr, da ihre sonst so ängstliche Weggefährtin auf einmal ganz entschlossen und sicher auftrat.

Chika führte sie durch ein unendlich wirkendes Labyrinth von Gängen und Höhlen. Irgendwann wagten sie es, eine Grubenlampe wieder anzuzünden. Die Wege, die sie jetzt gingen, hatte seit vielen, vielen Jahren niemand mehr betreten. Spinnweben hingen von der Wand, auf dem Boden lag Geröll.

»Bist du dir ganz sicher, Chika, dass der Spiegel dir diesen Weg zeigt?«, fragte Pendo. »Wir entfernen uns mit jedem Meter weiter vom Schloss der Lichtalben.«

»Aber ja doch. Ich bin mir ganz sicher«, beteuerte Chika. Mit geschlossenen Augen lief sie weiter, immer der goldenen Spur nach. Pendo, Joe und Finn wunderten sich über die Zuversicht, die sie ausstrahlte, und stolperten hinter ihrer japanischen Freundin her. Was blieb ihnen auch anderes übrig, als ihr und dem Spiegel zu vertrauen? Ein Zurück gab es nicht.

Plötzlich hörten sie einen gellenden Schrei; das Geräusch von herabrollenden Steinen und ein lautes Wasserplatschen folgten. Sie blieben wie erstarrt stehen. Finn, der ganz hinten lief, rief erschrocken: »Was war denn das?«

Pendo, die weiter vorne stand, brauchte einen Augenblick, um sich aus ihrer Schreckstarre zu lösen. Im nächsten Moment schrie sie: »Chika!«

»Was ist mit Chika?«, fragten Joe und Finn wie aus einem Mund.

»Sie, sie …«

Joe schob sich an der vollkommen aufgelösten Pendo vorbei. »Hier vorne ist ein Abgrund. Den muss Chika runtergerutscht sein. Chika, hörst du uns?«

Stille.

Einen Augenblick später hörten sie wieder das Platschen im Wasser.

»Chika!«, riefen nun auch Finn und Pendo.

»Ja, ich höre euch«, japste Chika. »Es geht mir gut. Alles okay! Um die goldene Spur zu erkennen, musste ich die Augen schließen. Dadurch habe ich den Abgrund nicht bemerkt und bin hier runtergestürzt – und direkt ins Wasser gerutscht.«

»Was ist das für ein Wasser?«, forschte Finn nach.

»Ich kann leider nicht viel erkennen, aber es ist wohl so etwas wie ein unterirdischer See.«

»Ist der Spiegel noch ganz?«, erkundigte er sich weiter.

»Moment, ich schaue mal nach«, rief Chika zu ihnen hoch. »Er ist noch ganz, und … ja, er zeigt mir auch noch einen Weg hier unten entlang.«

»Gut«, meinte Joe. »Wir kommen runter.« Er wandte sich Pendo und Finn zu. »Ich rutsche zuerst. Ihr folgt mir dann.«

Erschrocken schaute Pendo ihn an: »Also ich rutsche nicht einfach in ein dunkles Loch. Schau doch mal, wie steil das ist. Nein, ganz bestimmt nicht.«

Joe verdrehte die Augen: »Und was schlägst du stattdessen vor? Willst du lieber zurück zu den Schwarzalben gehen?«

»Ähm … Nein, natürlich nicht«, stotterte Pendo.

»Wir könnten uns einfach abseilen. Das ist auf jeden Fall sicherer«, schlug Finn vor und zog ein langes Seil aus seiner Tasche.

»Gute Idee«, brummte Joe und nickte Finn zu.

Mit der Laterne in der Hand schaute Joe sich in dem engen Tunnel um. »Hier ist ein Felsstück, an dem wir das Seil befestigen können.« Er nahm Finn, der weiter hinten stand, das Seil ab und band es an dem Felsen fest. Dann ließ er das andere Ende den Abhang hinunterfallen. Nachdem er sich bei Chika erkundigt hatte, ob das Seil auch bis nach unten reichte, begann er hinunterzuklettern. Nur wenige Minuten später waren die Freunde wieder vereint und zwängten sich an das schmale Ufer eines unterirdischen Sees.

»Zum Glück ist es hier unten echt warm«, sagte Chika, die jetzt klitschnass vor ihnen stand. Die anderen betrachteten sie mitleidig und versuchten, sie zu trösten.

»Wo müssen wir denn lang?«, fragte schließlich Pendo.

»Wir müssen da drüben hin«, erklärte Chika und deutete auf eine Stelle, die etwa fünfzig Meter weit weg war.

»Gibt es einen anderen Weg dorthin als durch das Wasser?«, fragte Joe.

»Nein, leider nicht. Ich habe eben schon nachgeschaut, ob das Ufer um den ganzen See herumführt. Aber es ist wirklich nur hier, direkt neben dieser Rutsche.«

»Dann müssen wir da also durchschwimmen?« Joe schluckte. »Kannst du uns sagen, wie tief das Wasser ist?«

»Also, ich konnte vorhin nicht darin stehen«, erklärte Chika.

Pendo, die direkt am Ufer stand, nahm die Laterne in die Hand und hielt sie direkt über das Wasser. Plötzlich schrie sie auf: »Ah, nein!« Sie sprang zurück an die Wand und schaute erschrocken zu ihren Gefährten.

»Was ist los?«, fragten die anderen aufgeregt.

»Da haben mich gerade zwei leuchtende Augen angestarrt«, stammelte Pendo. Genau wie sie dachten auch die drei anderen sofort an die Augen der Schwarzalben.

»Nein, das kann ich mir nicht vorstellen«, flüsterte Finn. »Schwarzalben leben doch nicht im Wasser, und schon gar nicht *unter* Wasser. Lass mich mal gucken.« Er kniete sich direkt ans Ufer und hielt die Laterne direkt über die Oberfläche.

Chika hielt ihn an seinem Umhang fest: »Sei bitte vorsichtig.«

Jetzt konnte Finn es sehen. »Das sind keine Schwarzalbenaugen. Da bin ich mir ganz sicher. Die sind viel zu klein und zu dicht beieinander. Außerdem sind sie nicht rot, sondern grün. Nein, das müssen Fische sein.«

»Fische? Aber vielleicht sind die ja trotzdem gefährlich. So was wie Piranhas«, sagte Chika schockiert. »Oh nein. Und ich war da drin!«

»Ach Quatsch«, entgegnete Finn. Piranhas leben nicht in unterirdischen Seen, sondern in Flüssen. Ich habe mal was über Leuchtaugenfische gelesen. Die Augen dieser Fische reflektieren das Licht, deshalb sieht es aus, als ob ihre Augen leuchten. Bestimmt ist es so was.« Die Mädchen atmeten erleichtert auf.

»Was du wieder alles weißt«, motzte Joe. »Ich gehe da jedenfalls nicht rein. Wer weiß, was da noch alles drin ist.«

»Na, jetzt bist du wohl derjenige, der zu den Schwarzalben zurücklaufen will«, zog Pendo ihn auf.

»Nein, will ich nicht. Aber vielleicht gibt es ja einen anderen Weg.«

»Das Wasser ist gar nicht so schlimm«, versuchte Chika ihn zu ermutigen. »Es ist richtig warm.«

»Nein, ich will wirklich nicht, dass …«

»Was hast du denn auf einmal?«, fragte Pendo irritiert über Joes Verhalten. »Hast du etwa Angst?«

»Nein, ich …«

»Na, sag schon«, forderte ihn Finn auf.

»Ich kann halt nicht so gut schwimmen!« Endlich war es heraus. Erleichtert atmete Joe auf. Es war ihm schrecklich peinlich, dass er mit zwölf Jahren nicht schwimmen konnte. Aber bei ihm zu Hause gab es einfach nicht so viele Gelegenheiten dazu.

»Ach sooo«, sagte Pendo gedehnt. »Na, das kriegen wir schon irgendwie hin.«

Finn griff in seine Tasche und sagte spöttelnd: »Also, Schwimmflügel gibt es hier nicht.«

Die Mädchen prusteten los. Aber Joe verstand in diesem Punkt keinen Spaß. »Macht euch nur lustig über mich«, schnaufte er beleidigt.

»Entschuldige«, sagte Finn, der sich über seine spitze Zunge ärgerte. Er griff noch einmal in seine Tasche und holte einige Holzbretter heraus, die er mit einer Schnur zusammenband. »Die hier müssten dich tragen. Außerdem bleiben wir ganz dicht neben dir. Versprochen.«

»Na gut«, sagte Finn missmutig. »Probieren wir es aus.«

»Unsere Umhänge und Schuhe sollten wir vielleicht in unseren Supertaschen verstauen. Vielleicht bleiben sie darin ja trocken«, schlug Pendo vor.

»Gute Idee«, freute sich Finn.

»Noch schöner wäre es, wenn die Tasche meine Klamotten trocknen würde!«, witzelte Chika und stopfte Umhang und Schuhe einfach hinein.

Vorsichtig stiegen sie in das warme Wasser des unterirdischen Sees. Ihre Taschen versuchten sie mit einer Hand hochzuhalten, damit sie nicht zu nass würden, und schwammen zum anderen Ufer. Joe wurde vom Holz getragen und paddelte hektisch wie ein Hund neben ihnen her. Keiner wagte es, einen Witz über ihn zu machen, obwohl er mit seinem ängstlichen Gesichtsausdruck beim Paddeln wirklich ulkig aussah.

Schneller als erwartet hatten sie das andere Ufer erreicht, wo sie sich in einem weiteren der unzähligen Tunnel etwas abtrockneten und Schuhe und Umhänge, die tatsächlich trocken geblieben waren, wieder anzogen.

»Vielleicht sind die Schwarzalben ja wasserscheu«, überlegte Chika. »Dann folgen sie uns nicht auf diesem Weg.«

»Das wäre super. Aber ich denke mal, dass die einfach über den See hinwegfliegen würden«, erwiderte Finn.

»Stimmt, daran hatte ich nicht gedacht«, sagte Chika enttäuscht. Sie nahm ihren Spiegel in die Hand, schloss die Augen und lief wieder auf der goldenen Spur entlang, die sich ihr erneut zeigte. Diesmal lugte sie allerdings zwischendurch nach links und rechts, damit sie nicht noch einmal in ein Loch fiel. Schließlich kamen sie in einen langen Stollen, der in einer Sackgasse endete. Chika sah zu ihren Gefährten auf und sagte ratlos: »Die Spur am Boden endet hier.«

»Mit Alfriggs Hilfe kämen wir leicht auf die andere Seite. Vielleicht ist dort sogar frische Luft und Sonne. Was sollen wir tun?«, fragte Pendo aufgeregt.

»Wir könnten es mit den Spitzhacken versuchen«, schlug Joe vor.

»Das ist doch viel zu laut. Die Schwarzalben sind uns vielleicht schon auf den Fersen«, entgegnete Finn.

Sie versuchten nun alles Mögliche. Sie fassten sich an den Händen, hielten ihre Amulette zusammen und probierten es mit Sätzen, wie Alfrigg sie gebraucht hatte, als er sie in die unterirdische Welt der Bergmännchen führte. Nichts geschah.

Aus der Ferne hallten Schritte. Den Kindern stockte der Atem. Schnell löschten sie die Grubenlampe. Hatten die Schwarzalben aus Alfrigg die Wahrheit herausgepresst, oder hatten sie ihre Spur sogar ohne ihn gefunden? Jedenfalls schien sie jemand zu verfolgen. Vermutlich war es nur noch eine Frage von Sekunden, bis ein Schwarzalb um die Ecke kam.

Pendo fragte: »Chika, zeigt dir der Spiegel wirklich keinen Ausweg?«

»Ich kann es noch mal versuchen.« Chika nahm den Spiegel in die Hand und schloss die Augen. Am Boden war keine Spur mehr zu entdecken. Ihr Blick wanderte nach oben: »Ich sehe hier an der Wand einen leuchtenden Handabdruck. Was bedeutet das?«, fragte sie.

»Leg schnell deine Hand darauf«, riet Finn hastig. In dem Moment zischte es hinter ihnen. Sie lugten ein wenig unter ihren Kapuzen, die sie vorsichtshalber übergezogen hatten, in die Richtung des Geräuschs und erkannten die rot leuchtenden Augen eines Schwarzalbs. Das Blut gefror ihnen in den Adern. Angst erfüllte ihren ganzen Körper. Fand an dieser Stelle, in diesem finsteren Loch, ihr Abenteuer sein Ende? Noch hatte der Schwarzalb sie nicht angegriffen, oder hatte er sie in der Dunkelheit, geschützt durch ihre Umhänge, noch nicht entdeckt? Aber genau wie die vier Abenteurer hörte er jetzt das Knirschen der Steine, die sich zur Seite bewegten. Chika hatte ihre Hand auf den Abdruck gelegt, und innerhalb von kürzester Zeit entstand in der Felswand eine Öffnung. Die Kinder krochen hastig hindurch, ohne hinter sich zu gucken, damit der Schwarzalb nicht ihre Gesichter sah. Nur weg von diesem Biest! Wie schnell würde er ihnen folgen? Sobald sie die Öffnung durchquert hatten, schlossen sich die Steine hinter ihnen. Befreit atmeten sie tief die klare Luft ein. Der Schwarzalb hatte es nicht bis zu ihnen geschafft. Sie waren sich nicht sicher, ob er die Kinder erkannt hatte oder ob er vorher vom grellen Sonnenlicht geblendet wurde, aber das war ihnen im Moment auch egal. Zwischen ihnen und dem Schwarzalb war eine dicke Felswand, und sie waren nicht mehr im Dunkeln, sondern standen im Licht der untergehenden Sonne.

Das gleißende Licht schmerzte sie; zu lange waren sie in der Dunkelheit unterwegs gewesen. Vorsichtig, mit den Händen über den Augen, schauten sie sich um. Ein Schloss war weit und breit nicht zu sehen – aber das hatten sie auch kaum zu hoffen gewagt, denn der Spiegel hatte ihnen, nachdem der ursprünglich geplante Weg versperrt war, vermutlich nur den nächsten möglichen Ausgang aus dem Höhlenlabyrinth der Schwarzalben gezeigt. Jetzt standen sie auf einer großen Lichtung, auf der einige große Felsen herumlagen. Aus einem dieser Felsen waren sie gerade herausgekrochen. Der Höhleneingang war allerdings verschwunden.

»Wir müssen unbedingt von hier weg. Falls der Schwarzalb uns gesehen hat, wird er seine ganze Meute auf uns hetzen. Wir müssen an einen geschützten Ort«, sagte Joe eindringlich.

»Stimmt. Hier kann uns jeder sehen, selbst mit unserer Tarnkleidung sind wir ja nicht unsichtbar. Schnell in den Wald dort drüben«, forderte Finn auf. Alle folgten ihm bis tief in den Wald hinein, wo sie unter einem Strauch hockend Schutz suchten. Keiner wagte es, die Kapuze abzunehmen. Eigentlich hätten sie weiterlaufen müssen, aber sie brauchten dringend eine Pause. Sie hatten Hunger und Durst und fühlten sich völlig entkräftet. Schweigend saßen sie beieinander, aßen und tranken. Jeder hatte eine schlichte, aber nahrhafte Kost gewählt. Nach einem großen Menü war ihnen nicht zumute.

»Ich muss immer an Alfrigg denken«, klagte Chika. »Was sie wohl mit ihm machen?«

»Vermutlich lassen sie ihn in ihren Bergwerken arbeiten«, antwortete Pendo. »Er ist ihnen geradezu in die Arme gelaufen, um uns zu retten. Wir stehen tief in seiner Schuld.«

»Wir müssen diese Biester besiegen, nur so können wir auch Alfrigg retten«, sagte Joe kämpferisch.

Finn schaute zur Sonne: »In welche Richtung müssen wir weiter? Wir wissen ja gar nicht, wo sich das Schloss der Lichtalben befindet.«

»Chika, schau doch mal in den Spiegel Marah«, schlug Pendo vor. Chika schloss die Augen und bat den Spiegel um Hilfe, aber er zeigte nichts.

»Wir warten hier, bis die Sonne untergeht. Dann gehen wir weiter Richtung Osten«, entschied Joe. Keiner widersprach.

Erst als die Sonne nahezu untergegangen war, machten sie sich wieder auf den Weg. Joe schaute zu den Sternen und führte die Gruppe zielstrebig durch den dunklen Wald. »Wieso kennst du dich eigentlich so gut mit der Sonne und den Sternen aus, Joe?«, wollte Finn wissen, während er vorsichtig über einen herumliegenden Baumstamm kletterte.

»Die Sonne und die Sterne sind für uns Hopi sehr wichtig. Alle meine Vorfahren haben sie immer genau beobachtet. Vom Stand der Sonne hängt ab, wann wir unsere Feste feiern. Und zu jedem Sternbild gehört auch eine Geschichte«, erklärte Joe.

»Dann hast du so was wie Astronomieunterricht gehabt?«, fragte Finn.

Joe lachte: »Ja, das könnte man so sagen. Wisst ihr, wir Hopi sind sehr oft im Freien. Wenn ich mit meinen Eltern auf dem Maisfeld arbeite, reden sie über die Natur und den Verlauf der Sonne. Wenn wir abends vor unserem Haus sitzen, erklären sie mir die Namen der Sterne.«

»Klasse!«, sagte Finn anerkennend. »Bei mir zu Hause ist das ganz anders. Mein Vater muss fast immer arbeiten und hat nur selten Zeit für mich. Außerdem kann ich in der Stadt die Sterne eh nicht richtig sehen.«

»Das ist bei mir ganz ähnlich«, sagte Chika. »Mein Vater geht nach seiner Arbeit noch ganz oft mit seinen Kollegen weg. Ich sehe ihn meistens nur morgens, kurz nach dem Aufstehen.«

Obwohl der Mond in dieser Nacht recht hell schien, stellte sich der Fußmarsch als schwierig heraus. Öfter stolperten sie über herumliegende Zweige, blieben an Büschen hängen oder erschraken, weil ein aufgescheuchtes Tier direkt vor ihnen aufsprang. Obendrein hatte Joe Schwierigkeiten, im Wald die Himmelsrichtung zu bestimmen, denn er konnte die Sterne nicht immer erkennen. Trotzdem gingen sie weiter. So hatten sie wenigstens das Gefühl, voranzukommen.

Nach etwa einer Stunde stießen sie auf einen Trampelpfad. Obwohl es riskant war, nicht querfeldein, sondern auf ihm weiterzulaufen, entschieden sie sich dafür. Es war ein alter Weg, den hoffentlich nur die ursprünglichen Bewohner Gans kannten. Hier war das Gehen leichter, und sie kamen miteinander ins Gespräch.

»Mein Großvater«, begann Finn, »durfte mir nichts von Gan erzählen, mein Vater war dagegen. Er selbst hatte als Kind immer gehofft, der nächste Träger des Amuletts zu sein. Er trug es lange Zeit mit sich herum, aber nichts geschah. Diese Enttäuschung wollte er mir ersparen. An dem Abend, als er das Amulett auf meinem Nachttisch entdeckte, hatte er einen Streit mit meinem Großvater. Er vermutete, Opa würde dahinterstecken und hätte mir das Amulett gegeben. Dabei hatte ich es doch zufällig gefunden.« Als er »zufällig« sagte, musste Finn kurz lachen. »Später sagte mein Großvater zu mir, das Amulett habe *mich* gefunden. Damals konnte ich mir das gar nicht vorstellen, aber jetzt glaube ich es.«

»Dann hat dein Großvater dir also gar nichts von Gan erzählt?«, fragte Pendo.

»Nur in Form von Abenteuergeschichten, von denen ich dachte, sie seien erfunden. Jedes Mal, wenn ich in den Ferien bei meinen Großeltern zu Besuch war, hat er mir so eine Geschichte erzählt. Ich hielt sie alle für Märchen, aber als wir uns das letzte Mal unterhielten, an dem Tag, als ich hierher kam, machte er so eine Andeutung, als sei an diesen Geschichten mehr dran.«

»Sehr erfinderisch, dein Großvater«, sagte Chika schmunzelnd.

»Erzähl uns doch eine von diesen Geschichten!«, bat Joe.

»Au ja, bitte«, sagten Chika und Pendo wie aus einem Mund und mussten kichern. Alle genossen das Gespräch, das sie von der Gefahr um sie herum ablenkte.

»Gerne, wenn wir dabei nicht vom Weg abkommen und irgendwelchen Ungeheuern in die Arme laufen«, sagte Finn und lachte ebenfalls. Zum ersten Mal seit dem frühen Morgen fühlte er sich etwas entspannter.

»Einmal erzählte er, wie ein Handelsschiff auf einer einsamen Insel anlegte. Da sie auf keiner Seekarte verzeichnet war, wurden die Seefahrer natürlich neugierig und wollten sich diese neue Insel mal genauer anschauen. Sie gingen von Bord und ließen nur drei Männer zurück, um das Schiff zu bewachen. Die Seefahrer durchquerten die ganze Insel, fanden aber weder Bewohner noch irgendwelche Schätze. Enttäuscht kamen sie zum Schiff zurück. Von den zurückgebliebenen Seefahrern wurden sie schon auf das Sehnlichste erwartet, denn während die anderen unterwegs waren, hatten sie Besuch bekommen … von Zwergen!« Die anderen grinsten. Sie konnten sich genau vorstellen, wie diese Zwerge aussahen.

»Die Zwerge hatten die Seefahrer gefragt, was sie denn auf ihren Schiffen transportieren und freuten sich, als sie hörten, es handele sich um feinste Seidenstoffe aus Indien. Sofort boten die Zwerge für die Ware Gold und Edelsteine. Die Seefahrer sagten ihnen aber, dass an ihrem Zielhafen natürlich ein Händler warte, der die Stoffe für viel Geld verkaufen wolle. Was würde er sagen, wenn sie ohne die Fracht zurückkämen? Die Zwerge tuschelten kurz miteinander und meinten dann, sie würden mit so viel Gold bezahlen, dass der Händler ganz sicher mit dem Preis zufrieden sei. Ob er die Stoffe nun auf dem Weg zum Hafen oder am Hafen selbst verkaufe, sei ja wohl einerlei. Es ging einige Male hin und her, wie das bei Geschäftsverhandlungen so ist, und schließlich waren die Seefahrer einverstanden. Sie nahmen eine ganze Truhe mit Gold und Edelsteinen entgegen und überließen den Zwergen die Seidenstoffe. Als der Kapitän das hörte, wollte er seinen Leuten zuerst nicht glauben. Zum einen glaubte er nicht an Zwerge und zum anderen konnte er sich nicht vorstellen, dass jemand so viel Gold für Stoff bezahlen würde. Wahrscheinlich hielt er die Seemänner für betrunken. Er ließ sich aber die Truhe zeigen und war sprachlos, als er das ganze Gold sah. Daraufhin versuchte er natürlich, die Zwerge wiederzufinden, vielleicht ließe sich ja mit ihnen ein guter Handel aufbauen, aber er konnte sie einfach nirgendwo entdecken. Bald darauf fuhr die Mannschaft mit dem Schiff zum Zielhafen. Der Kapitän beruhigte den aufgebrachten Seidenhändler mit einer anständigen Entschädigung und behielt den Rest für sich. Als er bei der nächsten Fahrt nach Indien versuchte, die Insel wiederzufinden – er hatte extra etwas mehr Stoff geladen –, war diese verschwunden.«

»Das hört sich wirklich nach Gan an«, sagte Chika.

»Bestimmt hat dein Großvater mal gesehen, wie die Bergmännchen mit Menschen Handel trieben. Alfrigg hatte uns ja erzählt, dass sie mit dem Gold alles bezahlen, was sie unter der Erde nicht besorgen können«, meinte Pendo.

»Ich wäre wirklich gerne in diesen glücklichen Zeiten nach Gan gekommen. Es muss ein wunderbarer Ort gewesen sein, an dem sich jeder ohne Angst und Sorge bewegen konnte«, sagte Finn sehnsuchtsvoll.

»Jetzt ist alles anders. Überall lauern Gefahren, und Menschen und Bergmännchen sind voller Angst. Wir müssen dem Land helfen«, erklärte Joe.

»Nicht nur diesem Land. Es geht letztlich auch um unsere Welt zu Hause. Ich mag mir das gar nicht vorstellen. Warum musste Nebijah nur ausgerechnet uns auswählen?« Pendo schüttelte ratlos den Kopf.

»Weil ihr dazu berufen seid«, sagte eine Männerstimme aus dem Gebüsch rechts neben ihnen. Die Kinder schrien auf, zogen ihre Kapuzen tiefer ins Gesicht und versteckten sich flink hinter den Bäumen.

Eine Gestalt in einem schwarzen, bis zum Boden reichenden Umhang und mit einer tief vor das Gesicht gezogenen Kapuze trat nun auf den Trampelpfad. »Ihr braucht euch nicht zu fürchten. Mein Name ist Elbachur. Ich bin ein Lichtalb von Schloss Birah.«

»Kannst du das beweisen?«, fragte Joe misstrauisch. »Zu viele finstere Gestalten sind unterwegs.«

»Alon, der Waldhüter, kam in unser Schloss und erzählte, Alfrigg, das Bergmännchen, sei auf unterirdischen Wegen mit euch unterwegs zu uns. Wir konnten uns schon vorstellen, welchen Ausgang aus der Unterwelt er nehmen wollte, um zu uns zu gelangen. Diesen Ausgang haben wir jedoch zugemauert, um die Schwarzalben, die sich dort eingenistet haben, fernzuhalten. Wir haben deshalb Boten ausgesandt, um euch zu helfen. Sie sollten alle uns bekannten Ausgänge aus Untererde in der Nähe des Schlosses kontrollieren. Ich bin einer dieser Boten. Als ich vorhin Stimmen hörte, versteckte ich mich im Gebüsch. Ich wusste ja nicht, wer da im Dunkeln diesen selten gebrauchten Weg entlanggeht. Aber an eurem Gespräch habe ich erkannt, wer ihr seid. Die Träger der Amulette!«

Dieser Bericht enthielt viele Informationen, die nur Eingeweihte wissen konnten. Die vier Gefährten fassten Vertrauen und kamen aus der Deckung hervor.

»Du hast uns einen ganz schönen Schrecken eingejagt, Elbachur«, sagte Chika.

Der Lichtalb blickte unter seiner Kapuze freundlich zu den Trägern der Amulette herab. Sein Gesicht strahlte ungewöhnlich hell. Dann fragte er besorgt: »Aber wo ist das Bergmännchen Alfrigg?«

Die vier Freunde schauten betreten nach unten. »Die Schwarzalben haben ihn gefangen, als wir vor dem zugemauerten Ausgang standen. Er ist direkt in ihre Arme gelaufen, um von uns abzulenken«, klärte Finn ihn auf.

»Er hat sich für uns geopfert«, sagte Pendo.

»Äbrah, hilf! Das ist ja grauenvoll«, entfuhr es Elbachur erschrocken. »Kommt, lasst uns zügig weitergehen. Wir müssen schnellstens im Schloss berichten, was geschehen ist.«

Der Lichtalb ging mit großen Schritten voran und die Gefährten folgten ihm. Einige Zeit später flüsterte Finn ihm zu: »Elbachur, dürfen wir auf dem Weg sprechen?«

»Ich denke, es ist in Ordnung, wenn wir leise miteinander reden. Ich bin vorhin diesen Weg entlanggelaufen, und da ist mir nichts Verdächtiges aufgefallen.«

Zögernd begann Finn: »Ich habe nämlich eine Frage …«

»Nur zu«, sagte der Lichtalb. »Du brauchst dich wegen deiner Fragen nicht zu schämen.«

»Kannst du uns erklären, was Lichtalben sind?«

»Und bitte auch, was Schwarzalben sind? Wir haben sie schon mehrmals gesehen und sie sind wirklich gruselig, aber ansonsten wissen wir gar nichts über sie«, ergänzte Pendo die Frage.

»Das will ich gerne tun«, erwiderte Elbachur lächelnd. »Wenn es auch nicht so einfach zu beantworten ist. Lichtalben gibt es wohl nur noch hier in Gan. Wir sind nicht aus Fleisch und Blut, sondern bestehen aus Licht. Wir sehen euch sehr ähnlich, sind aber keine Menschen. Andererseits sind wir aber auch keine Geister. Wir sind eben Alben.« Die Kinder mussten über den Versuch des Lichtalbs, ihnen das Wesen seiner Art zu erklären, schmunzeln.

»Ursprünglich hießen wir einfach nur Alben, das heißt so viel wie ›Die Weißen‹, weil wir aus Licht sind. Mit den Menschen, die zu den vier Enden der Erde gezogen sind, waren auch einige Alben mitgezogen. Und genau wie viele von ihnen wurden auch die Alben böse, so weit entfernt von den vier Lebensströmen. Sie hatten den guten Weg und das wahre Licht verlassen und zogen die Dunkelheit vor. Dadurch verloren sie ihre Schönheit und wurden finster wie die Nacht. Das sind die Schwarzalben. Sie haben sich über die Jahrtausende hinweg ihre magischen Fähigkeiten bewahrt, ja, sie haben sogar fliegen gelernt! Das können wir Lichtalben nicht. Das einzige Ziel der Schwarzalben ist es, alles Gute und Schöne zu zerstören. Überall, wo sie hinkommen, verbreiten sie Schrecken und verursachen heilloses Chaos.« Die vier erinnerten sich sofort an die furchtbare Angst, die jedes Mal in ihnen hochkroch, wenn sie einen Schwarzalb sahen.

»Bisher konnten sie nur in eurer Welt Zerstörung anrichten. Der Zugang nach Gan war ihnen durch einen schützenden Zauber versperrt. Was sie anrichten können, wisst ihr deshalb bestimmt viel besser als wir, auch wenn sie in eurer Welt für euch unsichtbar sind.«

Joe, Pendo, Chika und Finn versuchten, das Gehörte mit ihren Erfahrungen in Verbindung zu bringen. Ihnen fielen Bilder ein, die sie in den Nachrichten mit ihren Eltern schon gesehen hatten. Krieg, Terror, Streit und Hunger gab es immer irgendwo auf der Welt.

»Die Schwarzalben sind also für das Böse in unserer Welt verantwortlich?«, fragte Chika erstaunt.

»Nicht alleine, aber sie verstärken es.«

»Und jetzt bringen sie das Böse nach Gan.«

»Genau! Gan war bisher der einzige Ort, an dem sie kein Unheil anrichten konnten … bis – ja, bis der besondere Schutz unseres Landes zusammengebrochen ist. Es ist so, als ob sie alles innerhalb von wenigen Tagen nachholen wollten, was sie bisher an Schaden nicht anrichten konnten. Mittlerweile sind sie wohl überall im Land.«

»Ihr müsst doch etwas dagegen unternehmen!«, sagte Joe, der es kaum ertragen konnte, dass diese wunderbare heile Welt zerstört werden sollte.

»Wir haben nur noch eine Hoffnung: Die vier Lebensströme müssen wieder zu fließen beginnen. Vielleicht kehrt der schützende Zauber dann zurück.«

Joe, Pendo, Chika und Finn wussten, was das bedeutete. Sie mussten unter allen Umständen die Quelle erreichen.

Kapitel 5

Schloss Birah

Je länger die Träger der Amulette mit Elbachur, dem Lichtalb, unterwegs waren, desto deutlicher spürten sie in sich neue Hoffnung wachsen. Der Wald um sie wirkte nicht mehr so finster und beängstigend, sie konnten sich an dem wunderbaren Sternenhimmel erfreuen. So wie die Schwarzalben das Gefühl von Angst verbreiteten, schien die Gegenwart des Lichtalbs neuen Lebensmut zu geben.

Nach etwa einer Stunde sagte Elbachur: »Da vorne hört der Wald auf. Von da aus könnt ihr einen ersten Blick auf Schloss Birah erhaschen. Bald seid ihr in Sicherheit.«

Pendo, Joe, Finn und Chika waren ungeheuer neugierig, denn unter einem Lichtalbenschloss konnten sie sich beim besten Willen nichts vorstellen. Ob es wohl ebenso aus Gold und Edelsteinen bestehen würde wie das Reich der Bergmännchen?

Als sie aus dem Wald heraustraten, blickten sie in ein weites Tal, vom Mondlicht durchströmt. Auf einem Hügel in der Mitte des Tales lag Birah. Obwohl es schon spät in der Nacht war, erstrahlte es in einem hellen Lichterglanz, der von unzähligen Feuerstellen und Laternen auszugehen schien. Das Schloss bestand aus einem runden Hauptgebäude, das an ein bergendes Nest erinnerte. Es war aus strahlend weißen Steinen gebaut und mit Ziegeln bedeckt. Umgeben war es von zwölf Türmen, die abwechselnd mit dem Symbol der vier Lebensströme und dem Bild des silbernen Pelikans beflaggt waren.

Rasch wollten die vier Wanderer nun das letzte Stück Weg zurücklegen, denn sie sehnten sich nach der Wärme und Geborgenheit, die das Schloss schon von Weitem ausstrahlte. Doch

Elbachur mahnte sie zur Vorsicht: »Wir können bei diesem hellen Mondschein nicht einfach über die Wiesen laufen. Die Schwarzalben wagen sich zwar nicht so nah an unser Schloss heran, da sie unsere Gegenwart nicht gut ertragen können, aber sie haben gewiss irgendwo Wachposten an den Rändern des Waldes aufgestellt. Sie brauchen ja nicht gleich über eure Ankunft auf Schloss Birah informiert zu sein.«

»O nein, auf keinen Fall. Je weniger die Schwarzalben wissen, desto besser«, beteuerte Chika, die so viel Abstand zwischen sich und diesen dunklen Gestalten wie möglich wissen wollte.

Der Lichtalb lächelte sie gütig an und sagte: »Wir haben einige versteckte Wege angelegt, die dicht an Hecken und Sträuchern entlangführen. Dort werden sie uns auch bei Mondlicht nicht entdecken.«

Elbachur winkte den Freunden, ihm zu folgen, und führte sie enge, gut verborgene Wege entlang. An einigen Stellen mussten sie sogar kriechen, um ungesehen weiterzukommen. Nach einer weiteren, wirklich anstrengenden Stunde gelangten sie an einen der zwölf Türme des Schlosses. Der Weg führte direkt an eine kleine Holztür, die der Lichtalb mit einem Schlüssel öffnete. Schnell traten sie ein.

»Puh, das hätten wir geschafft«, sagte Finn erleichtert.

»Wie kommen wir von hier aus in das Hauptgebäude des Schlosses?«, fragte Joe.

»Ganz einfach«, erklärte Elbachur. »Dort hinten führt eine Treppe in einen Tunnel, der direkt im Schloss endet. Alle zwölf Türme sind über solche Tunnel mit dem Schlossgebäude verbunden. Folgt mir!« Nach wenigen Minuten waren sie im Schloss.

»Herzlich willkommen in unserem Zuhause«, sagte Elbachur. »Bevor ich euch zu den anderen führe, lasst mich diesen Umhang ablegen. Normalerweise tragen wir Lichtalben nie solche Kleidungsstücke. Sie engen uns zu sehr ein. Aber die momentanen Gefahren im Wald zwingen uns dazu. Wir wären zu leicht zu entdecken.«

Er zog die Kapuze herunter, knöpfte seinen weiten schwarzen Umhang auf und legte ihn ab. Bisher hatten sie Elbachurs Gesicht nur schemenhaft im Halbdunkel gesehen, aber nun kam ein Mann mit wunderschönen, ebenmäßigen Gesichtszügen und langen, hellblonden Haaren zum Vorschein. Er trug ein knöchellanges, weiß und silbern schimmerndes Gewand, das beständig glänzende Funken versprühte. Jetzt konnten sich die vier schon eher etwas unter Elbachurs Beschreibung der Lichtalben vorstellen. Alles an ihm schien tatsächlich aus reinstem Licht zu bestehen. Sie konnten gar nicht anders, als ihn ehrfurchtsvoll zu betrachten.

»Endlich!«, sagte der Lichtalb erleichtert und atmete tief durch. »Darauf habe ich seit Stunden gewartet. Mögt ihr auch ablegen?«

»Vielleicht später, vielen Dank«, meinte Chika. Sie fühlte sich mit ihrem Tarnmantel in der Nähe einfach sicherer und wollte ihn keinesfalls aus der Hand geben. Den anderen schien es genauso zu gehen.

»Wir gehen zuerst in den Schlosshof. Dort werdet ihr bereits erwartet«, sagte Elbachur mit einer einladenden Armbewegung.

Sie gingen durch einige mit Fackeln beleuchtete Gänge, an deren Wände wunderschöne, farbenfrohe Bilder gemalt waren. Finn bemerkte gleich die silbernen Pelikane, die mit weit ausgebreiteten Schwingen über den dargestellten Ereignissen schwebten. Sie gelangten zu einer großen, mit kunstvollen Ornamenten verzierten Tür.

»Da wären wir«, sagte der Lichtalb freudig zu den vieren und öffnete die Tür.

Der riesige Schlosshof war hell erleuchtet – nicht nur von unzähligen Fackeln, die an den Wänden befestigt waren, sondern auch durch das Leuchten der Lichtalben und ihrer glitzernden Kleidung. Sie alle standen versammelt beieinander und blickten in die Richtung der Neuankömmlinge. Einen Moment herrschte Stille, doch dann begann die Menge zu applaudieren und blickte den Trägern der Amulette freundlich und anerkennend entgegen.

Finn, Chika, Joe und Pendo waren überwältigt von dem Empfang. Staunend betrachteten sie die Menge der Lichtalben. Angst und Sorge schien einfach von ihnen abzufallen. Tief in sich spürten sie neue Zuversicht. Da öffnete sich an einer Stelle die Menge und Finn, Pendo, Chika und Joe entdeckten ein bekanntes Gesicht.

»Alon!«, riefen sie gleichzeitig und rannten zu ihm hin. Er schloss sie in seine Arme, Tränen traten in seine Augen und er sagte mit erstickter Stimme:

»Ich bin ja *so* froh, euch wohlbehalten wiederzusehen. Wir haben uns solche Sorgen gemacht. Danke Elbachur, dass du sie hierher gebracht hast«, sagte er zu dem Lichtalb, der ihnen gefolgt war.

»Oh Alon, wir freuen uns auch, dich wiederzusehen, aber …«, weiter kam Pendo nicht, weil ihr nun auch die Stimme versagte.

»… aber Alfrigg hat es nicht geschafft«, ergänzte Chika traurig.

»Was ist mit Alfrigg, was ist mit ihm geschehen? Wo ist er?«

»Die Schwarzalben haben ihn gefangen genommen«, sagte Finn ernst.

Bestürzt über diese Nachricht rief Alon: »Beim großen Äbrah! Ihr müsst mir alles der Reihe nach berichten. Elbachur, kannst du uns zu einem ruhigen Zimmer führen?«

»Aber natürlich. Folgt mir! Ich bringe euch in eure Unterkunft. Dort seid ihr ungestört.« Eilig ging der Lichtalb voran und führte sie mit Alon quer über den Schlosshof. Die Schlossbewohner nickten ihnen immer noch ermutigend zu und applaudierten. Jetzt konnten die vier sich aber nicht mehr so recht an dem herzlichen Empfang freuen, denn der besorgte Gesichtsausdruck des Waldhüters hatte ihnen den Ernst der Lage erneut ins Gedächtnis gerufen.

Durch eine Tür auf der gegenüberliegenden Seite des Hofes gelangten sie wieder in das Innere des Schlosses. Elbachur führte sie in ein gemütlich eingerichtetes Zimmer, in dem vier Betten standen. In einem Kamin prasselte ein wärmendes Feuer. Auf dem Boden davor waren zahlreiche Felle und Kissen ausgebreitet, auf die sie sich erschöpft niederließen. Der Lichtalb reichte ihnen vier Tassen mit heißer Schokolade, an denen sie mit Genuss nippten. Alon und Elbachur setzten sich neben sie und blickten sie erwartungsvoll an. Die Gefährten erzählten ihnen nun von ihren Abenteuern in Untererde – natürlich ohne Genaueres über die Welt der Bergmännchen zu erzählen. Die beiden hörten konzentriert zu und waren hin und her gerissen zwischen Erstaunen und Sorge: Erstaunt waren sie über den heldenhaften Mut der Träger der Amulette und das Opfer Alfriggs, aber noch mehr waren sie besorgt über die offensichtlich zunehmende Macht der Schwarzalben in der unterirdischen Welt.

»Die Lage wird immer bedrohlicher«, sagte Alon. »Die Schwarzalben drängen in alle Winkel unseres Landes vor. Es gibt kaum noch einen Ort, wo sie nicht zu finden sind. In den zwei Tagen, die wir uns nicht gesehen haben, sind fünf Menschen und drei Bergmännchen spurlos verschwunden. Vermutlich wurden sie von den Schwarzalben entführt.« Er starrte trübsinnig in das prasselnde Feuer. »Sie verbreiten Angst und Schrecken unter den Bewohnern Gans. Außerdem ist es wahrscheinlich nur eine Frage der Zeit, bis sie aus ihren Gefangenen wichtige Informationen herausbekommen.«

»Informationen über was?«, wunderte sich Finn.

»Vor allem über euren Aufenthaltsort. Ihr stellt für sie die größte Gefahr dar.«

»Ich möchte aber nicht der Grund dafür sein, dass anderen Leuten Leid zugefügt wird«, sagte Pendo mit zitternder Stimme.

»Das möchte gewiss niemand«, sagte Alon. »Macht euch aber bitte bewusst: Es geht letztlich nicht um euch. Es geht um etwas viel Größeres. Ihr müsst einen Auftrag erledigen, denn die Zukunft unseres Landes, ja, der Fortbestand der gesamten Erde ist in Gefahr.«

Pendo war natürlich klar, was Alon meinte, aber sie fühlte sich trotzdem schuldig. Ohne sie wäre Alfrigg nicht ein Gefangener der Schwarzalben.

»Wie geht es jetzt weiter?«, fragte Joe.

»Ehrlich gesagt, ich weiß es nicht«, sagte Alon und ließ unschlüssig seine Hände in den Schoß fallen. »Morgen früh werden wir uns mit dem Rat der Lichtalben zusammensetzen und gemeinsam überlegen. Bis dahin solltet ihr euch ausruhen. Es ist schon sehr spät, und ihr müsst unglaublich erschöpft sein.«

»Ich bringe euch etwas zu essen«, sagte Elbachur und erhob sich. »Danach solltet ihr ein wenig schlafen.«

Erst jetzt merkten die Gefährten, *wie* erschöpft und müde sie waren. Sie hatten kaum noch Kraft, etwas von dem leckeren Essen zu sich zu nehmen, das Elbachur ihnen aus der Schlossküche holte, geschweige denn über die Erlebnisse des Tages zu reden. Es war ohnehin alles gesagt, was gesagt werden musste. Schnell gingen die vier zu Bett und fielen in einen unruhigen Schlaf.

Am nächsten Morgen wurden sie von Alon geweckt: »Aufstehen, es ist höchste Zeit. Länger konnte ich euch wirklich nicht schlafen lassen. In einer Stunde trifft sich der Rat der Lichtalben.«

Finn, Pendo, Chika und Joe stöhnten. Ihre Beine und Arme fühlten sich an wie Blei. Mühsam quälten sie sich aus ihren himmlisch weichen Betten und gingen mit trägen Schritten in die Badezimmer. Als sie von dort zurückkamen, sagte Alon:

»Jetzt frühstückt erst mal eine Kleinigkeit. Dieser Saft hier wirkt Wunder. So etwas gibt es nämlich nur bei den Lichtalben. Ein richtiger Muntermacher.«

Die Kinder probierten. Chika verzog angewidert ihr Gesicht: »Der schmeckt ja total sauer!« Die anderen sahen auch nicht glücklicher aus, mussten aber lachen, als sie sich gegenseitig anschauten und ihre zu Grimassen verzogenen Gesichter sahen.

»Trinkt schon«, sagte Alon ungeduldig. »Er hilft wirklich. Die Lichtalben stellen ihn aus Früchten her, die nur in ihren Gärten wachsen.«

Als die vier ausgetrunken hatten, spürten sie tatsächlich, wie neue Kraft in ihre Glieder strömte.

»Das ist ja wirklich ein Wundermittel!«, staunte Finn. »Sowas könnte ich in der Schule gebrauchen.«

»Leider gibt es das nur hier«, sagte Alon schmunzelnd. »So, kommt jetzt, wir müssen los.«

Die vier legten ihre Umhänge um und folgten ihm. Er führte sie durch die endlos scheinenden Flure des Lichtalbenschlosses. Überall hingen Bilder mit majestätisch aussehenden Gestalten. Alles in diesem Gebäude, selbst die Wände, schien auf eine geheimnisvolle Art und Weise zu leuchten.

Schließlich gelangten sie in einen großen, von Licht durchfluteten Saal. Auf zwei Seiten gab es große Fenster. Die Wände waren mit weißer Seidentapete bespannt. An den Kopfenden prangten Bilder von den vier Lebensströmen und dem silbernen Pelikan. Ein gewaltiger Kronleuchter schwebte über der Mitte des Raumes. Darunter befand sich ein großer runder Tisch mit bequem aussehenden Stühlen. Daneben standen sechs Lichtalbenfrauen und sechs Lichtalbenmänner. Um sie herum bewegten sich, genau wie bei Elbachur am Tag zuvor, glitzernde Funken. Mit ihren edlen, klaren Gesichtszügen sahen sich die Lichtalben alle etwas ähnlich, obwohl ihre langen Haare und auch ihre Augenfarben sehr unterschiedlich waren. Die Lichtalben blickten die vier Träger der Amulette freundlich, aber mit besorgten Gesichtern an.

Alon verneigte sich leicht vor den Ratsmitgliedern: »Verehrter Rat, wir danken Euch von Herzen für Eure Gastfreundschaft und bitten Euch um Eure Hilfe für die Weiterreise der vier Träger der Amulette.«

Ein Lichtalb, der in der Mitte stand, sagte: »Die Träger der Amulette, und auch du, Alon, seid uns immer aufs Herzlichste willkommen. Wir werden gewiss unser Bestes tun, um euch bei eurem Auftrag zu helfen. Aber nun lasst uns Platz nehmen, damit wir gemeinsam die weiteren Schritte besprechen können.« Alle setzten sich.

»Bevor wir in die Zukunft schauen, würde ich von den vier Menschenkindern gerne etwas über das Geschehene hören. Könnt ihr uns von eurer Reise berichten?« Es war eine der Lichtalbenfrauen, die das Wort an sie richtete. Sie stellte sich als Elhadar vor.

Joe schaute fragend zu Alon, der ihm ermutigend zunickte. So fasste er die wichtigsten Ereignisse der letzten Tage zusammen.

»Ihr seid sehr mutig«, sagte ein Ratsmitglied anerkennend, und die anderen stimmten ihm beeindruckt zu.

Pendo, Chika, Finn und Joe wussten nicht so recht, was sie dazu sagen sollten, denn sie fanden sich gar nicht so mutig. Eher hatten sie das Gefühl, von einem Abenteuer in das nächste zu schlittern und nichts anderes tun zu können, als die eigene Haut zu retten.

»Doch, doch«, sagte ein weiterer Lichtalb, als ob er ihre Gedanken hätte lesen können. »Ihr habt den Auftrag angenommen und nehmt große Gefahren in Kauf. Das ist ausgesprochen mutig.«

Die Gefährten lächelten dankbar in die Runde.

Der Lichtalb, der über die weiteren Pläne sprechen wollte, setzte gerade noch einmal an, als er erneut von Elhadar unterbrochen wurde:

»Verzeiht, wenn ich noch einmal unterbreche, aber habt ihr noch irgendwelche Fragen, bevor wir die nächsten Schritte durchgehen? Das muss hier doch alles sehr verwirrend für euch sein, nicht wahr?« Ihre türkisfarbenen Augen ruhten wohlwollend auf den Kindern.

Pendo lächelte die Frau glücklich an. Sie war die erste, die ihre Situation wirklich zu verstehen schien. »Ja, ich habe einige Fragen, und ich vermute mal, ich spreche auch für meine Freunde«, sagte sie mit einem Blick auf ihre Gefährten. Pendo musste sich zunächst einmal räuspern. Sie war doch etwas aufgeregt, in dieser großen Runde und vor den aufmerksamen Augen der Lichtalben ihre Fragen zu stellen.

»Nebijah, die Hüterin der Lebensströme, hat uns einiges über dieses Land Gan und über unsere eigene Welt erzählt. Sie hat uns auch einen Auftrag gegeben, den ihr bestimmt alle kennt.« Die Lichtalben nickten ihr bestätigend zu.

»Seitdem wir uns aber auf den Weg gemacht haben, sind uns ständig Dinge begegnet, die uns vollkommen fremd sind. Wir waren noch nie hier. Wir sind Bergmännchen begegnet, bösen und guten, von deren Existenz wir vorher nichts wussten. Wir kannten höchstens die Zwerge aus den Märchen, die uns unsere Eltern erzählten, als wir noch kleiner waren. Uns wurden geheimnisvolle Gegenstände anvertraut, die uns in der Not helfen sollen. Zweimal haben wir bereits von ihnen Gebrauch gemacht. Dabei haben wir Dinge erlebt, die wir niemals für möglich hielten. Wie durch ein Wunder sind wir nicht nur nach Gan gekommen, sondern mit dem Bergmännchen Alfrigg auch durch Wände gegangen. So etwas gibt es in unserer Welt nicht! Dann haben wir Schwarzalben gesehen und natürlich euch Lichtalben kennengelernt. Darüber hat uns Elbachur gestern schon etwas erzählt. Das ist viel Neues in kurzer Zeit. Bevor wir weiterreisen, würden wir gerne wissen, was uns noch alles begegnen kann. Was sollten wir unbedingt wissen? Wovor müssen wir uns in Acht nehmen?«

Ein Lichtalb lächelte sie verständnisvoll an: »Da habt ihr wirklich einiges Neues gesehen und kennengelernt. Du hast vollkommen recht. Lasst mich ein paar Dinge erklären.« Er überlegte, wie er am besten beginnen sollte, und sagte dann: »Die Erde, wie ihr sie kennt, ist nur noch ein Schatten von dem, was sie einmal war. Selbst Gan ist nur ein Abglanz dessen, was der Schöpfer der vier Lebensströme sich ursprünglich erdacht hatte. Früher gab es nicht einfach nur Menschen, Tiere und Pflanzen, sondern vieles mehr. Hier im Lande Gan sind einige dieser für euch ungewöhnlichen Wesen noch zu finden, so zum Beispiel die Bergmännchen, denen ihr begegnet seid, oder auch wir Lichtalben. Früher gab es außerdem noch sprechende Tiere, fliegende Pferde, Einhörner und vieles mehr. Einige der älteren Lichtalben – wir werden viel älter als ihr Menschen – können sich noch an sie erinnern. Doch seit vielen Jahrzehnten wurden sie nicht mehr gesehen. Wir wissen nicht, ob überhaupt noch welche existieren. Vermutlich sind sie ausgestorben. An den vier Enden dieser Erde, wo ihr herkommt, gibt es diese Lebewesen aber ganz sicher nicht mehr. Höchstens ein paar böse Zwerge – und natürlich die Schwarzalben, die sich dort haben halten können.«

»Und was ist mit Äbrah?«, fragte Finn und zeigte auf das Bild des silbernen Pelikans an der Kopfseite des Raumes. Vielleicht konnten die Lichtalben ihm ja noch etwas mehr über die Herkunft seines Schatzes erzählen.

»Äbrah wurde noch nie von einem Lichtalbenauge gesehen«, erklärte ihm der Lichtalb. »Und soweit mir bekannt ist, hat bisher auch kein anderes Wesen unseres Landes ihn je zu Gesicht bekommen. Doch er gehört zu Gan wie die vier Lebensströme. Leider wissen wir nichts Genaues über ihn. Unsere Heiligen Bücher sprechen voller Sehnsucht über diesen Vogel aus alter Zeit. Irgendwann soll er kommen und unser Land aus der größten Not erretten.«

Ein anderer Lichtalb erzählte weiter: »Viele dieser alten Geschichten sind verloren gegangen. Wir hatten nicht mehr an ihre tiefere Bedeutung geglaubt und sie unseren Kindern nicht weitererzählt. Die Folgen sehen wir jetzt. Die Quelle, zu der wir nicht mehr gingen, gibt kein Wasser mehr. Der Schöpfer der Quelle und mit ihm der silberne Pelikan scheinen sich von uns abgewandt zu haben.« Der Lichtalb machte ein nachdenkliches und trauriges Gesicht.

Eine Lichtalbenfrau fuhr fort: »Vieles hat sich im Laufe der Jahrhunderte in Gan verändert – und das nicht immer zum Guten. Trotzdem ist es noch ein Ort voller Geheimnisse. So haben die Bergmännchen und auch wir Lichtalben alte Kräfte bewahrt, mit denen wir einige Dinge tun können, die für euch Menschen unglaublich erscheinen.«

»Obwohl die Menschen früher auch diese Fähigkeiten gehabt haben sollen«, ergänzte Elhadar und zwinkerte ihnen freundlich zu.

»Wirklich?«, fragte Joe fasziniert. »Das ist ja krass! Vielleicht können wir diese Dinge ja wieder lernen?« Die Lichtalben lächelten ihn nachsichtig an. Sie wussten von der Sehnsucht nach diesen Fähigkeiten, die viele Menschen in ihren Herzen trugen – nicht nur in Gan.

»Ansonsten sind für uns in Gan bestimmte Orte, wie die Quelle der vier Lebensströme, und auch einige Gegenstände sehr wichtig. Die Hüterin hat euch vier große Schätze unseres Landes anvertraut, wie wir erfahren haben. In diesen Gegenständen ist noch besonders viel von der Kraft enthalten, die unser Land in früheren Zeiten erfüllt hat. Leider gibt es nur noch wenige dieser Gegenstände.« Ein großer dunkelhaariger Lichtalb stand nun auf, ging zu einer kleinen Anrichte und brachte ein Tablett.

»Hier, nehmt euch etwas zu trinken und stärkt euch. Ihr sollt bei unserer langen Besprechung nicht hungrig und durstig sein.«

Die Gefährten schauten verwundert auf das Tablett vor ihren Augen. Auf der einen Seite standen Gläser mit einem violetten Saft und auf der anderen lagen kleine runde Kekse, die, genau wie die Lichtalben, glitzernde Funken zu versprühen schienen.

»Können wir Menschen das wirklich essen und trinken?«, fragte Finn zurückhaltend.

»Aber gewiss doch«, lachte eine Lichtalbenfrau. »Alle Zutaten sind ganz natürlich in unseren Gärten gewachsen. Die Glitzerkekse stellen wir oft für unsere Kinder zu ihren Geburtstagen her. Sie sind besonders köstlich.«

Alon griff kurzerhand zu und nahm sich von beidem etwas. Als er in einen der Kekse biss, bekam er einen verträumten Gesichtsausdruck: »Das ist einfach gigantisch«, schwärmte er mit vollem Mund. Nun griffen auch die anderen zu. Es ging ihnen nicht anders als Alon. Die Kekse knisterten auf der Zunge und hatten einen süßen, fruchtigen Geschmack.

»Mmh, lecker«, entfuhr es Joe und er nahm sich sofort einen zweiten.

Finn, der den Ausführungen der Lichtalben mit großem Interesse gefolgt war, hatte eine weitere Frage: »Sind die Schwarzalben und die Zwerge eigentlich die einzigen bösen Wesen, die nach dem Zusammenbruch des schützenden Zaubers nach Gan gekommen sind?«

»Das wissen wir nicht so genau«, antwortete ein Lichtalb. »Wir beobachten nur, wie an immer mehr Orten Schwarzalben oder auch Zwerge auftauchen.«

»Ihr vier müsst wissen, wir haben wirklich nicht viel Erfahrung im Kampf gegen das Böse. Wir bekamen es bisher selten zu Gesicht«, ergriff Alon das Wort. »Gan war natürlich nie das Paradies, es gab auch bei uns Menschen, Alben oder Bergmännchen, die die Seiten gewechselt haben und böse wurden, aber das waren Ausnahmen. In der Regel wurden diese Personen von hier verbannt und wir sahen sie nie wieder. Keiner weiß, was aus ihnen geworden ist.«

Die Gefährten konnten sich eine Welt, in der es nichts wirklich Böses gab, gar nicht vorstellen. Natürlich kannten sie schöne und heile Momente mit ihren Familien oder auch mit Freunden, aber ansonsten sahen sie jeden Tag das Böse und Schlechte – und das nicht nur in den Nachrichten. Genau genommen fing es ja schon in der Schule an, wo Klassenkameraden fertiggemacht oder sogar geschlagen wurden. Heil war ihre Welt ganz bestimmt nicht. Das wussten sie alle.

Alon wandte sich nun den Lichtalben zu: »Ich habe noch eine weitere Frage. Wie schätzt ihr denn die Lage insgesamt ein? Haben wir überhaupt noch eine Chance, die Träger der Amulette zur Quelle zu bringen und unser Land zu retten?«

»Das ist eine sehr schwere Frage, Alon«, sagte ein Lichtalb ernst. »Am meisten beunruhigt uns, wie schnell die Schwarzalben ihre Macht in Gan ausbauen konnten.«

»Nun ja, sie sind offensichtlich sehr viele und können deshalb im ganzen Land gleichzeitig Angst und Schrecken verbreiten«, sagte Alon.

»Das stimmt, aber es passt eigentlich nicht zu dem, was wir von den Schwarzalben wissen. Sie haben nämlich eine große Schwäche.« Alon und die vier Gefährten hörten jetzt genau zu. Eine Schwäche der Schwarzalben war eine interessante Information.

»Die Schwarzalben sind meistens so erfüllt von bösen Gedanken wie Misstrauen, Missgunst und Hass, dass sie nicht einmal einander über den Weg trauen. Sie sind die selbstsüchtigsten Wesen, die ihr euch vorstellen könnt. Normalerweise sind sie nicht in der Lage, über ihren Streitigkeiten ein gemeinsames Ziel zu verfolgen. Sie schaffen Chaos und Angst im Alleingang, gehen aber nicht wie eine gut organisierte Streitmacht vor.«

»Aber wie konnten die Schwarzalben dann innerhalb so kurzer Zeit unser Land besetzen?«, staunte Alon.

Der Lichtalb wählte seine Worte mit großem Bedacht aus. Die Frage schien ihn zu beunruhigen, denn die glitzernden Funken, die ihn umgaben, begannen, hektisch um ihn herumzuzucken. »Diese Frage haben wir uns auch gestellt. Derzeit haben wir nur die eine Erklärung: Sie haben vermutlich einen Anführer gefunden.« Die Gefährten schauten sich beunruhigt in die Augen.

»Und wer ist das?«, erkundigte sich Chika.

»Wir wissen nicht, wer es ist. Es muss aber ein kluger, wahrlich böser Geist dahinterstecken, denn es ist ein großer Unterschied, ob goldgierige Zwerge mehr oder weniger zufällig unser Land finden oder ob es jemand schafft, Massen von Schwarzalben zu vereinen und ihre Kraft gebündelt gegen unser Land zu richten.«

»Könnte es ein Verräter aus euren eigenen Reihen sein?«, fragte Joe ernst.

Sichtlich nervös erklärte eine Lichtalbenfrau: »Natürlich ist uns aufgefallen, wie gut sich die Schwarzalben hier auskennen. Sie haben sofort alle strategisch wichtigen Orte besetzt. Woher kennen sie diese? Außerdem fragen wir uns, wie die Schwarzalben unser Land überhaupt so schnell finden konnten. Der besondere Schutz unseres Landes ist zwar zusammengebrochen, aber gut versteckt sind wir trotzdem noch. Gan befindet sich nicht immer an derselben Stelle einer Landkarte, müsst ihr wissen. Es sieht tatsächlich so aus, als ob jemand allen finsteren Mächten den Weg in unser Land zeigt.« Die Lichtalbenfrau hielt inne und sagte dann mit besorgter Stimme: »Um deine Frage zu beantworten: Ja, es könnte sogar sein, dass ihr Anführer aus unseren eigenen Reihen stammt.«

Darauf wusste nun keiner etwas zu sagen. Obwohl die Lichtalben allein durch ihre Gegenwart eine gute Atmosphäre verbreiteten, hatten Pendo, Chika, Joe, Finn und der Waldhüter das Gefühl, als ob sich eine dunkle Wolke über sie legte. Die Situation erschien ihnen jetzt wesentlich bedrohlicher, als sie bisher dachten.

»Aber lasst uns jetzt nicht Trübsal blasen«, meinte ein Ratsmitglied. »Wir sind hier zusammengekommen, um die weiteren Schritte zu planen und nicht, um uns entmutigen zu lassen.«

»Dennoch müssen wir der Wahrheit ins Auge schauen«, merkte eine Lichtalbenfrau bestimmt an.

Alle bemühten sich, ihre Gedanken zu sortieren und sich auf die nächsten Schritte zu konzentrieren. Alon ergriff als Erstes das Wort: »Das Wichtigste ist, die vier Träger der Amulette sicher zur Quelle zu bringen. Wir sollten einen Schutztrupp zusammenstellen, der sie dorthin begleitet.«

Eine Lichtalbenfrau entgegnete: »Wenn das sinnvoll wäre, hätte die Hüterin der vier Lebensströme diesen Weg von Anfang an eingeschlagen. Jeder aufrechte Bewohner Gans hätte ihr geholfen.«

»Vielleicht hielt sie diese Vorgehensweise für zu gefährlich«, mutmaßte Finn. »Nichts ist auffälliger als ein Trupp Lichtalben, der vier Menschenkinder begleitet.«

»Das stimmt allerdings«, lenkte Alon ein. »Jede größere Bewegung wird genau beobachtet.«

»Wir sollten die von der Hüterin geplante Vorgehensweise fortführen«, sagte ein älterer Lichtalb. »Oder habt ihr vier einen anderen Vorschlag?«

Joe, Finn, Chika und Pendo überlegten. Sollten sie den Weg wirklich alleine zurücklegen? Die Vorstellung daran machte ihnen Angst. Bisher hatten sie meistens jemanden bei sich gehabt, der ihnen geholfen hatte. Selbst der sonst so mutige Joe machte ein bekümmertes Gesicht. Ohne wirklich nachzudenken, nahm Chika den Spiegel Marah in die Hand und schloss die Augen. Alles sah dunkel aus, bis auf den Platz, wo Alon saß. Dort sah sie einen goldenen Lichtstrahl. Augenblicklich wusste sie, was sie machen sollten.

»Lasst uns Alon mitnehmen. Er kennt sich hier gut aus und ist bestimmt die beste Hilfe, die wir bekommen können.«

»Hat dir das gerade der Spiegel gesagt?«, fragte eine Lichtalbenfrau neugierig, die Chika beobachtet hatte.

Verlegen antwortete Chika: »Wenn ich in den Spiegel schaue, sehe ich manchmal in goldener Farbe, was uns weiterhelfen kann. Mithilfe des Spiegels haben wir den Ausgang aus der unterirdischen Welt gefunden. Und jetzt …«, sie schaute zu Alon, »habe ich ein goldenes Licht auf Alons Platz gesehen.«

Der Waldhüter schaute sie mit großen Augen an und sagte mit Stolz in der Stimme: »Ich bin nur ein einfacher Waldhüter in Gan. Wenn aber der Spiegel Marah mich auserwählt hat, ist es mir eine Ehre, euch zu begleiten.«

Der Lichtalb, der das Gespräch eröffnet hatte, erhob sich: »Dann ist das wohl der beste Weg. Alon, wir werden dir noch Landkarten geben, mit deren Hilfe du auch die geheimsten Wege der Lichtalben finden wirst. Stärkende Tränke, Medizin und von Lichtalben geschmiedete Waffen möchten wir euch außerdem schenken. Möge der Schöpfer der vier Lebensströme euch schützen.«

Nach einigen Erklärungen zum weiteren Weg verließen die Gefährten den Raum. Aufbrechen würden sie erst am frühen Abend, da es sicherer war, in der Dämmerung unterwegs zu sein. Bis dahin sollten sie sich ausruhen. Aber danach war ihnen gar nicht zumute.

»Kommt, wir schauen mal, was es hier zu entdecken gibt!«, schlug Joe vor. »Oder seid ihr jemals in einem Lichtalbenschloss gewesen?«

Alle waren von dem Vorschlag begeistert. Und es gab wirklich viel zu entdecken: Sie schauten in jeden Raum, der offen stand, unterhielten sich mit Lichtalben, die ihnen gerne alles erklärten, und waren fasziniert von deren handwerklichen Fähigkeiten. Egal, welches Material sie bearbeiteten, unter ihren Fingern schien es sich in etwas Strahlendes zu verwandeln.

Am Ende eines langen Flures entdeckten Finn, Pendo, Chika und Joe wieder eine offene Tür. Begeistert liefen sie darauf zu, neugierig, was sie wohl in diesem Raum erwarten würde. Sie betraten eine riesengroße Bibliothek, in der die Regale bis an die Decke reichten, vollgestopft mit scheinbar schon sehr alten Büchern.

»Ach, das sind ja nur Bücher. Kommt, wir gehen weiter«, sagte Joe enttäuscht, der fürs Lesen nicht viel übrighatte.

»Ich würde mir die Bücher gerne etwas genauer anschauen«, sagte dagegen Finn fasziniert. »Ihr könnt gerne schon weitergehen.«

Joe, Pendo und Chika zuckten mit den Schultern und sagten: »Klar, wenn du magst«, und zogen plaudernd weiter.

Finn ging die Regale entlang und berührte hier und dort einen der kostbaren Bände. Dabei stieß er auf seltsame Titel: *Die Schmiedekunst der Lichtalben* oder *Schloss Birah in Geschichte und Gegenwart*. Hängen blieb er an einem Buch mit dem Titel *Die geheimen Künste der Lichtalben*. Er nahm es aus dem Regal und begann, darin zu lesen. Er war begeistert, als er auf einen Artikel über die Fähigkeit der Lichtalben stieß, durch Wände zu gehen. Finn hatte sich vorher schon überlegt, wie sie das wohl machten. Ob sie sich einfach den Ort vorstellen mussten, den sie erreichen wollten? Aber es war ganz anders. Sie mussten all ihr Denken und

Fühlen auf die goldene Kugel lenken, die dazu erscheinen musste. Erst wenn die Kugel vor ihnen auftauchte, nannten sie in ihren Gedanken den Ort auf der anderen Seite der Wand. Erstaunlich! Finn las weiter. In dem Buch standen noch viele spannende Dinge über die Künste der Lichtalben. So konnten sie ohne äußere Hilfsmittel Licht machen. Sie ließen ihre Pflanzen auf besonderen Lichtböden wachsen, was diesen nicht nur einen besonders intensiven Geschmack, sondern auch geheimnisvolle Kräfte verlieh. Außerdem hatten viele Lichtalben besondere prophetische Fähigkeiten.

Die Liste in dem Buch war lang. Finn war wirklich beeindruckt von der Welt, die sich ihm hier erschloss. Was hatte Elhadar in der Besprechung gesagt? Die Menschen sollen früher auch solche Fähigkeiten gehabt haben … Wirklich schade, dass das heute nicht mehr so ist, dachte er. In ihrem Kampf gegen die Schwarzalben wäre das gewiss hilfreich. Aber immerhin hatten sie einige der kostbarsten Schätze Gans zu ihrem Schutz anvertraut bekommen. Das war auch viel wert.

Finn stellte das Buch zurück und ging weiter am Regal entlang. Da fiel sein Blick auf ein Buch mit dem Titel *Besondere Phänomene in der Fauna Gans*. Er wollte es gerade aus dem Regal ziehen, als ein kleineres Buch, das direkt danebenstand, mit einem lauten Knall herunterfiel. Vor Schreck schrie er laut auf.

Das Buch lag nun aufgeschlagen vor ihm auf dem Boden. Er bückte sich, um es aufzuheben, und im gleichen Augenblick wurden die Seiten des Buches wie von einem Windstoß umgeschlagen. Verwundert schaute Finn um sich, denn es war keinerlei Wind in dem geschlossenen Raum zu spüren. Unsicher betrachtete er das Buch genauer, dessen Blätter sich nun wieder beruhigt hatten. Aber was war das? Die aufgeschlagene Seite begann hell zu leuchten.

Vorsichtig beugte er sich über die Buchseite. Am äußeren Rand waren mit silberner Farbe wunderschöne Ornamente gemalt. Wie in seinem Zimmer bei seiner Ankunft in Gan bestanden sie aus Federn und Pelikanen. In ihrer Mitte stand in verschnörkelter Schrift:

Der Leuchtende sich
ins Dunkel verstrickt,
vom Bösen erfüllt,
nur der Rache gewillt.
Will zerstören das Land –
Tod bringt seine Hand.

Doch einer naht,
der die Hoffnung bewahrt.
Mit des Schöpfers Kraft
trägt er die Last,
und in größter Not
wird besiegt der Tod.

Was mochten wohl diese Worte bedeuten? Wer ist der Leuchtende? Wer soll da sterben und wieso? Tausend Fragen schwirrten ihm durch den Kopf. Diese Worte hatten etwas mit ihm, Finn Petersen, zu tun – das wusste er ganz genau. Die silbernen Federn und Pelikane auf der Buchseite waren für ihn ein eindeutiger Hinweis. Er trug die echte Feder Äbrahs bei sich. Es war, als ob ein kalter Schauer über seinen Rücken lief. Schnell holte er vom nächsten Tisch ein Stück Pergament, eine Feder und ein kleines Tintenfass. Anderes Schreibzeug schien es in Gan nicht zu geben. Eilig schrieb er die Worte ab. Er durfte diese Sätze auf keinen Fall vergessen, denn offensichtlich waren sie für ihn bestimmt. Warum sonst sollte sich das Buch in dieser Weise öffnen und so seltsam strahlen?

Er war gerade mit dem Abschreiben fertig und steckte den Zettel in seine Tasche, da spürte er plötzlich eine Hand auf seiner Schulter. Finn zuckte zusammen, schrie erneut auf und ließ vor Schreck das Buch aus der Hand fallen. Er wirbelte herum und sah einen sehr alten Lichtalb, der sich mit gebeugter Haltung auf einen Gehstock stützte. Er hatte weißes langes Haar, das ihm fast bis zu den Knien hinunterreichte, und wunderschöne, leuchtend grüne Augen. Gekleidet war er in ein prächtiges Gewand aus grünem Samt, das den Geruch von Tannengrün zu verbreiten schien. Der Alte starrte auf das Buch am Boden und sah dann Finn direkt in die Augen.

»Dieses Buch enthält die ältesten Prophezeiungen unseres Landes. Weise Lichtalben haben Worte vom Schöpfer der Lebensströme empfangen und sie darin aufgeschrieben. Willst du mir anvertrauen, welches Wort zu dir gesprochen hat?«, wollte der Lichtalb wissen.

Finn nahm das Buch in die Hand, schlug zögernd die Seite auf und zeigte ihm die Stelle, die er gelesen hatte.

»Hier – diese war es.«

Der Blick des Lichtalbs wurde nachdenklich.

»Können Sie mir sagen, was das bedeutet?«, fragte Finn.

»Wir können niemals sagen, was die Worte des großen Äbrah bedeuten.« Der Alte schaute sehnsuchtsvoll auf eine weiße Marmorstatue, die am Ende der Regalreihe stand. Finn hatte sie bis dahin noch nicht bemerkt. Die Figur stellte einen Pelikan dar, der seine Flügel weit ausbreitete. »Präge dir seine Worte ein«, sagte der Lichtalb. »Behalte sie im Herzen. Dein Weg wird dir ihre Bedeutung erschließen.« Ohne ein weiteres Wort zu sagen drehte er sich um und ging davon.

Finn war über die Antwort verwundert und gleichzeitig verärgert. Was soll eine Prophezeiung, deren Bedeutung sich erst zeigt, wenn alles schon passiert ist, dachte er. Immerhin war darin vom Tod die Rede und das jemand Rache will. Das klang ziemlich gefährlich. Warum aber hatte gerade er diese Prophezeiung gefunden? Nur weil er der Einzige war, der sich für Bücher interessierte? Oder sollte nur er diese Worte lesen, weil er die Feder des Pelikans bei sich trug? War vielleicht sogar Finn selbst derjenige, der sterben musste? Ein grausiger Gedanke, bei dem ihm ganz schwindelig wurde. Ratlos stellte er das Buch in das Regal zurück und machte sich auf den Weg zum Zimmer, in dem sie untergebracht waren. Er wollte alleine sein.

Eine Stunde später kamen Joe, Pendo und Chika gut gelaunt von ihrem Erkundungsrundgang zurück. »Warum bist du denn nicht nachgekommen, Finn?«, fragte Chika.

»Och, ich hatte einfach keine Lust«, antwortete er nur.

»Es war so aufregend! Wir haben ein Klassenzimmer gefunden, wo gerade Lichtalbenkinder unterrichtet wurden. Das war vielleicht originell! Sie haben nämlich geübt, wie sie ihre Gesichter und Gewänder zum Leuchten bringen können. Das ganze Klassenzimmer war in Licht getaucht. Das hättest du sehen sollen.« Chika quasselte immer weiter, aber Finn hörte ihr gar nicht zu.

»Geht es dir gut?«, fragte Pendo besorgt, der sein Verhalten seltsam vorkam.

»Es ist alles okay. Ich wollte einfach nur alleine sein. Es war wohl alles etwas zu viel in den letzten Tagen.«

»Da hast du allerdings recht«, stimmte Pendo ihm zu.

In Wahrheit aber war Finn mit seinen Gedanken nur bei einem Thema – der Prophezeiung. Er starrte in eine Ecke des Raumes und ließ sich deren Worte in der Bibliothek durch den Kopf gehen. Was hatten sie zu bedeuten? Sollte er seinen drei Gefährten oder Alon davon erzählen? Nein, das wollte er nicht. Vielleicht würden sie ihn auslachen. Lieber behielt er die Worte erst einmal für sich.

Joe spürte ebenfalls, wie Finn sich innerlich verschloss. »Komm, Finn, erzähl mal, du hast doch irgendetwas. Du siehst ja aus, als ob du ein Gespenst gesehen hättest!«

»Es ist alles in Ordnung. Lasst mich doch bitte einfach in Ruhe«, antwortete Finn patzig.

»Ist ja schon gut. Aber irgendwie bist du schräg drauf, und ich dachte, wir erzählen einander alles«, erwiderte Joe.

»Wie kommst du denn auf die Idee? Ich muss gar nichts erzählen.«

Pendo schaute Joe beschwörend an, der nachgab und Finn in Ruhe ließ. Seltsam kam ihm Finns Verhalten trotzdem vor.

Die Kinder hatten schweigend auf ihren Betten gesessen und teilweise sogar etwas geschlafen, als Alon ihr Zimmer betrat.

»Ihr müsst euch reisefertig machen, in etwa einer Stunde wollen wir aufbrechen.«

»Ach du Schreck. Die Zeit ist ja wie im Flug vergangen. Ich dachte, wir hätten noch ein paar Stunden«, staunte Pendo.

»Leider nicht«, sagte Alon. »Wir dürfen keine Zeit verlieren. Es zählt jede Minute, der Weg ist ohnehin lang genug.«

»Warum sollten wir hier auch unnütz herumhocken«, sagte Joe, dem es nicht schnell genug gehen konnte, und sprang vom Bett herunter.

»Gut!«, seufzte Chika. »Machen wir uns fertig. Los Finn, du auch.«

Finn brummelte leise vor sich hin und setzte sich nur langsam in Bewegung, denn je länger er sich über die Prophezeiung das Hirn zermarterte, desto düsterer wurden seine Gedanken.

Kapitel 6

Überfall am Morgen

Die Lichtalben hatten Pendo, Joe, Chika und Finn bei ihrem Abschied reich beschenkt: Jeder hatte ein Schwert aus einem weißgolden schimmernden Metall geschenkt bekommen, mit einem dazugehörigen Schild. Verziert waren die Waffen mit dem Zeichen der vier Lebensströme, über denen ein Pelikan schwebte.

Schwerter und Schilde waren beeindruckend leicht – überhaupt kein Vergleich zu den Metallen, die sie aus ihrer Welt kannten. Sie trugen ihre neuen Waffen unter ihren Mänteln, damit sie nicht ihre Tarnung zunichtemachten. Der Einzige allerdings, der es sich zutraute, mit diesen Waffen zu kämpfen, war Joe. Die drei anderen wussten überhaupt nicht, wie sie damit umgehen sollten. Aber immerhin gaben sie ihnen das Gefühl von Sicherheit, denn im Notfall konnten sie wenigstens versuchen, sich selbst zu verteidigen.

Alon hatte eine ganz andere Waffe: einen Bogen und einen Köcher voller Pfeile. Er freute sich riesig über dieses Geschenk, denn mit Pfeil und Bogen konnte er als Waldhüter ausgezeichnet umgehen. Zudem waren die von den Lichtalben gefertigten Bogen die mit Abstand besten, wie er mehrmals betonte.
Ansonsten hatten die Lichtalben die Gefährten mit allerlei Medizin versorgt und ihnen eine Landkarte anvertraut, auf der die sichersten Wege in Gan verzeichnet waren.

So waren die fünf bei Einbruch der Dunkelheit gut ausgerüstet auf geheimen Wegen losgezogen. Sie wären gerne noch eine weitere Nacht im sicheren Schloss der Lichtalben geblieben, aber sie wussten um die Dringlichkeit ihrer Aufgabe. Sie durften keine Zeit verlieren.

Alon führte sie, solange die Lichtverhältnisse es erlaubten, über fast gänzlich zugewachsene Pfade im Wald. Es war zwar nicht einfach voranzukommen, aber immerhin konnte sie dort niemand so leicht entdecken. Über ihnen bildeten die Baumkronen ein sicheres Dach, und neben ihnen war dichtes Gebüsch.

In der Nacht konnten sie einigermaßen sicher sein, nicht von den Schwarzalben entdeckt zu werden. Die vier Gefährten waren zwar sehr müde, wollten es sich aber nicht anmerken lassen und stapften tapfer weiter. Alon aber merkte, dass sie an ihre Grenzen kamen. So sagte er nach einigen anstrengenden Stunden: »Es ist hier zwar nicht so gemütlich wie im Schloss, aber dort unter den Büschen finden wir bestimmt ein gutes Plätzchen zum Übernachten.«

Die vier Freunde blickten ihn dankbar und erleichtert an. Die fünf setzten sich, stärkten sich mit Essen und Trinken aus den Taschen der Kinder – über die Alon nicht wenig staunte – und legten sich bald schlafen. Einer von ihnen hielt immer Wache. Es sollte nicht noch einmal so ein unglückliches Erwachen geben wie an dem Morgen, als die Bergmännchen über sie gestolpert waren.

Beim ersten Morgendämmern mahnte Alon zum Aufbruch. Die meiste Zeit liefen sie schweigend hintereinander her. Sie waren noch viel zu müde zum Reden. Nach einer Stunde, es war immer noch nicht ganz hell, stieß der Waldpfad auf einen breiteren Weg.

»Unser Pfad endet hier. Wir müssen etwa eine halbe Stunde diesem Weg folgen, bis wir erneut auf einem gut verborgenen weitergehen können.«

Pendo, Chika, Finn und Joe wussten, was das bedeutete. Sie mussten jetzt besonders gut achtgeben, zogen sich ihre Kapuzen tiefer über die Köpfe und liefen möglichst nah an den Bäumen den Weg entlang. Ständig schauten sie zur Seite, nach oben zum wolkenlosen Himmel und auch nach hinten, ob irgendjemand sie beobachtete oder verfolgte. Aber die Gefahr kam aus einer anderen Richtung …

Wenn es schon heller gewesen wäre, hätte Alon die Schnur, die sich plötzlich auf der Höhe seiner Fußgelenke spannte, vielleicht rechtzeitig erkannt, aber so war es zu spät: Er schlug hart vornüber auf den Boden und die anderen, die direkt hinter ihm liefen, kamen ins Straucheln und stolperten über ihn. Dann ging alles ganz schnell: Aus dem Gebüsch preschten vier Männer hervor, die die Gruppe im Handumdrehen entwaffneten und fesselten. An Widerstand war überhaupt nicht zu denken. Alon und die

Kinder waren sich noch nicht einmal sicher, ob sie laut um Hilfe rufen sollten. Wer konnte wissen, wen sie mit ihren Rufen noch anlocken würden. Sie beschränkten sich darauf, die Kerle zornig anzustarren. Aber denen war das vollkommen egal. Sie jubelten über den Fang, der ihnen geglückt war.

»Die Menschen auf dieser Insel sind schon wirklich selten blöd. Leicht wie die Kaninchen lassen sie sich einfangen«, grölte einer von ihnen laut.

»Los, wir bringen sie erst mal in unser Versteck«, sagte ein anderer. Er musterte seine Beute: »Die sehen hier schon alle ziemlich seltsam aus. Schau dir nur diese Klamotten an, die die tragen. Waren die schon die ganze Zeit so weiß? Komisch!« Er verfolgte den Gedanken nicht weiter und zerrte seine Gefangenen tiefer in den Wald hinein.

Etwa zweihundert Meter liefen sie zwischen den Bäumen hindurch, bis sie zu einer kleinen Lichtung kamen, auf der ein alter Schuppen stand.

»Diese Schuppen benutzen wir Waldhüter, um Heu und anderes Futter für die Tiere im Winter zu lagern«, flüsterte Alon den anderen zu.

Einer der Männer öffnete die Tür und stieß die Gefesselten in den Schuppen hinein. Dort saßen schon weitere Gefangene: drei Bergmännchen sowie ein Mann und eine Frau. Alle waren mit Stricken gefesselt und mit Knebeln zum Schweigen gebracht worden.

»So, hier seid ihr vorerst gut aufgehoben. Wir wollen ja nicht, dass euch diese ekligen Dinger entdecken, die hier am Himmel herumfliegen«, sagte einer der Männer zufrieden.

Finn konnte seine Neugierde nicht mehr zurückhalten. »Wer seid ihr denn? Woher kommt ihr?«

»Wir? Wir sind Piraten! Sieht man das nicht?« Er schaute lachend an sich herunter.

»Also, ich habe mir Piraten immer anders vorgestellt«, sagte Chika misstrauisch. »So mit Augenklappe und Säbel.«

»Wofür soll das gut sein? Wir leben schließlich im 21. Jahrhundert«, sagte der Mann empört. »Da ist so was schon viel besser.« Er holte eine Pistole aus seiner Tasche und betrachtete sie mit leuchtenden Augen.

Alon schaute verwundert zu den Gefährten. Sie deuteten seinen Blick richtig. So eine Art Waffe hatte er noch nie zuvor gesehen.

So leise wie möglich flüsterte Pendo ihm ins Ohr: »Das ist eine Pistole. Eine ganz gefährliche Waffe aus unserer Welt.« Ungläubig starrte Alon sie an.

»Dieses kleine Ding soll gefährlich sein?«, hauchte er und schüttelte den Kopf.

»So was hast du wohl noch nicht gesehen, hä?«, sagte der Pirat. »Die anderen hier wollten es auch nicht glauben.« Er schaute zu den anderen Gefangenen, die alle mit vor Angst geweiteten Augen zur Pistole schauten. Angstschweiß stand auf ihrer Stirn.

Alon schaute nur verächtlich zu dem Mann und sagte: »Wenn es bei uns zu einem Streit kommt, kämpfen wir wie richtige Männer – nicht mit so komischen schwarzen Dingern.«

Wie richtige Männer in Gan kämpften, war dem Pirat aber vollkommen egal. Er richtete seine Pistole auf das Bein Alons und wollte abdrücken. Da flehte Chika: »NEIN! Bitte nicht. Die Menschen hier in Gan wissen doch gar nicht, was eine Pistole ist.« Verwirrt schaute der Mann zu Chika.

»Und woher weißt du, was eine Pistole ist?«

»Ähm …«

Joe versuchte die Situation zu retten: »Nur wenige Menschen hier haben eine Pistole jemals zu Gesicht bekommen – höchstens wenn sie, wie wir, schon mal im Ausland waren.«

Der Mann steckte kopfschüttelnd die Waffe wieder ein: »Ihr seid mir schon seltsame Figuren.«

Erleichtert atmeten die Gefährten auf. Diese Männer stammten nicht aus Gan. Das war ihnen und Alon nun klar. Sie waren tatsächlich von außerhalb hierher gekommen.

»Offensichtlich sind Sie vorher noch nie hier gewesen. Wie haben Sie denn unser Land gefunden?«, fragte Finn.

»Es ist schon seltsam, dass du das fragst. Es war wirklich ganz merkwürdig. Wir fuhren mit unserem Schiff übers Meer. Wir halten immer Ausschau nach Frachtern, die wir überfallen können. Da gerieten wir plötzlich in einen heftigen Nebel. Das war geradezu unheimlich. In dieser Ecke des Meeres habe ich noch nie Nebel erlebt! Unser Kompass und alle Messgeräte spielten mit einem Mal verrückt, wir konnten uns überhaupt nicht mehr orientieren. Dann hörten wir eine Stimme, die immer wieder rief: ›Folgt mir, folgt mir!‹ Das war irgendwie gruselig. Wie von Geisterhand geführt steuerte unser Schiff in die Richtung, aus der die Stimme zu kommen schien.« Die vier Freunde spürten die Anspannung, die den Mann bei der bloßen Erinnerung überfiel. »Ja, und dann stießen wir auf diese unglaubliche Insel.«

»Und das Beste ist«, fiel ihm ein anderer Pirat ins Wort, dem der Bericht zu lange dauerte, »die Menschen hier, sofern man sie Menschen nennen kann« – er schielte zu den Bergmännchen rüber –, »sind alle unbewaffnet und schleppen richtige Schätze mit sich herum! Das ist unglaublich. Sachen, die bei uns im Tresor liegen würden, haben die in ihrer Hosentasche. Einfach so!«

»Das bringt mich auf den richtigen Gedanken«, sagte ein anderer der Piraten. »Wollen wir doch mal schauen, was ihr noch so bei euch habt. Eure Schwerter und Schilde haben mir schon ganz gut gefallen.«

Zuerst nahm er sich Alon vor. Er war enttäuscht, als er bei ihm nur einige wenige Silbermünzen fand. Geradezu ärgerlich wurde er, als er in Joes Tasche nur eine Kerze finden konnte. Dann durchsuchte er Finns Taschen. Er pfiff durch seine Zähne: »Das sieht doch schon besser aus.« Er nahm das goldene Etui in die Hand und öffnete es. »Eine silberne Feder? Ihr spinnt wirklich. Na ja, immerhin. Das Etui scheint wertvoll zu sein.« Er verschloss es wieder und legte es zu den schon gesammelten Schätzen.

Die Bergmännchen sowie die Frau und der Mann schauten

nun neugierig zu den Gefährten. Sie ahnten wohl, wer ihre neuen Mitgefangenen waren, und ihre Augen begannen hoffnungsvoll zu lächeln.

Einer der Piraten beugte sich nun über Pendo, die sich ängstlich zurücklehnte. Höhnisch bleckte der Mann seine braunen Zähne. Er stank aus dem Mund, dass ihr fast übel wurde. »Nein, bitte nicht«, bettelte sie.

»Lass meine Freundin in Ruhe«, fauchte Joe den Piraten an. Der grinste ihn aber nur grausam an und stopfte ihm einen Knebel in den Mund.

Erneut wandte er sich Pendo zu: »Keine Angst, Mädchen. An dir bin ich nicht interessiert. Ich will nur deine Taschen durchsuchen«, sagte er gierig und lachte höhnisch. Die anderen Piraten grölten und amüsierten sich über Pendos verzweifelte Miene. Da fand der Pirat einen schwarzen Beutel. Neugierig befühlte er ihn: »Na, das fühlt sich doch schon mal gut an.« Er öffnete den Beutel ganz vorsichtig, und alle, auch die Gefangenen, schauten erwartungsvoll auf seine Hand.

Der alte Schuppen war recht finster, da er nur ein kleines Fenster hatte. Als der Pirat aber den Beutel öffnete, war es, als ob der ganze Raum mit Licht erfüllt würde. Alle sahen einen wunderschönen Diamanten – Jakar, einen der vier Schätze Gans. Alle schwiegen ehrfürchtig, so eindrucksvoll war der Stein. Dann sagte einer der Piraten aufgeregt:

»Das ist ja der Hammer. Jetzt haben wir ausgesorgt! Mit diesem dicken Klunker können wir uns alles kaufen. ALLES! Gib ihn her! Ich will ihn auch mal anfassen.« Im nächsten Moment stürzten sich alle Männer gierig auf den Stein. Jeder wollte ihn berühren – ja, jeder wollte ihn haben. Doch plötzlich schrie einer der Männer laut auf. Es war derjenige, der Pendo den Stein aus der Tasche genommen hatte.

»Aaah, was ist mit meinen Beinen? Hilfe!« Das blanke Entsetzen stand ihm ins Gesicht geschrieben. Seine Augen starrten Hilfe suchend zu seinen Kumpanen.

Alle sahen fassungslos auf die Beine des Mannes, doch was sie da sahen, konnten sie nicht glauben: Zügig, von den Fersen weiter nach oben, verwandelten sie sich vor ihren Augen in Stein. Nach und nach breitete sich die Verwandlung über den gesamten Körper des Mannes aus. Zunächst schrie er noch verzweifelt um Hilfe, aber schon bald konnte er auch das nicht mehr.

Die anderen Piraten versuchten, aus dem Schuppen zu fliehen, aber in diesem Moment setzte auch bei ihnen die Verwandlung ein. Sie alle hatten den Stein angefasst und wollten ihn an sich reißen. Jetzt fielen sie auf den Boden und verwandelten sich unter immer leiser werdendem Geschrei in Stein. Obwohl sie nun wie kunstvoll hergestellte Skulpturen aussahen, war es grausig, ihre panischen Gesichter anzusehen. Schmerzverkrümmt lagen sie auf dem Boden.

Alle schwiegen. Sie waren zwar von den Piraten entführt und ausgeraubt worden, aber das, was sie gerade gesehen hatten, wünschten sie nicht mal ihren ärgsten Feinden.

»Wir müssen die Fesseln loswerden«, sagte Finn, dem die Handgelenke furchtbar schmerzten. Sie schauten sich suchend um. Joe, der wie die anderen an den Füßen und mit den Händen auf dem Rücken gefesselt war, rutschte in die Ecke, in der die Piraten ihre Schätze aufbewahrten. Dort hatten sie auch die Waffen der Gefährten hingelegt.

Alon sagte: »Wenn zwei versuchen, das Schwert festzuhalten, kann sich einer damit die Fesseln an den Händen durchschneiden.« Er rutschte gleich zu Joe und drückte mit seinen Füßen das Schwert gegen Joes Füße. Finn, der mittlerweile auch beim Schwert angekommen war, setzte sich mit dem Rücken zu den beiden und schabte mit seinen Fesseln an der Klinge entlang.

»AUA! Oh, Mist. Diese Klinge ist einfach unglaublich scharf.« Beim ersten Versuch hatte er sich in die Hand geschnitten.

»Sei bitte vorsichtig!«, rief Chika ihm besorgt zu.

Finn versuchte es erneut. Ganz sachte führte er seine Fesseln an die Klinge, und nach nur wenigen Momenten waren seine

Hände frei. Alle freuten sich. Schnell ging er zu seinen Gefährten und löste ihre Fesseln. Dann liefen sie zu den Bergmännchen und dem Mann und der Frau und befreiten sie ebenfalls von ihren Fesseln und den Knebeln.

»Danke, wir danken euch!«, sagte die Frau als Erstes. »Es war unerträglich mit diesem stinkenden Lappen im Mund.« Sie begann vor Glück fast zu weinen. Auch die anderen stimmten in den Dank ein. Die vier Gefährten holten aus ihren Taschen Getränke, um den Durst zu löschen, und auch Salbe und Verbandszeug, um Finns Schnittwunde zu versorgen und die wund geriebene Haut, die alle durch die Fesseln bekommen hatten, zu pflegen.

»Vielleicht sollte wir uns erst mal einander vorstellen«, sagte Alon, als die größte Not gestillt war. »Ich bin vermutlich der Einzige hier, der alle kennt.« Mit einem freundlichen Zwinkern schaute er zu den drei Bergmännchen.

Das Bergmännchen mit dem längsten Bart begann zu sprechen: »Wir sind Deorigg, Groderigg und Tolerigg. Wir treiben im Auftrag unseres Volkes Handel mit den Menschen.« Die drei machten eine kleine Verbeugung. »Auf unserem Weg wurden wir hinterlistig von diesen Piraten überfallen.« Vorwurfsvoll schauten sie zu den drei versteinerten Männern.

»Und wir sind Daniel und Davina«, fuhr die Frau lächelnd fort. »Wir haben zwei Kinder, die uns vermutlich schon schrecklich vermissen.«

»Wir kommen aus einem Ort namens Änosch«, ergänzte der Mann.

»Und wen ihr hier vor euch habt, habt ihr, denke ich, ja schon ganz richtig erkannt. Es sind die Träger der vier Amulette«, sagte Alon. Finn, Joe, Pendo und Chika stellten sich den anderen vor.

»Es ist uns eine große Ehre, euch kennenzulernen«, sagten Davina und Daniel und die Bergmännchen.

Alon richtete das Wort an die Bewohner von Untererde: »Wir dachten alle, ihr wärt von den Schwarzalben verschleppt worden. An eine Piratenbande hatten wir nicht gedacht.«

»Auf die Schwarzalben hatten wir immer genau geachtet. Sie kreisen ja permanent am Himmel«, sagte Deorigg. »Die Gefahr kam aber von unten. Damit hatten wir nicht gerechnet.« Alle wussten, wovon das Bergmännchen sprach, denn schließlich waren sie auf die gleiche Weise gefangen worden.

»Diese furchtbaren Kerle hier«, sagte Daniel mit verächtlichem Blick zu den Steinfiguren, »haben uns einfach überfallen und ausgeraubt. Sie wollten nichts als Gold und Silber.«

»Nun ja. Ihre Gier wurde ihnen nun zum Verhängnis«, sagte Davina nachdenklich. »Jakar existiert wirklich. Das hätte ich nicht gedacht. Für mich war das immer nur so eine Geschichte, die man Kindern erzählt. Aber als Erwachsene? Ehrlich gesagt, ich habe nicht daran geglaubt.«

»Wir haben bis vor wenigen Tagen so einiges nicht mehr geglaubt«, sagte Daniel. »Ich konnte mit dieser Geschichte über die vier Lebensströme auch nichts anfangen. Für mich waren das vier wunderschöne Flüsse, die für unsere Ahnen eine besondere Bedeutung hatten. Aber nun wurden wir eines Besseren belehrt. Leider zu spät.«

»Wieso zu spät?«, ereiferte sich Tolerigg. »Wir haben schließlich hier die vier Träger der Amulette vor uns. Solange die Schwarzalben oder andere finstere Kreaturen sie nicht daran hindern, ihre Aufgabe zu erfüllen, ist es noch nicht zu spät. Wir haben zwar viele Fehler gemacht und waren blind, jetzt sollten wir uns aber dazu entscheiden, das Richtige zu tun.«

»Aber sie sind doch noch Kinder«, meinte die Frau besorgt. »Ihr könnt unmöglich älter als elf Jahre alt sein.«

»Zwölf«, sagten die vier gleichzeitig.

Alon war empört: »Unterschätze nicht diese Mädchen und Jungen.« Er atmete tief durch. »Sie wurden schließlich vom Schöpfer der vier Lebensströme zu dieser Aufgabe berufen. Ich habe noch keine mutigeren Zwölfjährigen erlebt.« Alon ließ seine Augen über die Gruppe wandern. »Wir müssen sie unbedingt mit allen uns zur Verfügung stehenden Mitteln unterstützen. Die Träger der Amulette kommen seit ewigen Zeiten nach Gan, um aus den vier Lebensströmen zu trinken. Sie haben damit das Leben in allen Winkeln dieser Erde ermöglicht. Jetzt hängt zum ersten Mal auch unser eigenes Leben von ihnen ab. In der Vergangenheit hielten wir uns immer für etwas Besseres hier in Gan, wir waren stolz auf unsere Herkunft.« Alon schüttelte empört den Kopf. »In Wirklichkeit waren wir keinen Deut besser als die Menschen an den vier Enden der Erde, denn genau wie sie haben wir die Bedeutung der Lebensströme vergessen. Wir haben die Quelle, aus der unser Leben fließt, verachtet. Jetzt ist sie versiegt.«

Alle schauten betreten zu Boden. Sie wussten, dass Alon recht hatte.

»Wir sollten uns wieder auf den Weg machen. Wir wurden durch die Piraten, die es hierher verschlagen hat, schon lange genug aufgehalten«, sagte Joe.

»Was wird eigentlich mit ihnen geschehen? Sind sie jetzt für immer aus Stein?«, fragte Davina und zeigte auf die seltsam anmutenden Figuren.

»Nein«, antwortete Chika. »Aber je größer ihre Gier nach dem Diamanten war, desto länger bleiben sie zu Stein verwandelt. So hat es uns Nebijah zumindest erklärt.«

»Dann wird das ja wohl noch eine Weile dauern«, sagte Pendo, die sich noch gut an die gierigen Gesichter der Männer erinnern konnte.

»Vermutlich Jahre!« Chika lachte. Ihr gefiel der Gedanke, dass diese bösen Männer für so lange Zeit keinen Schaden anrichten konnten.

»Übrigens scheint die Vermutung der Lichtalben ganz richtig zu sein«, sagte Finn nachdenklich. »Die Männer erzählten von einer Stimme, die sie nach Gan führte. Das muss der Verräter gewesen sein, über den wir mit dem Rat der Lichtalben sprachen. Er bringt alles, was Gan zerstören will, hierher.«

»Ein Grund mehr, sich zu beeilen. Wer weiß, wen er noch alles hierher bringt«, drängelte Joe.

»Du hast recht. Wir sollten uns beeilen. Wir dürfen keine Zeit verlieren«, stimmte Alon ihm zu.

»Unser Dorf liegt ein paar Stunden östlich von hier. Wir könnten euch den sichersten Weg dorthin zeigen. Damit wärt ihr schon ein gutes Stück weitergekommen«, sagte Daniel.

»Dieses Angebot nehmen wir gerne an. Eine gute Führung ist besser als jede Landkarte«, bedankte sich Alon.

»Wie können wir euch helfen?«, fragte nun Deorigg, der mit den anderen Bergmännchen ebenfalls gerne die Träger der Amulette unterstützen wollte.

»Ihr könntet zu Schloss Birah gehen und den Lichtalben von den neuesten Entwicklungen berichten«, schlug Alon den Bergmännchen vor. »Sie warten sicher schon auf Nachrichten von uns.«

»Das wollen wir gerne tun«, erwiderte Groderigg.

»Ich hätte noch einen Wunsch«, sagte Chika. Sie erzählte den Bergmännchen in aller Kürze die Geschichte von Alfrigg. »Ihr solltet dem Bergmännchenkönig Auberon unbedingt erzählen, was mit ihm geschehen ist und wie nah die Schwarzalben schon an sein Reich herangekommen sind.«

»Wir danken euch für die Nachrichten über den tapferen Alfrigg. Wir wollen gerne den König von den neuen Ereignissen unterrichten.«

Die Bergmännchen deuteten eine Verneigung an, verabschiedeten sich und zogen Richtung Westen. Die vier Gefährten mit Alon sowie Daniel und Davina gingen Richtung Osten – immer näher zur Quelle der vier Lebensströme.

Ihre neuen Führer zeigten ihnen Wege, die selbst Alon als Waldhüter nicht bekannt waren und die auch nicht auf der Karte der Lichtalben aufgezeichnet waren. »Wir haben schon als Kinder in dieser Gegend gespielt. Da haben wir so manchen Weg entdeckt, den selbst die Erwachsenen nicht kannten«, erklärte Davina.

»Damals haben wir allerdings nicht geahnt, dass diese Erkundungsgänge einmal von solchem Nutzen sein würden«, ächzte Daniel, der sich gerade wegen der herunterhängenden Zweige tief bücken musste.

Sie liefen durch dichte Tannenwälder, und obwohl es noch mitten am Tag war, konnten sie fast nichts sehen. Die Bäume standen dicht nebeneinander und ihre Kronen bildeten über ihnen ein fast lückenloses Dach. Einige Male mussten sie unter Hecken hindurchkriechen, und immer wieder hielten sie inne und lauschten, ob sie ein verdächtiges Geräusch hörten. Die Träger der Amulette hatten ihre Kapuzen stets übergezogen, was sie nahezu unsichtbar machte. Aber auch die Erwachsenen waren durch ihre Kleidung gut getarnt.

Im Laufe des Nachmittages wurde die Luft immer heißer. Alon, Daniel und Davina schwitzten in ihrer Kleidung. Da ging es den Gefährten besser: Ihre Kleidung fühlte sich jetzt luftig und leicht an. Erschöpft waren sie trotzdem, denn je verborgener die Wege waren, die sie gingen, desto beschwerlicher waren sie. Trotzdem machten sie keine Pause. Sie mussten so schnell wie möglich ihr Ziel erreichen.

»Mir tut einfach alles weh«, seufzte Chika schließlich. »Gibt es hier irgendwo Füße zum Auswechseln? Meine machen es nämlich nicht mehr lange mit.«

»Wenn wir bei uns zu Hause sind, machen wir deinen Füßen ein ganz wunderbares Bad, dann sind sie bald wie neu«, versprach Davina.

»Oh, das hört sich gut an. Wie lange dauert es denn noch?«

»Nur wenige Minuten. Bald hast du es geschafft«, munterte Daniel sie auf.

Auf einmal schrie Pendo laut auf: »Ah! Nein! Aua, das tut weh!« Sie stürzte zu Boden und hielt ihren Fuß fest umklammert.

»Was ist denn passiert?«, flüsterte Alon aufgeregt.

»Mein Fuß. Ich bin an einem Ast hängen geblieben und habe ihn mir irgendwie verdreht«, antwortete sie mit schmerzerfüllter Stimme.

»Kannst du denn auftreten?«, fragte Daniel besorgt.

»Aua! Nein, das geht nicht«, wimmerte sie und kniff die Lippen zusammen. Tränen stiegen ihr in die Augen.

Alon untersuchte Pendos Fuß und sagte nach einer Weile: »Es scheint nichts gebrochen zu sein. Allerdings müssen wir den Fuß dringend verbinden. Wahrscheinlich sind deine Bänder gedehnt. Daniel und ich werden dich abwechselnd tragen. Bis zu dem Haus der beiden werden wir es wohl schaffen.« Er stützte Pendo, als sie sich hinzustellen versuchte, und kniete sich dann vor sie. »Komm, steig auf meinen Rücken!« Die anderen halfen ihr.

Sie kamen jetzt nur noch langsam voran, aber die Wege waren immerhin so gut, dass sie aufrecht gehen konnten. Pendo biss sich die ganze Zeit auf die Lippen und schaute betreten auf den Waldboden. Tränen liefen ihre Wangen herunter. Es war ihr unsäglich peinlich, von den Männern getragen werden zu müssen. Warum musste ausgerechnet ihr so etwas passieren?

»Nur wenige Hundert Meter von hier entfernt beginnt Änosch, unser Dorf. Wir haben es gleich geschafft«, wollte Davina die vier etwas beruhigen. »Wir müssen nur noch über diese Wiese da vorne laufen.«

Bei dem Wort Wiese schauten die Kinder besorgt nach oben: Ob die Schwarzalben dort ihre Kreise zogen? »Wir können doch nicht einfach über die Wiese laufen. Das ist viel zu gefährlich«, wandte Finn ängstlich ein.

»Noch weniger können wir bis zum Einbruch der Dunkelheit warten. Pendos Fuß muss dringend versorgt werden, und auch wir müssen uns etwas ausruhen«, entgegnete ihm Chika.

»Da habe ich schon eine Idee!«, sagte Daniel eilig. »Dort vorne, direkt am Waldrand, ist ein Schuppen mit Geräten, die wir bei der Feldarbeit benutzen. In diesem Schuppen befindet sich ein größerer Handwagen, mit dem wir immer Heu für unsere Tiere holen. Wir werden euch auf diesem Wagen verstecken. Unter dem Heu wird kein Schwarzalb am Himmel euch entdecken. Immerhin wohnen wir hier. Wir gehen oft über diese Wiese.«

»Ja, das könnte klappen«, sagte Joe nachdenklich.

»Aber sind wir nicht zu viele Personen für den Wagen?«, stellte Alon den Plan infrage.

»Hm – nun ja.« Daniel überlegte: »Im schlimmsten Fall laufen wir eben zweimal. Unsere Tiere brauchen immer viel Heu.«

Der Schuppen hatte zum Glück einen zweiten Eingang auf der Rückseite, sodass sie unentdeckt hineingehen konnten. Alon legte sich als Erster auf den Wagen, Joe direkt neben ihn. Finn und die Mädchen legten sich über sie. Schwerter und Schilde wurden so verstaut, dass sie nicht scheppernd aneinanderstießen. Es war eng, und Joe stöhnte wegen des Gewichts auf seinem Rücken, aber es war nun mal die einzige Möglichkeit.

»Jetzt noch das Heu, und niemand wird euch entdecken«, freute sich Daniel. Als Alon und die Träger der Amulette nicht mehr zu erkennen waren, öffnete er das große Tor des Schuppens auf der Vorderseite und zog gemeinsam mit Davina den Wagen heraus.

»Heute ist das Heu aber ganz schön schwer«, stöhnte Daniel und schaute Davina verschwörerisch grinsend an.

Alon und die anderen mussten sich gut festhalten, denn der Weg war nicht gut ausgebaut und der Wagen wackelte gefährlich hin und her. Pendo hielt bei jedem Ruck die Luft an, ihr Fuß schmerzte bei jeder Bewegung. Am liebsten hätte sie laut aufgeschrien, aber sie riss sich zusammen und machte keinen Mucks.

»Jetzt kommen wir schon zu den ersten Häusern des Dorfes. Merkwürdig! Es sieht hier alles wie ausgestorben aus«, flüsterte Davina nach hinten.

»Schau doch, Davina, sie stehen alle hinter den Vorhängen. Ich kann sie sehen. Warum verstecken sie sich denn in den Häusern?«, fragte Daniel irritiert. »Irgendetwas stimmt da nicht. Hm … Richtig gespenstisch sieht das aus. So, jetzt sind wir da. Wir schieben den Wagen noch in unseren Stall, dann haben wir es geschafft.«

»Was macht ihr denn hier draußen«, fragte eine unbekannte tiefe Stimme. Davina und Daniel hätten vor Schreck fast aufgeschrien. Die Gefährten und Alon hielten die Luft an. Wer hatte da bloß gesprochen?

»Mensch, Farlon, hast du uns erschreckt! Tu das bitte nie wieder«, sagte Daniel erleichtert. »Wir waren den ganzen Tag unterwegs und holen jetzt frisches Futter für unsere Tiere. Warum sollen wir denn nicht draußen sein?«

»Weil der Dorfrat heute Vormittag eine Ausgangssperre beschlossen hat. Die Schwarzalben kommen immer näher an unser Dorf heran. Es vergeht keine Stunde, wo nicht einer am Himmel zu sehen ist. Also schnell ins Haus!«

»So schlimm ist es schon? Das ist ja schrecklich. Wo sind unsere Kinder? Sind sie im Haus?«, fragte Davina besorgt.

»Eure Kinder haben wir zu Daniels Eltern gebracht«, beruhigte sie Farlon.

»Vielen Dank«, sagte Davina erleichtert.

»Jetzt geht schnell in euer Haus. Ihr solltet wirklich nicht hier herumstehen«, ermahnte Farlon die beiden noch einmal und verabschiedete sich.

Eilig zogen Daniel und Davina den Wagen in den Stall und verschlossen das Tor hinter sich. Erleichtert atmeten sie auf.

»Ihr könnt jetzt rauskommen. Wir sind wieder alleine.«

Alon und die vier Gefährten quälten sich aus ihrem Versteck und klopften sich erleichtert das Heu von den Kleidern. Nur Pendo setzte sich schnell auf den Boden. Ihr Fuß schmerzte zu sehr.

»Wer war der Mann, mit dem ihr euch gerade unterhalten habt?«, fragte Joe.

»Das war Farlon. Er ist unser Bürgermeister«, klärte ihn Daniel auf.

»Aber warum habt ihr ihm nicht von uns erzählt? Er würde uns doch bestimmt nicht an die Schwarzalben verraten, oder?«, hakte Chika nach.

»Nein, ganz bestimmt nicht. Wir werden es ihm später auch erzählen. Aber ich hatte Angst, er würde sich auffällig benehmen, wenn wir ihm vor dem Haus von unserer kostbaren Fracht erzählen. Außerdem wusste ich ja nicht, ob uns irgendjemand belauscht. Je weniger Leute von eurer Ankunft hier im Dorf wissen, desto besser«, erklärte ihr Davina. Das sahen die Gefährten natürlich ein.

»Jetzt kommt aber erst mal in unsere Wohnung. Der Stall ist nicht gerade der schönste Ort, um Ehrengäste zu begrüßen«, lud Davina sie ein. Sie führte ihre Gäste durch eine Tür, die vom Stall in den Wohnbereich führte. Pendo wurde von Alon ins Haus getragen.

Die Gefährten waren begeistert von Daniels und Davinas Heim. Es war ein altes Bauernhaus, das liebevoll eingerichtet war: Das Erdgeschoss war ein großer heller Raum, in dem sich die Küche, eine Essecke und ein Wohnzimmer befanden. Die Möbel waren aus hellem Holz gemacht und an den Fenstern hingen leuchtend rote Vorhänge. Auf den Fensterbänken standen Kerzenleuchter und Öllampen. Der ganze Raum war erfüllt von dem Duft der Blumen, die auf den Tischen in hübschen Tonvasen standen. An den Wänden hingen die Porträts von einem Jungen und einem Mädchen.

»Wenn ich gewusst hätte, welch hohen Besuch wir heute noch bekommen, hätte ich vorher noch etwas aufgeräumt.« Davina begann, hektisch das Geschirr wegzuräumen, das noch auf dem Esstisch stand. »Ich werde uns jetzt einen Tee kochen und das Abendessen richten.«

Daniel lächelte seiner Frau beruhigend zu und sagte: »Vielen Dank. Das ist eine wundervolle Idee. Wir haben mittlerweile vermutlich alle einen Bärenhunger.« Alle nickten. »Ich schaue währenddessen mal genauer nach Pendos Fuß.«

Daniel hockte sich neben Pendo, die er auf dem großen Sofa im Wohnraum abgesetzt hatte. Vorsichtig nahm er ihren Fuß in seine Hände und untersuchte ihn sorgfältig, bewegte ihn hin und her und erkundigte sich genau, was ihr wehtat. Dann nickte er nachdenklich.

»Es gibt eine gute und eine schlechte Nachricht. Die gute Nachricht ist: Der Fuß ist nur verstaucht. Die schlechte Nachricht ist: Ich kann nicht mehr für dich tun, als etwas Salbe auf den Fuß aufzutragen und ihn zu verbinden …« Er zögerte ein wenig bevor er weitersprach. »Nach meiner Erfahrung wird es allerdings mindestens eine Woche dauern, bis du wieder schmerzfrei auftreten kannst.«

»Oh nein. Das geht nicht!«, jammerte Pendo, der sofort die Tränen in die Augen schossen. »Wir müssen so schnell wie möglich zur Quelle. Mit gesundem Fuß ist das ja schon kaum zu schaffen – wie soll ich das denn so hinkriegen?«

»Wenn du nicht laufen kannst, muss ich dich eben tragen«, sagte Alon.

»Das geht doch nicht, Alon. Selbst zu zweit haben wir die letzte Stunde nur mit Müh und Not geschafft«, holte Daniel ihn in die Realität zurück.

»Vielleicht sollten wir uns in zwei Gruppen aufteilen«, schlug Davina vor, die frisches Geschirr auf den Tisch stellte. »Daniel und ich gehen mit einem kleinen Handwagen los, in dem Pendo versteckt ist, und ihr lauft weiter durch den Wald Richtung Osten. An der Quelle treffen wir uns dann wieder.«

»Nein, wir dürfen uns nicht trennen. Wir müssen unbedingt zusammenbleiben. Wenn nur einer von uns die Quelle nicht erreicht, ist alles verloren. Ich würde die Ungewissheit nicht aushalten, ob Pendo dort sicher ankommt oder nicht«, sagte Chika. Joe und Finn stimmten ihr sofort zu.

»Außerdem ist das viel zu auffällig«, wimmelte Daniel den Vorschlag ab. »Im Moment versucht doch jeder, zu Hause zu bleiben, und läuft nicht mit einem Karren durch die Gegend.«

Da kam Finn ein ganz anderer Gedanke: »Vielleicht sollten wir es mal mit der Medizin der Lichtalben versuchen.« Er griff gleich in seine Tasche, um sie zu suchen.

»Ihr habt Lichtalbenmedizin? Warum habt ihr das nicht gleich gesagt?«, fragte Daniel begeistert. »Ich habe sie zwar selber noch nie ausprobiert – als Menschen kommen wir da nicht so leicht dran –, aber sie soll tatsächlich Wunder bewirken.« Er las die Aufschriften auf den Fläschchen und Tuben, die Finn nun auf den Tisch stellte. »Hier haben wir doch was: *Elnadad – bei schmerzenden Gelenken und Muskeln.* Das klingt doch gut. Wir tragen das mal auf und warten ab, was passiert. Okay?«

Pendo nickte hoffnungsvoll. Das Auftragen der Salbe und das Verbinden des Fußes war für sie eine unangenehme Prozedur, aber hinterher fühlte sie sich schon etwas besser und entspannte sich.

»So, jetzt lasst uns aber etwas essen und trinken«, lud Davina ihre Gäste ein. Sie hatte belegte Brote und auch frisch aufgebackene süße Teilchen auf den Tisch gestellt. In der Teekanne dampfte ein roter Früchtetee.

Während sie tranken und miteinander plauderten, wurde die Stimmung allmählich lockerer. Fast hätten sie vergessen, unter was für ernsten Umständen sie sich kennengelernt hatten. Da klopfte es an der Haustür. Alle verstummten. Wer mochte das sein?

»Ich schau mal nach«, sagte Daniel und stand auf. Wenige Augenblicke später kam er mit Farlon zurück.

»Ihr müsst unbedingt die Vorhänge zuziehen. Es wird schon dunkel, und jeder kann von draußen eure Gäste sehen«, sagte der Bürgermeister empört. »Das ist viel zu gefährlich!«

Tatsächlich, es war mittlerweile schon dunkel geworden. Sie hatten es bei ihrem gemütlichen Abendessen gar nicht bemerkt. Eilig zogen sie alle Vorhänge zu.

»Als ihr vorhin mit dem Heuwagen hier angekommen seid, kam mir das ja schon merkwürdig vor. Aber ich hielt lieber meinen Mund. In diesen gefährlichen Zeiten weiß man ja nie, was man laut sagen darf«, redete Farlon mit fester Stimme weiter. »Als ich aber gerade durch euer Fenster schaute und fremde Menschen am Tisch sitzen sah, musste ich doch handeln. Entschuldigt mein Eindringen, aber es erschien mir wichtig.«

»Lieber Farlon, jetzt setze dich erst einmal zu uns an den Tisch. Wir sind dir sehr dankbar für deine Besonnenheit und wollen dir gerne erklären, was geschehen ist. Draußen vor der Tür konnten wir das unmöglich tun, wie du gewiss verstehen wirst.« Daniel machte eine einladende Handbewegung, und Farlon setzte sich mit an den Tisch.

Daniel und Davina stellten nun dem Bürgermeister die Träger der Amulette und Alon vor und erzählten ihm in knappen Worten ihre Erlebnisse der letzten Tage. Farlon konnte kaum glauben, was er da alles hörte. Während der Geschichte kamen viele »Achs« und »Oh wehs« und genauso auch die »Wie gut«- und andere Erleichterungsrufe über seine Lippen. Es war wohl die spannendste Geschichte, die er seit Langem gehört hatte.

»Wie gut, dass ich vorhin meinen Mund gehalten habe. Ich hätte es mir nie verziehen, wenn ihr wegen meiner poltrigen Art entdeckt worden wärt.«

»Wir waren – ehrlich gesagt – auch sehr erleichtert«, bestätigte ihm Chika, die sich in ihrem Kopf gerade ausmalte, was alles hätte passieren können. Alon legte daraufhin seinen Arm um ihre Schulter. Mittlerweile kannte er Chika gut und wusste um ihren heldenhaften Mut, aber genauso kannte er auch ihre Ängstlichkeit, die sie immer neu überwinden musste.

»Wie wollt ihr nun weiter vorgehen?«, fragte der Bürgermeister die Gefährten.

Finn antwortete sachlich: »Zunächst einmal müssen wir uns alle ausruhen. Morgen früh schauen wir dann nach, ob es Pendos Fuß besser geht …«

Pendo hatte die ganze Zeit nicht mehr an ihren Fuß gedacht. Sie betastete ihn vorsichtig, und tatsächlich: Er schmerzte nicht mehr ganz so sehr. »Wenn das weiterhin so gut heilt, ist er morgen bestimmt wie neu.«

»Wirklich?«, rief Alon erfreut. »Das wäre ja toll. Dafür werde ich den Lichtalben ein Extradankeschön zukommen lassen. Wie gut, dass sie uns ihre Medizin mitgegeben haben.«

Finn, der unterbrochen worden war, nahm den Faden wieder auf: »Ja, und dann gehen wir weiter Richtung Osten, zur Quelle der Lebensströme.«

»Kann mir jemand verraten, wie weit der Weg eigentlich noch ist? Wir laufen immer Richtung Osten, aber noch niemand hat uns erzählt, wie weit entfernt die Quelle liegt«, fragte Joe. Die Gefährten schauten erwartungsvoll zu den Erwachsenen. Sie waren bisher immer brav ihren Anweisungen und Vorschlägen gefolgt und hatten noch nicht einmal nach der Entfernung gefragt. Erst jetzt wurde ihnen klar, wie aufgeschmissen sie ohne die vielen Helfer gewesen wären, die ihnen bis jetzt immer wieder begegnet waren.

»Eigentlich ist es gar nicht mehr so weit. Unter normalen Bedingungen vielleicht eine Tagesreise, aber …«, begann Davina.

»… aber erstens müsst ihr versteckte Wege gehen, die nicht immer die kürzesten sind«, erklärte Daniel.

»Ja, und dann wird es auch immer gefährlicher, je näher ihr an euer Ziel herankommt. Die Quelle ist zurzeit der bestbewachte Ort in Gan«, setze Farlon fort. »Die Schwarzalben kontrollieren mittlerweile alle Dörfer, die ein oder zwei Tagesreisen von der Quelle entfernt sind. Überall, wo sie verdächtige Bewegungen sehen, kommen sie gefährlich nah heran. Heute früh ist ein Schwarzalb mitten durch unser Dorf gelaufen.«

»Mitten durchs Dorf?« Davina und Daniel waren entsetzt. »Jetzt verstehe ich den Beschluss des Dorfrates«, sagte Daniel.

»Aber dann haben wir doch gar keine Chance, durchzukommen!« Jeder spürte die Aufregung in Pendos Stimme. Chika und Finn konnten ihre Sorge gut nachvollziehen, aber Joe wollte davon gar nichts hören.

»Jetzt fangt doch nicht gleich wieder mit euren Bedenken an!

Wir haben in diesen wenigen Tagen schon so viele Abenteuer miteinander bestanden. Und haben es immer geschafft! Warum sollte sich das plötzlich ändern? Nebijah hat gesagt, dass wir jetzt Gefährten sind. Das heißt, dass wir miteinander durch alle Gefahren hindurchgehen. Außerdem: Wenn der Schöpfer der Lebensquelle will, dass wir ankommen, dann werden wir auch ankommen.«

Keiner widersprach ihm. Aber der Gedanke an die Undurchführbarkeit ihres Auftrags nagte an allen.

Kapitel 7

Der Zauberwald

In dieser Nacht kroch die Angst immer dichter an Finns Herz heran. Es fühlte sich an, als ob die Schwarzalben um das Haus von Davina und Daniel herumschlichen. Die Mädchen waren in den Kinderzimmern untergebracht, und er schlief mit Joe und Alon im Wohnzimmer. Seine Angst schienen die beiden nicht zu teilen, denn sie schliefen tief und fest, ihr Atem ging ruhig und gleichmäßig. Er selbst lag da und schaute angespannt zu den Fenstern, deren am Tag so schön rot leuchtenden Vorhängen zugezogen waren. Nun war alles in den Schleier der Dunkelheit gehüllt, und so wie die Farben gewichen waren, schien auch die Hoffnung aus Finns Herz gewichen zu sein. Er dachte an seinen Großvater. Was hatte er wohl in Gan erlebt? Bestimmt war er nie in solche Gefahr geraten, sonst hätte er Finn das Amulett nicht so unbekümmert überlassen.

Finn stellte sich vor, wie über die Jahrtausende hinweg jeweils vier Kinder in das Land Gan gekommen waren, um aus den vier Strömen zu trinken und damit die Leben spendende Wirkung des Wassers in ihre Heimat zu tragen. Wie viele seiner Vorfahren waren wohl Träger des Amuletts gewesen? Sie hatten eine schöne Aufgabe, ohne jegliche Gefahr. Aber jetzt? Alles war anders. Wie sollten sie sich gegen die Schwarzalben wehren? Sie waren doch nur Kinder! Noch nicht einmal gegen die bösen Zwerge, die ihnen nur bis zum Bauchnabel reichten, hatten sie eine Chance. Wenn Alon ihnen nicht im richtigen Moment zu Hilfe gekommen wäre, hätten die Zwerge sie überwältigt.

Auch die alte Prophetie, die er in der Bibliothek der Lichtalben gelesen hatte, machte ihm zu schaffen. *Vom Bösen erfüllt, nur der Rache gewillt.* Je mehr er über diese Worte nachdachte, desto bedrohlicher erschienen sie ihm. Jemand würde sterben müssen. War es einer von ihnen? Finn spürte, wie sich alles in ihm zusammenzog. Wie ein schwerer Kloß lagen ihm die Sorgen im Magen. Der ruhige Atem von Joe und Alon machte ihn jetzt richtig ärgerlich. War er denn der Einzige, der begriff, in was für einer aussichtlosen Lage sie sich befanden?

Als Davina durch das Haus ging, um alle aufzuwecken, war noch lange kein Lichtstrahl am Horizont zu sehen. Selbst die Vögel hatten ihr Morgenlied noch nicht angestimmt. Mühsam quälten sich die vier Kinder und ihre neuen Freunde aus den Betten, aber sie hatten noch die Worte von Bürgermeister Farlon im Ohr, der ihnen dringend geraten hatte, noch vor Sonnenaufgang das Dorf zu verlassen. Pausen könnten sie sich auch später im Schutz des Waldes noch gönnen, aber auf keinen Fall sollten sie den Schwarzalben die Gelegenheit geben, sie hier im Dorf zu entdecken. So standen sie zwar immer noch müde, aber doch eilig auf.

Pendo entfernte zunächst den Verband von ihrem Fuß und

versuchte vorsichtig, aufzutreten. Sie spürte überhaupt keinen Schmerz mehr.

»Hurra, mein Fuß ist wieder gesund! Ich kann wieder vollkommen normal gehen.« Sie sprang im Zimmer umher und freute sich. Das war wirklich ein Felsbrocken, der ihr vom Herzen fiel. Alle anderen im Haus freuten sich mit ihr und Alon überlegte insgeheim, wie er sich bei den Lichtalben bedanken konnte.

Daniel und Davina bereiteten ihnen noch ein schmackhaftes Frühstück zu. Die Lunchpakete lehnten sie aber dankend mit dem Hinweis auf ihre Taschen ab, aus denen sie jederzeit das nötige Essen und Trinken hervorholen konnten.

»Die Hüterin der Lebensströme hat euch wirklich bestens ausgerüstet«, staunte Davina.

Daniel studierte währenddessen mit Alon die Landkarte der Lichtalben und gab ihm noch einige wichtige Hinweise über den weiteren Verlauf des Weges.

»Wir müssen jetzt wirklich aufbrechen«, warnte Finn, der die ersten Vögel zwitschern hörte. Davina und Daniel umarmten die Träger der Amulette und Alon zum Abschied und wünschten ihnen den Schutz des Schöpfers der Lebensströme.

Mit übergezogenen Kapuzen, wachsamen Blicken nach oben und leisen Schritten verließen sie das Haus. Alles war mucksmäuschenstill, nur das morgendliche Gezwitscher der Amsel durchbrach hin und wieder die Ruhe der vergehenden Nacht. Als sie die Waldgrenze erreicht hatten, atmeten alle auf.

»Ich hätte nie gedacht, wie sehr ich mich einmal über einen richtig dunklen Wald freuen würde«, raunte Finn erleichtert den anderen zu. »Zu Hause habe ich immer die weiten Wiesen und Felder bevorzugt.«

»Gott sei Dank gibt es hier so viel davon, sonst hätten uns die Schwarzalben schon längst geschnappt. Hoffentlich entdecken sie uns nicht.« Chika blickte immerzu in alle Richtungen. Die Dunkelheit bot einerseits den nötigen Schutz, andererseits machte sie aber auch Angst, waren ihre Feinde schließlich nun genauso gut verborgen wie sie. Alon hatte wieder die Führung übernommen. Wie gut war es, dass er sie begleitete und die Gefahren mit ihnen teilte! Pendo, Chika, Finn und Joe trotteten einfach hinter ihm her und achteten nicht mehr auf die Richtung. Selbst Joe, der sich wirklich gut mit dem Herausfinden der Himmelsrichtungen, dem Lesen von Fußspuren und anderen nützlichen Fähigkeiten auskannte, war noch zu müde und erschöpft, um darauf zu achten. Alon war berührt vom Vertrauen der vier, wusste aber auch um die große Verantwortung, die auf seinen Schultern lag. Ohne ihn wären die Träger der Amulette vielleicht in der Lage, den richtigen Weg zu finden, aber den Gefahren des Waldes und der finsteren Mächte wären sie auf keinen Fall gewachsen. Ob er allerdings selbst den Schwarzalben widerstehen könnte, bezweifelte er. Er würde sein Bestes geben, er würde sogar bereit sein, sein Leben zu opfern, aber ob das genügte, um die Träger der Amulette und sein geliebtes Gan zu retten? Er war sich dessen nicht sicher …

Plötzlich vernahm er über sich das gefährliche Flattern, das er die letzten zwei Wochen immer häufiger gehört hatte. »Still!«, hauchte er nach hinten. Sofort blieben die vier regungslos stehen. Alle Müdigkeit war von ihnen gewichen – sie wussten um das schwarze Biest oben am Himmel. Keiner wagte es, nach oben zu schauen. Die Tarnkleidung der Amuletträger und die Waldhüterkleidung Alons boten einen idealen Schutz, aber helle Gesichter waren im Morgengrauen überraschend gut zu sehen. Selbst Pendo hielt trotz dunkler Hautfarbe ängstlich ihr Gesicht bedeckt. Das mittlerweile schon fast vertraute Gefühl der Angst beschlich ihr Herz. Aber der Wille, stillzuhalten, um nicht gesehen zu werden, war stärker als der Wunsch, einfach schreiend davonzulaufen. Sie warteten. Langsam entfernte sich das flatternde Geräusch der fledermausähnlichen Flügel des Schwarzalbs. Mehrere Minuten blieben sie noch regungslos stehen, bis Alon sich mit einem Handzeichen an die anderen wieder in Bewegung setzte. Erleichtert atmeten sie auf.

Nach einer weiteren Stunde entdeckten sie in einer Felswand eine kleine Höhle, in die sie sich hineinsetzten, um Rast zu machen. Es war ein ungemütlicher Ort: Das Wasser tropfte von den Wänden und es roch nach Tieren, die sich hier vermutlich öfter aufhielten. Aber die Höhle war sicher. Von innen konnte man gut herausschauen, ohne gleich gesehen zu werden. Sie suchten sich ein halbwegs trockenes Plätzchen und begannen schweigend, ein paar Brote zu essen und kühles Wasser zu trinken.

»Als der Schwarzalb über uns geflogen ist, habt ihr euch vorbildlich verhalten«, lobte Alon die Gefährten. Sie schauten dankbar zu ihm. Auf die Begegnung mit dem Schwarzalb hätten sie gerne verzichtet.

Nachdem sie sich gestärkt hatten, machten sie sich wieder auf den Weg. Sie stießen nun auf einen Bach und folgten seinem Lauf. Obwohl sie sehr vorsichtig auf ihre Schritte und auf die Umgebung achteten, freuten sich die Kinder doch über die Schönheit der Natur. Das Wasser sprudelte über die Steine des Bachbettes und schien dabei eine leichte Musik zu erzeugen. Fische in schimmernden Farben schwammen hin und her. Gold, rot, blau und grün, kunterbunt füllten sie das Wasser mit Leben. Am Weg wirkte alles viel grüner und reicher als im dichten Tannenwald. Unzählige Sträucher mit verschiedenen Früchten, von denen sie zwischendurch naschten, säumten den Weg.

Alon schien das alles nicht wahrzunehmen. Vermutlich war diese Pracht für ihn nichts Besonderes … oder waren die Sorgen, die er sich um die Träger der Amulette und ihren Auftrag machte, einfach zu groß?

Der Bach mündete in einen Tümpel. Dieser war auf der einen Seite umgeben von mächtigen Trauerweiden, die ihre grünen Zweige bis zum Wasser herunterhängen ließen, auf der anderen Seite ragten hohe Felsen in den Himmel empor. Das Wasser war mit Seerosen bedeckt, die ihre goldfarbenen Blüten der Sonne entgegenstreckten.

»Pst!«

Die Gefährten und Alon erstarrten. »Habt ihr das auch gehört?«, fragte Pendo im Flüsterton. Da hörten sie es noch einmal.

»Pst!«

»Das Geräusch scheint aus dem Wasser zu kommen«, sagte Joe verwundert und beugte sich über das Ufer.

»Sei vorsichtig!«, warnte ihn Alon und hielt ihn an der Schulter fest. »Wer weiß, was da auf uns lauert.«

Mit den Augen suchten sie die Wasseroberfläche und das Ufer ab. »Schaut mal, hier vorne bewegt sich das Wasser«, sagte Chika und deutete mit ihrem Finger auf eine Stelle ganz in der Nähe.

Das Wasser begann sachte zu sprudeln. Als ob es flüssiger Ton wäre, formten sich nun aus dem Wasser ein Kopf mit langen Haaren und dann sogar ein Oberkörper mit Armen und Händen. Es sah aus wie eine Frau, die aus schillernder Flüssigkeit bestand.

Die Gefährten und Alon schauten sprachlos zu dem Wesen, das sich ihnen nun zuwandte. Mit glockenheller Stimme, die mehr an Musik erinnerte als an eine menschliche Stimme, begann sie zu sprechen: »Ihr Menschenkinder, seid gewarnt. Geht nicht auf diesem Weg weiter. Euch droht große Gefahr!«

Wovon sprach diese Gestalt aus Wasser?

»Nur ein kleines Stück des Weges und ihr gelangt zu einer Höhle. Dort haben die finsteren Schwarzalben ein Lager errichtet. Ihr lauft direkt in ihre Arme.«

Die Wanderer wechselten erschrockene Blicke. »Weißt du, welchen Weg wir stattdessen wählen sollen?«, fragte Alon.

»Geht ein Stück den Weg zurück und überquert den Bachlauf an der Stelle, wo ihr die schillernden Fische gesehen habt. Auf der anderen Seite des Baches führt ein Weg tiefer in den Wald hinein, dorthin, wo Menschen, Bergmännchen und Lichtalben seit Jahrhunderten nicht waren. Wenn ihr diesem Weg folgt, werdet ihr in einem großen Bogen um das Lager der Schwarzalben herumgeführt.«

Alon nahm verwirrt die Landkarte der Lichtalben in Augenschein. Tatsächlich! Da war an dieser Stelle nur ein dunkler Wald eingezeichnet. In verschnörkelten Buchstaben stand dort *Zauberwald* geschrieben, und darunter, etwas kleiner, *unerforschtes Gebiet*. Er hatte von diesem Wald schon seltsame Geschichten gehört und war sich nicht sicher, ob sie den Ratschlag wirklich annehmen sollten.

»Ist es dort für uns Menschen nicht viel zu gefährlich? Keiner von uns hat diesen Wald je betreten.«

»Sorgt euch nicht! Achtet auf die leisen Stimmen der Bäume, die Worte der Tiere und das Säuseln des Windes. Sie alle wollen euch zu eurem Ziel führen. Lang lebe Gan! Der Schöpfer der vier Lebensströme sei mit euch.«

Mit dem letzten Wort schoss die Frauengestalt mit zum Himmel gestreckten Armen empor und zerfiel im nächsten Moment in unzählige silbrige Tropfen, die auf die Wasseroberfläche herunterregneten. Der Tümpel sah wieder aus wie vorher.

Mit heiserer Stimme fragte Alon die Gefährten: »Wisst ihr, was das war?« Mit großen fragenden Augen schauten sie ihn an und schüttelten die Köpfe.

»Das … das war eine echte Wassernymphe.« Alon war fassungslos. »Ich wusste nicht, dass es so etwas wirklich gibt. Meine Großmutter erzählte immer, ihre eigene Großmutter habe mal als junges Mädchen eine gesehen. Aber geglaubt hatte ihr damals keiner.«

Auch Finn, Pendo, Chika und Joe waren noch überwältigt von der Erscheinung. Wenn ihnen nur wenige Tage zuvor jemand erzählt hätte, es gäbe Nymphen, hätten sie ihn wohl für verrückt gehalten.

»Wenn wir so gefährlich nah am Lager der Schwarzalben sind, sollten wir schleunigst umkehren und den Rat der Nymphe annehmen«, mahnte Pendo.

»Du hast recht«, bestätigte Alon. »Ich habe zwar keine Ahnung, welche Wege wir geführt werden, sie sind auch nicht auf der Karte aufgezeichnet, aber wir haben keine andere Wahl.«

Also gingen sie zurück bis zur besagten Stelle am Bach, zogen ihre Schuhe aus, krempelten ihre Hosen hoch, rafften ihre Umhänge und wateten durch das Bachbett. Das Wasser war eisig kalt, tat aber erstaunlicherweise nicht an den Füßen weh. Vielmehr schien es eine entspannende Wirkung zu haben. »Oh, ist das angenehm«, sagte Chika genüsslich. »Hier könnte ich jetzt ganz lange stehen bleiben.«

»Das würde ich dir aber nicht empfehlen«, ermahnte sie Pendo und zeigte grinsend mit dem Finger nach oben, wo sich der weite Himmel azurblau über ihnen erstreckte. Eilig zog sich Chika ihre Kapuze tief übers Gesicht, sodass ihr Umhang in den schillernden Farben des Wassers erstrahlte, und huschte zum anderen Ufer.

Dort angekommen, zogen alle ihre Schuhe wieder an und schauten nun auf einen kleinen Weg, der in einen dichten Wald hineinführte. Die Bäume waren unfassbar breit und hoch, und unten am Boden war der Weg umrahmt von großen Sträuchern. »Lasst uns hineingehen«, drängte Joe, der es wie immer eilig hatte.

Als sie losgingen, schaute Chika noch einmal zurück zum Bach. Ihr war, als ob eine glitzernde Hand aus dem Wasser ragte und ihr zuwinkte. Chika lächelte und hob ihre Hand. Ein leises Plätschern war die Antwort. Obwohl der Wald wirklich finster war und ihr unter anderen Umständen Angst eingeflößt hätte, fühlte sie sich so sicher wie im Schloss der Lichtalben und ging beruhigt hinein. Die Nymphe hatte davon gesprochen, Tiere, Bäume und der Wind würden sie zu ihrem Ziel führen wollen. Das waren starke Verbündete. Chika schaute zu Alon und den anderen. Alle schritten voller Zuversicht durch den Wald. Sie empfanden wohl ganz ähnlich wie sie.

Der Weg, den die Nymphe ihnen gewiesen hatte, stellte sich als ein knorriger Pfad heraus, dem man es anmerkte, dass er seit ewigen Zeiten nicht mehr betreten worden war. Vorsichtig setzten sie einen Fuß vor den anderen. Weit über ihnen spannten die majestätischen Baumkronen ein dichtes Dach. Selbst Alon war beeindruckt von ihrer Größe.

»Ich habe ja schon einige große Bäume gesehen, aber die hier übertreffen alles.« Alon hielt inne. »Eigentlich haben wir überhaupt keine Zeit für so was, aber stellt euch mal im Kreis um diesen Baum herum und fasst euch an den Händen.«

Die Mädchen und Jungen folgten seiner Anweisung. Aber selbst gemeinsam mit Alon konnten sie den Baum nicht umfassen – sein Stamm war einfach zu dick.

»Hört doch mal!«, flüsterte Chika staunend. Die anderen wussten zunächst nicht, was sie hören sollten. »Haltet ein Ohr ganz dicht an die Baumrinde und dann lauscht …«

»Der Baum brummt ja!«, sagte Pendo überrascht. Alle konnten es nun hören. Ein ganz tiefes, sanftes Dröhnen schien aus dem Inneren des Baumes zu kommen.

»Das muss der Atem der Bäume sein, den man hier im Zauberwald hören kann«, wisperte Alon. »Die Kindergeschichten, die in Gan erzählt werden, scheinen alle wahr zu sein. Unfassbar!«

Als sie weitergingen, fragte Finn: »Was sind das für Geschichten, die über den Wald erzählt werden?«

»Es sind Geschichten über sprechende Tiere und Pflanzen, Geschichten über Fabelwesen wie Seenymphen, Zentauren, Einhörner, Elfen und auch den großen Pelikan. Kein Mensch glaubte in den letzten Jahren wirklich mehr an diese Geschichten. Es waren halt Märchen, die wir kleinen Kindern erzählen«, erklärte Alon. »Lediglich die Lichtalben meinten immer, sie hätten einen wahren Kern.«

»Offensichtlich hatten sie recht«, sagte Joe nüchtern.

Finn griff gedankenversunken in seine Tasche und nahm das goldene Etui mit der Feder des Pelikans Äbrah in die Hand. Vielleicht waren ja die Geschichten, die sich um diesen Schatz rankten, tatsächlich wahr? Oh, wie sehr wünschte er sich die Hilfe dieses sagenumwobenen Vogels herbei!

»Aber warum ist nie jemand in diesen Wald gegangen, um nachzuschauen, was von diesen Geschichten wahr ist? Immerhin gibt es ja auch Lichtalben und Bergmännchen, an die der Rest der Welt ebenfalls nicht glaubt«, fragte Pendo.

Alon schien seine Worte gut abzuwägen: »Die Geschichten über den Zauberwald sind nicht nur schöne Kindergeschichten. Es wird auch von mutigen Frauen und Männern erzählt, die den Wald erforschen wollten. Aber sie … nun ja, wie soll ich es sagen … sie sind niemals zurückgekehrt. Der Wald gilt deshalb als ausgesprochen gefährlich.« Als er die besorgten Gesichter der Gefährten sah, fügte er schnell hinzu: »Ich denke, wir brauchen keine Angst zu haben. Immerhin hat uns eine Nymphe höchstpersönlich in den Wald eingeladen. Bestimmt sind wir gerade am sichersten Ort im ganzen Lande Gan.«

»Hoffentlich hast du recht. Ich frage mich trotzdem, warum dieser Wald sicherer sein soll als andere Wälder in Gan«, meinte Finn.

»Wer immer die Schwarzalben hierher geführt hat, er scheint gut informiert zu sein und wird wissen, dass wir Menschen uns nicht in diesen Wald hineinwagen. Schwarzalbenpatrouillen über dem Zauberwald sind nicht erforderlich. Und falls die Schwarzalben genau wie die Lichtalben an die Existenz der magischen Wesen glauben – sie sind immerhin gleicher Abstammung –, werden sie einen großen Bogen um den Wald machen, denn kein Schwarzalb wird sich mit Einhörnern anlegen wollen. Die können nämlich sehr gefährlich werden. Zumindest in den Geschichten meiner Großmutter.« Seine Gedanken schienen sich in der Vergangenheit zu verlieren, und er grinste über das ganze Gesicht.

»Deine Großmutter scheint dir ja eine ganze Menge Geschichten erzählt zu haben«, bemerkte Chika.

»Oh ja!«, erwiderte Alon. »Manchmal wurde es uns schon zu viel. Aber sie sagte immer: ›In den Geschichten wird der Geist unseres Landes weitergegeben.‹ Ihr müsst also gut zuhören!«

»Mein Großvater hat das ganz ähnlich gemacht. Er hat mir sogar Geschichten von Gan erzählt, allerdings ohne den Namen zu erwähnen«, erinnerte sich Finn.

Mit etwas trauriger Stimme sagte Chika: »Meine Großeltern wohnen viel zu weit weg, und meine Eltern … nun ja, sie sind immer sehr beschäftigt. Über Gan wissen sie nichts. Meine Großmutter hat wohl nur mir davon erzählt. Ihr wisst ja, zuletzt an meinem Geburtstag.«

»Meine Großeltern«, erzählte nun Pendo, »sind schon vor langer Zeit gestorben. Ich habe sie nicht mehr kennengelernt. Die alte Tante, von der ich das Amulett überreicht bekam, hat mir zwar vieles erzählt, aber niemals etwas, was an Gan erinnern würde.«

So unterhielten sie sich, vertieft in ihre Gedanken an die eigenen Familien, während sie hintereinander dem Pfad durch den Zauberwald folgten. Unvermittelt blieb Alon stehen, sodass sie alle der Reihe nach aufeinanderstießen. Rasch waren sie wieder mit ihren Gedanken im Hier und Jetzt.

»Warum bleibst du so abrupt stehen, Alon? Ist was passiert?«, erkundigten sie sich flüsternd.

»Nein«, erwiderte der Waldhüter. »Der Weg hört hier am Fluss auf, und ich weiß nicht, was wir jetzt tun sollen.«

»Vielleicht hilft uns ja der Spiegel weiter«, schlug Chika vor. Schon holte sie den Spiegel Marah aus der Tasche, nahm ihn in beide Hände und schloss die Augen. »Nein, ich sehe nichts. Rein gar nichts.«

»Schade«, meinte Pendo enttäuscht. »Wir sollten vielleicht die Nymphe fragen.« Mit zitternder Stimme rief sie: »Nymphe! Nymphe! Wir brauchen deine Hilfe.«

Alle schauten gebannt auf die Wasseroberfläche des Flusses vor ihnen, aber nichts regte sich. Plötzlich sagte eine quiekende Stimme in herablassendem Ton: »Ich bin zwar keine Nymphe, aber falls ihr mit einer Wasserratte vorliebnehmen wollt, kann ich euch behilflich sein.«

Alon und die vier Gefährten fuhren vor Schreck zusammen. Zuerst mussten sie suchen, wo die Stimme überhaupt herkam. Da saß vor ihnen am Ufer eine Wasserratte. Eine ganz gewöhnliche Wasserratte. Sie war nicht größer als andere Tiere ihrer Art. Sie hatte das gleiche struppige Fell und den langen Schwanz, der so unterschiedliche Reaktionen bei den Menschen auslöste. Was sie stutzig machte, war der Gesichtsausdruck des Tieres: Die Wasserratte schaute ungeduldig zu der Gruppe hoch und wartete offenbar auf eine Antwort. Mit ihrem langen Schwanz klopfte sie auf den Boden, so wie Menschen mit den Fingernägeln auf die Tischplatte trommeln, wenn sie angespannt sind.

Joe räusperte sich und fragte verdutzt die anderen: »Hat *das* gerade mit uns gesprochen?«

Das war allerdings die falsche Frage. Empört quiekte die Wasserratte ihm zu: »Siehst du vielleicht sonst ir-gend-je-man-den außer euch hier, der sprechen könnte?« Beleidigt drehte sie sich um und verschränkte ihre Vorderbeine.

»Oh entschuldigt, verehrte Wasserratte, aber wir haben noch nie zuvor ein sprechendes Tier gesehen«, sagte Chika bestürzt. Die höfliche Anrede gefiel der Wasserratte fraglos besser, denn sie wandte sich ihnen wieder zu und musterte hochnäsig die Menschen.

»Nun gut, dann will ich mal nicht so sein. Ihr braucht offensichtlich Hilfe. Der ganze Wald spricht ja über nichts anderes mehr«, piepste sie.

»Äh, ja, wir brauchen allerdings Hilfe. Die Wassernymphe hat uns auf diesen Weg gewiesen, damit wir sicher am Lager der Schwarzalben vorbeikommen. Aber der Weg hört hier auf, und wir wissen nicht weiter«, legte Finn ihre Situation dar.

»Das ist leicht zu erklären«, sagte die Wasserrate in rasantem Tempo, scheinbar ohne Luft zu holen. »Nur zweihundert Meter weiter flussaufwärts befindet sich eine alte Brücke. Sie wurde vor langer, langer Zeit von den Lichtalben errichtet. Ich denke, sie wird euch tragen. Seid aber vorsichtig! Über diese Brücke geht ihr. Dann folgt ihr dem Weg für einige Stunden, bis ihr zu einer weiteren Brücke kommt, die euch auf diese Seite des Flusses zurückführt. Die zweite Brücke ist stabiler. Es ist zwar ein Umweg, aber der Pfad hier am Ufer entlang bereitet keine Freude. Das Ufer ist ganz zugewachsen und …« Ihr schneller Redefluss nahm überhaupt kein Ende.

»Ähem!«, hüstelte Alon vorsichtig.

»Ja?«, fragte die Wasserratte spitz. Sie hielt inne. »Ach ja, entschuldigt. Ich schweife ab.« Wenn ihre Wegbeschreibung nicht so wichtig gewesen wäre, hätten sie über die hochnäsige Wasserratte vielleicht laut gelacht. Jetzt aber ärgerten sie sich nur über die umständliche Beschreibung des Tieres. Es dauerte ganz schön lange, und Alon musste mehrmals nachfragen, bis sie die Wegbeschreibung des sprechenden Nagers vollständig verstanden hatten.

»Vielen Dank, verehrte Wasserratte. Sie waren uns wirklich eine große Hilfe«, bedankten sich Alon und die Gefährten schließlich bei dem wichtigtuerischen Tierchen.

»Aber das ist doch selbstverständlich, *jeder* hier würde euch helfen.« Der kleine Nager schaute kopfschüttelnd nach oben, stieg ohne ein weiteres Wort in den Fluss und schwamm davon.

Die Wanderer schauten sich um und überlegten, wen sie wohl mit »jeder« gemeint haben könnte. Aber bis auf einen Vogel, der sie interessiert anschaute, konnten sie niemanden entdecken.

Den Anweisungen der Wasserratte folgend gingen sie am Ufer entlang und fanden die alte Brücke. Sie war aus weißem Stein gehauen und mit unbeschreiblich prachtvollen Steinmetzarbeiten verziert. Baufällig wirkte sie aber keineswegs. Auf der anderen Seite des Flusses stießen die vier Kinder und Alon auf einen Weg, dem sie folgten. Joe betrachtete immer wieder besorgt den Stand der Sonne und stellte fest: »Dieser Weg kostet uns viel mehr Zeit, als ich befürchtet habe.«

»Aber wenigstens ist er sicher. Mich entspannt das enorm«, hielt Pendo ihm entgegen.

Wie immer, wenn sie am Ende ihrer Kräfte waren, wurden sie schweigsamer. Schließlich sagte Finn: »Ich kann nicht mehr. Können wir nicht eine Pause machen?«

»Nein, wir gehen weiter«, erwiderte Joe etwas gereizt. »Essen können wir auch beim Laufen.«

Finn war fassungslos: »Das ist jetzt nicht dein Ernst, oder? Wir *müssen* uns zwischendurch ausruhen. Niemandem ist geholfen, wenn wir total erschöpft bei der Quelle ankommen.« Er setzte sich hin und griff in seine Tasche, um sich etwas Essen und Trinken herauszuholen. Die Mädchen taten es ihm gleich, denn sie waren ebenfalls erschöpft. Zähneknirschend setzte sich auch Joe hin.

»Wir verlieren durch diesen Umweg so viel Zeit. Wir müssen uns ranhalten!«

»Aber wir sind erschöpft, Joe«, sagte Chika. »Wir brauchen die Pause.«

»Wenn der Schöpfer der Lebensströme gewollt hätte, dass alles besonders schnell geht, hätte er sich Hochleistungssportler für diese Aufgabe ausgewählt und nicht uns. Vielleicht bist du durch deine Wanderungen mit deinem Vater so lange Fußmärsche gewohnt. Ich jedenfalls nicht«, sagte Pendo.

»Ich auch nicht«, stöhnte Chika, die sich gerade eine Blase an ihrem großen Zeh genauer anschaute.

Joe grummelte leise vor sich hin. Hoffnungsvoll schaute er zu Alon, aber der war gerade damit beschäftigt, in ein von Finn aus der Lichtalbentasche hervorgeholtes Brot genüsslich hineinzubeißen. Wie gerne wäre Joe sofort weitergegangen! Wirklich überzeugt hatten ihn die Einwände seiner Gefährten nicht. Aber was blieb ihm anderes übrig, als abzuwarten, bis die anderen sich etwas erholt hatten. Eine Viertelstunde später brachen sie wieder auf.

»Wir werden jetzt noch etwa zwei Stunden laufen, und dann suchen wir uns ein Lager für die Nacht«, ermutigte Alon die Kinder.

Als Lagerplatz wählte Alon eine kleine Freifläche im Wald aus, die im Schutz der Bäume gut verborgen war. Als sie sich hinsetzen wollten, hörten sie eine weiche, bezaubernd klingende Frauenstimme: »Aber nicht doch. Die hochgeehrten Träger der Amulette dürfen doch nicht auf dem harten Waldboden schlafen! Oh nein, das würden wir niemals zulassen. Kommt Schwestern, wir bereiten ihnen ein Lager.«

Die Gefährten schauten verwirrt in alle Richtungen und versuchten herauszufinden, wer da gesprochen hatte. Die Bäume um ihren Lagerplatz schienen auf einmal in Bewegung zu geraten. Es waren aber nicht die Baumstämme, die sich bewegten, sondern aus ihnen heraus traten Frauengestalten, die in weite Gewänder in verschiedenen Grün- und Brauntönen gekleidet waren. Eine der Frauen, die aus einem besonders großen Baum herausgekommen war und die viel älter als die anderen zu sein schien, streckte sich genüsslich.

»Oh, wie viele Hundert Jahre ist es wohl her, dass ich meinen Baumstamm verlassen habe? Das wurde aber auch höchste Zeit.« Dann schaute sie zu den Gefährten. »Verehrte Trägerinnen und Träger der Amulette, verehrter Alon, Freund der Bäume, seid willkommen in unserem Wald! Wir Waldgeister wollen euch ein Lager für die Nacht bereiten. Es ist uns eine große Ehre, euch auf eurem Weg zu unterstützen.« Da kamen auch schon die anderen Frauengestalten zurück, beladen mit großen Tüchern aus Samt und Seide, mit Holzstangen und Kissen, und bauten in Windeseile ein prächtiges Zelt auf. Wie die Waldgeister selbst waren der Zeltstoff und auch die Inneneinrichtung in Grün und Braun gehalten. Die Stoffe waren mit goldschimmernden Fäden durchwirkt und hätten in jeden Königspalast gepasst. Schließlich öffneten zwei Waldgeister das fertige Zelt und luden die Gefährten ein, einzutreten. Die alte Frau verneigte sich und sprach: »Wir wünschen euch eine erholsame Nacht in unseren Reihen. Schlaft wohl, aber achtet auch auf die Worte des Windes. Er ist der Bote des Waldes.« Glockenhell lachten die Waldgeister, als bereite ihnen das alles große Freude, und verschwanden vor ihren Augen wieder in den Bäumen.

Joe, Pendo, Chika und Finn und natürlich auch Alon standen staunend da. Es gab immer noch neue, überraschende Dinge in Gan zu erleben.

»Danke, ihr Waldgeister. Danke für eure Gastfreundschaft!«, rief Chika und die anderen taten es ihr gleich. Aus den Baumstämmen schien das glockenhelle Lachen zu dringen. Dann wurde es still und die Gefährten gingen in ihr Zelt.

Kapitel 8

Gefangene der Nacht

Die Waldgeister hatten ihnen wirklich die gemütlichsten Betten gemacht, in denen sie je gelegen hatten. Selbst die Betten der Lichtalben konnten da nicht mithalten. So schnell wie möglich kuschelten sich die Gefährten in ihre Decken und fielen in einen tiefen, von guten Baumgeistern behüteten Schlaf.

Bei Morgengrauen wurden sie mit einem Schlag wach. Sie wussten nicht, was sie geweckt hatte, aber allen klopfte das Herz bis zum Hals. Sie richteten sich auf, schauten sich fragend an und nahmen eilig ihre Waffen in die Hände. Außerhalb des Zeltes wehte ein kräftiger Wind, dessen Heulen sich seltsam anhörte.

»Ich höre eine Stimme im Wind!«, rief Chika aufgeregt. Alle lauschten gebannt. Tatsächlich, das Säuseln formte sich eindeutig zu Worten.

»Hört! Hört die Worte des Feindes!« Die Gefährten und Alon vernahmen zischende Stimmen:

»*Tzzztzzz*, wo sind bloß diese Kinder? Wir müssen sie finden. *Tzzztzzz*, Harah, unser Gebieter, der allmächtige Zerstörer, wartet auf sie. *Tzzztzzz*, schickt noch mehr Kameraden, sie zu suchen. *Tzzztzzz*, wo sind bloß diese Kinder? Es bleibt nur noch ein Ort übrig. *Tzzztzzz* … Der Zauberwald! *Tzzztzzz* …«

Der Wind legte sich, und alles wurde ruhig wie zuvor. Es dauerte einen Augenblick, bis sie begriffen hatten, welche Stimmen der Wind ihnen da zugetragen hatte – und vor allem, was sie bedeuteten.

Alon folgerte am schnellsten und sprang augenblicklich aus dem Bett: »Los, schnell! Wir müssen aufbrechen. Wenn die Schwarzalben sich in den Zauberwald vorwagen, sind wir hier nicht mehr sicher.«

Eilig packten sie ihre Sachen zusammen und verließen das Zelt. Ein letztes Mal schauten sie an den Bäumen empor und bedankten sich bei den Waldgeistern.

»Wenn wir uns beeilen, sind wir heute Nachmittag bei der Quelle. Hoffentlich rechnen die Schwarzalben nicht so früh mit unserer Ankunft, denn je weniger von diesen dunklen Gesellen dort sind, desto besser für uns.«

Den vieren schnürte es bei diesen Worten den Hals zu, denn was Alon da sagte, bedeutete auch, dass es auf jeden Fall zu einer Begegnung mit den Schwarzalben kommen würde. Fraglich war nur, auf wie viele dieser grässlichen Kreaturen sie treffen würden. Sie waren sich dieser Gefahr während ihres ganzen Weges zwar bewusst gewesen, aber die bevorstehende Auseinandersetzung machte ihnen Angst. Hatten sie überhaupt eine Chance?

Vor allem Finn schaute bekümmert drein, aber die anderen merkten es nicht. Sie waren viel zu sehr mit ihren eigenen Gedanken beschäftigt. Er quälte sich immer noch mit den Worten der Prophezeiung herum, die er mittlerweile auswendig konnte:

Der Leuchtende sich
ins Dunkel verstrickt,
vom Bösen erfüllt,
nur der Rache gewillt.
Will zerstören das Land –
Tod bringt seine Hand.

Doch einer naht,
der die Hoffnung bewahrt.
Mit des Schöpfers Kraft
trägt er die Last,
und in größter Not
wird besiegt der Tod.

Würde einer von ihnen an diesem Tag sterben? Und wenn ja, wer würde es sein? Vielleicht sogar er selbst? Finn wagte es immer noch nicht, sich den anderen anzuvertrauen, wollte sie nicht unnötig belasten. Je zuversichtlicher sie in den Kampf zogen, desto besser, dachte er sich. Ihn selbst bedrückten diese Gedanken jedoch sehr. Es verging keine Minute, in der er nicht daran denken musste.

Im Laufe des Vormittags konnten sie unbehelligt den Zauberwald durchqueren. Schließlich gelangten sie zur zweiten Brücke, von der die Wasserratte erzählt hatte, und verließen bald darauf den Wald der sprechenden Tiere und Bäume.

»So, meine Freunde, jetzt ist wieder höchste Vorsicht geboten. Vielleicht befinden sich die Schwarzalben gerade auf der Suche nach uns im Zauberwald und wir können uns hier ungestört fortbewegen, darauf verlassen können wir uns aber nicht«, sagte Alon.

»Als wir vor nicht mal einer Woche nach Gan gekommen sind, schienen mir die Bäume und Früchte so unglaublich groß und farbenfroh zu sein. Aber wenn ich sie jetzt mit dem Zauberwald vergleiche, wirken sie richtig klein, findet ihr nicht auch?«, bemerkte Joe. Seine Gefährten betrachteten nun genauer die Natur, die sie umgab. Chika schaute nach oben, um herauszufinden, ob die Bäume hier tatsächlich kleiner waren. Im selben Augenblick schrie sie plötzlich laut auf. Die anderen schafften es gerade noch, ebenfalls nach oben zu schauen, als sie schon das Netz auf ihren Gesichtern spürten: Vier Schwarzalben hatten mit Fangnetzen bewaffnet weit oben in den Bäumen gesessen und den Weg bewacht, der aus dem Zauberwald herausführte. Sie hatten es sich offenbar anders überlegt und sich gar nicht erst in den Zauberwald hineingewagt, sondern darauf gehofft, dass die Träger der Amulette diesen an einem der ihnen bekannten Zugangswege wieder verlassen würden. Und ihre Rechnung ging auf. Die Träger der Amulette und Alon waren ihnen direkt in die Falle gegangen. Festgezurrt in den Netzen konnten sie sich nicht mehr regen, geschweige denn zu ihren Waffen greifen.

Falls Schwarzalben überhaupt so etwas wie Freude empfinden konnten, war das, was sie jetzt aufführten, wohl ein Ausdruck davon. Sie sprangen mit hüpfenden Schritten und ausgebreiteten Flügeln um ihre Beute herum. Sie stierten mit ihren roten Augen auf ihre Gefangenen und züngelten mit ihren langen roten Zungen. Dabei gaben sie zischende Geräusche von sich, wie die Gefährten sie auch schon bei der vom Wind überbrachten Botschaft gehört hatten.

»*Tzzztzzz,* jetzt haben wir euch, *tzzztzzz*!«, zischte einer von ihnen. Die Schwarzalben holten lange, gefährliche Lanzen aus dem Gebüsch und bedrohten damit ihre Gefangenen. Finn, Pendo, Joe und Chika und selbst Alon stand der Angstschweiß auf der Stirn. Sie wussten vor lauter Panik überhaupt nicht mehr, was sie tun sollten, und konnten dem Spektakel der Schwarzalben nur atemlos zuschauen. Einzeln holten diese ihre Gefangenen aus dem Netz heraus und fesselten ihre Hände. Dabei achteten sie genauestens darauf, nicht die Kleidung der Träger der Amulette und die Waffen, die die Lichtalben ihnen geschenkt hatten, zu berühren. Jedes Mal, wenn ihnen einer der Gegenstände zu nahe kam, sprangen sie zischend zurück und hielten ihren Gefangenen drohend ihre Lanzen an den Hals.

»*Tzzztzzz*, los geht's. Wir bringen sie zur Höhle und rufen dann Harah, unseren Gebieter. Er wird uns reich belohnen, *tzzztzzz*.«

Sie führten die Gefangenen mit ausgestreckten Lanzen weiter den Weg entlang, bis sie zu einer der unzähligen Höhlen kamen, die es in Gan gab. Mit den Lanzen schubsten sie die Gefährten durch den Eingang hinein und dann durch eine kleinere Öffnung in einen dunklen Innenraum. Mit einem mächtigen Stein verschlossen sie das Gefängnis von außen.

Erst jetzt, im Dunkeln, wagten die Freunde, sich zu regen. Die Angst, die sie sonst beim Anblick der Schwarzalben empfunden hatten, war in der direkten Begegnung mit ihnen zur Panik angewachsen. Sie brauchten Zeit, um ihre Stimmen wiederzufinden.

»Sie sind so schrecklich«, jammerte Chika. »Diese eklige, schuppige Haut!«

»Diese lange rote Zunge! Und diese rot glühenden Augen! Davon werde ich mein ganzes Leben träumen. Grauenhaft«, schnaufte Finn. Er hatte in der Gegenwart der Schwarzalben kaum gewagt, Luft zu holen und musste erst mal wieder zu Atem kommen.

Nach und nach beruhigten sie sich und konnten wieder klarere Gedanken fassen.

»Ich dachte, wir würden irgendwann richtig gegen die Schwarzalben kämpfen. Aber jetzt haben sie uns schon gefangen genommen, bevor wir überhaupt irgendwas tun konnten«, sagte Joe ernüchtert.

»Lasst uns erst mal versuchen, die Fesseln loszuwerden. Das müsste doch gehen«, sagte Alon beschwichtigend. Da die Schwarzalben ihnen die Hände nicht hinter dem Rücken, sondern nur vorne zusammengebunden hatten, waren sie sie tatsächlich schnell los.

»Da haben die Piraten sich mit dem Fesseln aber mehr Mühe gegeben. War doch seltsam, wie umständlich die uns zusammengeknotet haben, oder?«, wunderte sich Chika.

»Ist dir nicht aufgefallen, wie bemüht sie waren, unsere Kleidung und unsere Waffen nicht zu berühren?«, erwiderte Finn.

»Doch, doch, ich habe mich auch schon gewundert.«

Alon mutmaßte: »Ich denke, sie wollten nichts berühren, was mit den Lichtalben zu tun hat. Unsere Waffen und vermutlich auch eure Kleider sind von Lichtalben hergestellt worden. Es schien fast, als ob ihnen etwas geschehen würde, wenn sie mit diesen Gegenständen in Berührung kommen. Darum haben sie uns zusammen mit den Sachen in die Höhle gesteckt. Wie sollten uns auch Schwerter an diesem Ort helfen? Es wird sich wohl kaum lohnen, gegen das Felsgestein zu schlagen.«

Chika, die die Dunkelheit nicht leiden mochte, griff in ihre Tasche und holte einige Kerzen und Streichhölzer heraus. Als das Licht die Höhle erfüllte, schien der ganzen Gruppe die Situation nicht mehr ganz so ausweglos zu sein.

»Vielleicht wurde diese Höhle ja mal von Bergmännchen gebaut; dann müsste es doch noch einen zweiten Ausgang geben – wie in der Höhle, in der wir gegen die bösen Zwerge gekämpft haben, oder?«, überlegte Pendo.

»Wenn die Schwarzalben nicht genauso so dumm wie hässlich sind, werden sie das wohl kontrolliert haben. Aber wir können mal nachschauen«, meinte Finn. Die Gefährten standen auf und liefen mit den Kerzen in der Höhle umher. Sie schauten in alle Ecken und Winkel, konnten aber keinerlei Hebel oder auffällige Steine entdecken.

»Alfrigg hatte sich damals vor die Steine gestellt und einen Satz gesagt, auf den hin sich die Wand geöffnet hatte. Wie ging der noch gleich?« Pendo grübelte, aber die Worte wollten ihr nicht einfallen.

Joe schaute auf und sagte: »Ich glaube, ich weiß sie noch. Er sagte: ›Welt der Bergmännchen, öffne dich! Alfrigg erbittet Einlass.‹ Ich probiere es mal.« Joe wiederholte den Satz exakt so, wie Alfrigg ihn gesagt hatte, aber nichts geschah.

»Wenn es einen Zauber in der Wand gibt, wird er natürlich bemerken, dass du nicht Alfrigg bist«, gab Alon zu bedenken.

»Dann probiere ich es mal mit meinem Namen«, meinte Pendo. »Welt der Bergmännchen, öffne dich! Pendo erbittet Einlass.« Es passierte wieder nichts.

»Nein, so kommen wir hier nicht raus«, sagte Chika enttäuscht.

Finn lenkte ihre Überlegungen in eine ganz andere Richtung: »Ich frage mich die ganze Zeit, wer dieser Harah ist. Schon zweimal haben wir diesen Namen gehört. Das erste Mal, als der Wind uns das Gespräch der Schwarzalben zugetragen hat, und eben schon wieder. Harah, der Gebieter. Harah, der Zerstörer. So nennen sie ihn.«

»Obwohl ich mein ganzes Leben in Gan verbracht habe, kenne ich diesen Namen nicht. In einer alten Sprache unseres Landes, die früher einmal hier gesprochen wurde, bedeutet das Wort Harah *das Böse*. Das würde gut zu dem Anführer der Schwarzalben passen«, erklärte Alon.

»Bevor wir uns den Kopf über den geheimnisvollen Harah zermartern, sollten wir lieber überlegen, wie wir hier herauskommen«, schlug Pendo vor. »Immerhin wurden uns die Schätze Gans anvertraut. Wie sieht es damit aus?«

»Du hast vollkommen recht«, wunderte sich Alon und lachte auf. »Wir laufen durch diese Höhle, suchen nach geheimen Ausgängen, sagen geheimnisvolle Sprüche auf – und vergessen vor lauter Eifer die Schätze von Gan!«

»Mit der Kerze Orah können wir hier nichts anfangen«, stellte Joe fest. »Welche Wahrheit sollte hier schon ans Licht kommen?«

»Der Diamant Marah ist auch keine Hilfe … Aber bestimmt der Spiegel! Chika, hole ihn doch mal heraus«, sagte Pendo.

Aber es ging Chika wie schon das letzte Mal, als sie den Spiegel um Rat fragte. »Nichts, ich kann wirklich nichts sehen. Ich vermute, dass er uns nur Auswege zeigen kann, die für das menschliche Auge zwar verborgen, aber eigentlich schon da sind. In der letzten Höhle hatte er mir ja den Weg gezeigt und die Stelle, auf die ich meine Hand legen musste. Aber eine solche Stelle gibt es hier wohl nicht. Schade.«

»Dann bleibt nur noch die Feder des silbernen Pelikans Äbrah«, sagte Finn hoffnungsvoll. »Ich dachte schon, sie würde auf unserem Weg gar nicht mehr gebraucht werden.« Er griff in seine Tasche und holte das goldene Etui heraus, öffnete es und nahm ehrfürchtig die wunderschöne silberne Feder in die Hand. Mehrere Minuten streckte er sie in die Höhe, alle schauten gebannt um sich, aber es wollte einfach nichts geschehen. Die erwartete Hilfe kam nicht.

»Die Feder ist wohl nicht der richtige Weg, um hier herauszukommen«, stellte er enttäuscht fest und verstaute sie wieder in seiner Tasche. »Nebijah meinte, ich solle sie in größter Not nach oben halten, dann würde Hilfe kommen. Entweder sind wir noch nicht in größter Not oder sie funktioniert nicht.«

»Wir haben aber sonst nichts«, sagte Chika. »Mit den Schwertern und mit Pfeil und Bogen werden wir ja wohl nicht auf die Felsen einschlagen wollen.«

»Wie schade! Da habe ich mich wohl zu früh gefreut«, meinte Alon und verschränkte enttäuscht die Arme.

Schweigend saßen sie in der Höhle. Es blieb ihnen gar nichts anderes übrig, als auf Harah, den Zerstörer, zu warten. Wie hatten sich die Schwarzalben gefreut, ihrem bösen Herrn die Nachricht überbringen zu können! Was würde dieser Harah wohl mit ihnen machen? Egal, ob er ihnen nur die Amulette wegnehmen würde oder sogar jemanden töten, das Ergebnis wäre dasselbe: Gan würde für immer zerstört – und damit auch die Welt der Kinder ... Angst machte sich erneut in den Herzen der Gefährten breit. Selbst Alon wusste keinen Rat mehr und schaute schweigend gegen die Wand. Es musste doch irgendwie möglich sein, das Blatt noch einmal zu wenden und aus dieser Höhle herauszukommen!

In Finns Kopf begannen sich die Ereignisse der letzten Tage zu sortieren. So vieles war in dieser kurzen Zeit geschehen. Gab es irgendetwas, was er bekommen oder gehört hatte, das ihnen jetzt nützlich sein könnte? Er ging alle Gespräche durch, die sie mit Nebijah, mit Menschen, Bergmännchen, Lichtalben, Tieren und Waldgeistern geführt hatten. Dann erinnerte er sich an die Beschreibung des Landes Gan, die ihnen die Lichtalben gegeben hatten. Nebenbei hatten sie die sprechenden Tiere und magischen Gestalten erwähnt. Keiner hatte geglaubt, dass es sie noch geben würde, aber sie hatten einige von ihnen im Zauberwald kennengelernt. Auf einmal kam Finn eine Idee. Die Lichtalben hatten auch von der früheren Fähigkeit der Menschen erzählt, durch Wände zu gehen. Sie konnten es damals wohl genauso wie Bergmännchen und Lichtalben heute noch. Vielleicht würde es ihm ja gelingen? Zumindest schienen Menschsein und die Fähigkeit, durch Wände zu gelangen, in Gan kein Widerspruch zu sein. Er erinnerte sich an die Worte, die er in dem Buch der Lichtalben gelesen hatte. Dort wurde erklärt, wie sie es machten.

Finn wollte es zu gern ausprobieren, wagte es aber nicht, den anderen davon zu erzählen. Er stellte sich vor, wie vor allem Joe Witze über ihn machen und Alon den mitleidigen Blick des Erwachsenen auflegen würde, wenn ein Zwölfjähriger etwas vollkommen Verrücktes tun will. Deshalb ging Finn zur Höhlenwand und tat, als wolle er sich die Beine etwas vertreten. Schweigend schaute er vor sich und sehnte sich mit all seiner Kraft nichts mehr herbei als die rettende goldene Kugel. Tränen stiegen ihm vor Anstrengung in die Augen. Er hatte das Gefühl, vor Anspannung gleich ohnmächtig zu werden, als es auf einmal tatsächlich geschah: Vor seinen Augen entstand eine goldene Kugel, genauso, wie er es bei Alfrigg und Nebijah mehrere Male gesehen hatte. Er schloss die Augen und stand in Sekundenschnelle auf der anderen Seite der Wand im vorderen Teil der Höhle.

Finn war vollkommen durcheinander. Es war ihm tatsächlich gelungen! Er war auf der anderen Seite. Schnell schaute er sich um, ob ihm irgendwo ein Schwarzalb auflauerte. Da hörte er zwei zischende Stimmen vor dem Eingang der Höhle. Vorsichtig schlich er sich näher heran. Leider konnte er ihre Worte nicht verstehen, aber offensichtlich waren nur noch zwei der finsteren Gestalten hier und hielten Wache. Vermutlich waren die beiden anderen losgezogen, um ihren Gebieter zu holen. Vorsichtig kroch Finn wieder tiefer in die Höhle hinein. Er würde sich niemals trauen, mit seinem Schwert alleine gegen die beiden zu kämpfen. Vollkommen aussichtslos wäre das. Stattdessen entschied er sich, zu den Gefährten zurückzukehren. Vielleicht würde er es ja schaffen, mit ihnen gemeinsam durch die Wand zu gelangen. Wieder stellte er sich vor die Wand, konzentrierte sich auf die goldene Kugel und schon etwas schneller entstand sie vor seinen Augen. Im Nu war er zurück im dunklen Gefängnis.

Seine Freunde starrten ihn mit großen Augen an, als er wieder erschien. Alle begannen gleichzeitig auf ihn einzureden und wollten wissen, was geschehen war. Noch ganz aufgeregt erklärte Finn, was er in der Bibliothek gelesen hatte und wie er es ausprobieren wollte. Offensichtlich mit Erfolg.

Die anderen klopften ihm anerkennend auf die Schulter und Alon staunte: »Ein Mensch, der durch die Wände geht wie ein Lichtalb. Wer hätte das gedacht!« Er fasste sich ans Kinn und grübelte: »Das könnte natürlich unsere Lage entscheidend verändern.«

»Ja, klar!«, jubelte Chika. »Vielleicht schaffen wir es ja, gemeinsam auf die andere Seite der Wand zu kommen.«

»Einen Versuch ist es jedenfalls wert«, stimmte der Waldhüter zu. »Hast du gesehen, Finn, wie viele Schwarzalben dort draußen sind?«

»Draußen vor dem Höhleneingang stehen wohl zwei Schwarzalben. Die beiden anderen sind bestimmt direkt zu diesem Harah geflogen. Ich frage mich, ob wir eine Chance gegen die beiden haben.«

»Mit zwei von diesen ekligen Biestern können wir es wohl aufnehmen«, stellte Alon fest. Die anderen atmeten tief ein, schoben alle Ängste und Zweifel zur Seite und nickten mit fest zusammengepressten Lippen.

So, wie sie es mit Alfrigg immer getan hatten, stellten sie sich nun in einem Kreis vor der Felswand auf und hielten sich an den Händen fest. Finn konzentrierte sich auf die goldene Kugel, und er selbst war mehr als alle anderen überrascht, wie schnell sie erschien und wie groß sie wurde. Es dauerte wirklich nur Sekunden und sie fanden sich alle im vorderen Raum der Höhle wieder.

Alon hielt einen Finger vor den Mund und mahnte die Gefährten, die natürlich vollkommen begeistert von dieser Aktion waren, zur absoluten Ruhe. Leise zogen sie die Schwerter hervor. Alon spannte einen Pfeil in seinen Bogen, und gemeinsam schlichen sie zum Eingang der Höhle. Der Waldhüter gab ein Kommando, und alle sprangen gleichzeitig in den Höhleneingang. Vollkommen überrascht fuhren die zwei Schwarzalben hoch. Alon schoss sofort einen Pfeil ab, und der erste Schwarzalb ging zu Boden. Die Kinder, die noch nie zuvor mit einem Schwert gekämpft hatten, wagten es nicht, auf das zweite gespenstische Wesen loszugehen, stattdessen umzingelten sie es. Verzweifelt versuchte sich der Schwarzalb mit seiner Lanze zu verteidigen. Pendo schlug mit ihrem Lichtalbenschwert auf die Stange, die sofort in tausend Stücke zerbrach. Gleich darauf ging Joe mutig einen Schritt vorwärts und traf den Schwarzalb mit seinem Schwert an der Schulter. Aus der Wunde floss eine widerlich stinkende grüne Flüssigkeit. Schwarzalbenblut! Hasserfüllt zischte der Schwarzalb die Gefährten an, die ihn von allen Seiten bedrängten.

»Igitt, Schwarzalbenblut«, sagte Chika angewidert, der bei dem Geruch speiübel wurde.

Nun wandte sich Alon, der noch nachgesehen hatte, ob der eine Schwarzalb wirklich tot war, ebenfalls dem zweiten zu und richtete seinen Bogen auf ihn. Finn, Pendo, Chika und Joe traten erleichtert einen Schritt zurück. Der Schwarzalb nutzte den Moment. Bevor Alon seinen Pfeil abschießen konnte, spannte die dunkle Kreatur unvermittelt ihre Flügel auf und versuchte, davonzufliegen. Der Waldhüter schoss ihr einen Pfeil hinterher, traf sogar einen Flügel, aber der Schwarzalb war schneller und schaffte es, zu fliehen.

Die Gefährten ließen ihre Schwerter sinken und wollten gerade erleichtert aufatmen, als sie hinter sich ein zischendes Geräusch hörten.

»Oh nein, da ist ja noch ein Schwarzalb«, schrie Finn. Da warf der dritte schon seine Lanze und traf Alon an der Seite, der sofort stöhnend in die Knie ging. Voller Wut stürmten die Kinder nun auf den Schwarzalb zu. Alle Furcht war vergessen. Mit voller Kraft stießen sie mit ihren Schwertern, die sich auf seltsame Weise wie von alleine im Kampf bewegten, auf den Schwarzalb ein. Ungläubig war dieser eine Sekunde zu lange stehen geblieben. An vier Stellen rann das stinkende Grün aus ihm heraus. Erschrocken starrte er mit einer hässlichen Grimasse auf seine Wunden und brach zusammen. Bevor er starb, zischte er den Namen Harahs aus seinem blutüberströmten Mund. Der Schwarzalb war tot.

Sofort rannten die vier Freunde zu Alon. Mit schmerzverzerrtem Gesicht blickte er sie an und sagte mit leiser Stimme: »Danke!«

»Ach Alon«, schluchzte Chika und streichelte dem Waldhüter zärtlich über den Arm.

Als sie sich einigermaßen gefasst hatten, forderte Pendo den Waldhüter auf, seine Verletzung zu zeigen. Alon zog sein Hemd hoch und ließ sie die Wunde begutachten. Pendo ekelte sich etwas, schaute aber tapfer hin.

»Die Wunde sieht nicht so tief aus«, sagte sie zögerlich. »Ich werde sie mit Lichtalbenmedizin behandeln. Die scheint am besten zu helfen.«

Die Gefährten holten die verschiedenen Fläschchen aus ihren Taschen, die ihnen auf Schloss Birah mit auf den Weg gegeben wurden, und entschieden sich dann für *Elnirpa – bei offenen Verletzungen.* Pendo trug die Salbe so gut sie konnte auf und legte einen Verband an.

»Wir müssen schnell aufbrechen«, keuchte Alon. »Wenn der verletzte Schwarzalb zu seiner Meute kommt, werden sie sich noch mehr beeilen, um diesen Harah hierherzubekommen.«

»Kannst du denn überhaupt laufen?«, fragte Finn mit zweifelndem Blick auf Alons Wunde. Der Verband färbte sich schon rot.

»Ich werde es versuchen. Es muss gehen. Vielleicht könnt ihr mich ja etwas stützen.«

Mithilfe der Kinder stand Alon auf, und so schnell wie möglich verließen sie den Ort des schaurigen Geschehens.

Kapitel 9

Harah, der Zerstörer

Alon war schwerer verletzt, als sie zunächst vermutet hatten. Durch die Lichtalbenmedizin hörte die Wunde zwar bald auf zu bluten, aber die Schmerzen ließen den kraftstrotzenden Waldhüter bald wie einen alten klapprigen Mann aussehen. Er stützte sich auf die Schultern von Finn und Joe und bat immer wieder um eine kleine Pause.

Seit die Gefährten ihn zufällig im Wald kennengelernt hatten, war er immer an ihrer Seite gewesen. Auf sein Urteil hatten sie sich stets verlassen und seiner Führung blind anvertrauen können. Er war ihr wichtigster Mitstreiter auf dem langen Weg, den sie bisher zurückgelegt hatten. Er gab ihnen das Gefühl von Sicherheit und Kraft. Aber jetzt war alles anders: Sie waren nun diejenigen, die ihren erwachsenen Gefährten ermutigen und stärken mussten. Regelmäßig gaben sie ihm von den stärkenden Tränken, die sie auf Schloss Birah erhalten hatten. Alon fühlte sich dann für einige Minuten auch besser, aber die Wirkung hielt einfach nicht lange genug an, um einen weiten Fußmarsch durchhalten zu können. In den Mädchen und Jungen wuchs die Verzweiflung. Was sollten sie bloß mit ihrem Freund machen? Wie könnten sie ihm bloß helfen? Sie versuchten, diese Gedanken vor Alon zu verbergen, schließlich wollten sie ihn nicht noch mehr belasten. Vorsichtig fragte Finn: »Wie weit ist denn noch der Weg bis zur Quelle der Lebensströme?«

»Wenn wir ein normales Tempo gehen könnten, bräuchten wir höchstens noch zwei Stunden«, sagte Alon stockend. Die Gefährten merkten ihm bei jedem Wort die Schmerzen an, die ihm das Laufen und das Sprechen bereiteten. Betreten schauten sie nach unten, denn ihnen wurde klar: Er würde diesen Weg nicht schaffen …

Als sie wieder eine Pause einlegen mussten, machte Pendo eine beunruhigende Beobachtung: »Merkt ihr auch, wie die Natur sich verändert hat?«

»Jetzt, wo du es sagst, fällt es mir auch auf«, sagte Chika verwundert: »Je weiter wir gehen, desto trostloser sieht alles aus. Die Bäume verlieren ihre Blätter wie im Herbst, die Beeren hängen vertrocknet an den Sträuchern und die Vögel singen nicht mehr.«

»Stimmt!«, sagte Joe. »Es ist, als wäre der Wald mitten im Sommer gestorben.«

Alon betrachtete traurig die Veränderung seines geliebten Waldes. »Früher war hier der Wald prächtiger als an jedem anderen Ort. Die Nähe zur Quelle schien ihm eine besondere Schönheit und Lebenskraft zu verleihen. Aber nun …« – Alons Stimme stockte – »… nun ist die Quelle versiegt. Sie verbreitet keine Lebenskraft mehr.«

Da wurde es Finn schlagartig klar: »Wir sehen hier, was sich bald im ganzen Land, ja überall auf der Welt ausbreiten wird! Alles verliert seine Kraft. Die Welt stirbt. So stelle ich mir vor, was Nebijah uns über die Folgen erzählt hat, die das Versiegen der Quelle mit sich bringen würde.«

Niedergeschlagen schauten sie auf die sterbende Natur. Würde es wirklich bald überall so aussehen – auch bei ihnen zu Hause?

»Ein Grund mehr, sich zu beeilen. Wir müssen es schaffen, die Quelle wieder zum Fließen zu bringen. Wir müssen einfach!«, sagte Pendo verbissen.

»Ja, wir müssen!«, stimmten die anderen ihr zu. Sie alle hatte ein unbändiger Zorn über die Ausmaße der Zerstörung dieser wundervollen Landschaft gepackt. Doch da wurde Alon sehr ernst.

»Kinder, wir dürfen uns nichts vormachen. Wenn ihr mich mitschleppt, werdet ihr nicht ans Ziel kommen. Ihr müsst alleine weitergehen.«

»Aber Alon, wie sollen wir es ohne dich schaffen?«, fragte Chika.

»So, wie es um mich steht, wäre ich für euch keine Hilfe. Außerdem – der Erfolg eurer Aufgabe hängt gewiss nicht von mir ab. Der Schöpfer der vier Lebensströme muss euch beistehen. Nur mit ihm könnt ihr das Wunder vollbringen.«

Finn, Pendo, Joe und Chika wollten ihm widersprechen, aber der Waldhüter duldete keine Widerrede. »Nein! Geht! Ich kann nicht weiter. Wenn ich mich etwas erholt habe, versuche ich nachzukommen. Vielleicht kann ich mit meinem Bogen den einen oder anderen schwarzen Vogel vom Himmel schießen.« Die vier Gefährten mussten trotz aller Sorge über Alon schmunzeln. Er würde für sein Land wirklich alles geben.

»Du hast recht. Es bleibt uns keine andere Wahl«, sagte Joe schließlich in entschiedenem Ton. Er hatte zwar Angst, die letzte Strecke ohne Alon zurücklegen zu müssen (auch wenn er das vor den andern natürlich niemals zugegeben hätte), aber jetzt hatte er nur noch das Ziel im Blick: Die Quelle der vier Lebensströme musste wieder zum Fließen gebracht werden. Die drei anderen nickten mit Tränen in den Augen. Sie konnten nichts sagen; ihnen tat Alon furchtbar leid. Außerdem spürten sie, wie bei dem Gedanken, ohne ihn weitergehen zu müssen, Panik in ihnen aufstieg.

Alon sagte: »Es geht wirklich nicht anders. Folgt immer diesem Weg, er führt euch direkt zur Quelle. Umwege machen jetzt eh keinen Sinn mehr, denn die Schwarzalben haben uns vermutlich nur noch nicht entdeckt, weil die meisten von ihnen an den Ausgängen des Zauberwaldes postiert waren oder weil sie uns noch für gefangen halten. Aber spätestens, wenn sie von unserer Flucht hören, werden sie alle hierher eilen. Gebt acht und tragt eure Kapuzen tief übergezogen. Eure Umhänge sind immer noch der beste Schutz, den ihr jetzt habt.« Alon musste kurz verschnaufen und neue Kräfte sammeln, bevor er weitersprechen konnte: »Am Ende des Waldes stoßt ihr auf eine große Lichtung. In ihrer Mitte, auf einem kleinen Hügel, steht eine wunderschöne Statue einer Frauengestalt. Sie trägt in ihrer Hand eine Schale, aus der einst das Quellwasser sprudelte. Daneben, unter einem Pavillon, seht ihr den Tisch, von dem euch die Hüterin der Lebensströme erzählt hat. Nun geht, ihr Träger der Amulette. Der Schöpfer der vier Lebensströme sei mit euch!«

Die Gefährten ließen ihm noch etwas von der Lichtalbenmedizin zurück und verabschiedeten sich tränenreich von ihrem besten Freund in Gan, denn ein Freund war er ihnen wirklich geworden.

Schweren Herzens liefen sie durch die immer kümmerlicher aussehende Landschaft. Es hatte tatsächlich keinen Sinn mehr, sich unter Bäumen oder Büschen zu verstecken. Sie waren inzwischen alle so sehr vertrocknet, dass es ein Leichtes war, durch sie hindurchzublicken. Während des ganzen Weges sahen sie keinen Schwarzalb. Sie hofften bereits, ungeschoren ihr Ziel erreichen zu können. Vielleicht hatte der verletzte Schwarzalb es nicht mehr geschafft, seine Botschaft von der Flucht der Gefährten zu überbringen?

»Da vorne hört der Wald auf«, rief Chika. »Ob wir da gleich die Lichtung mit der Statue sehen?« Alle vier rannten los, blieben aber abrupt beim letzten Baum stehen. Die Landschaft, die sich vor ihren Augen erstreckte, war zwar verdorrt und ausgestorben, aber immer noch von erstaunlicher Anmut. Die Lichtung war kreisförmig und schien mehrere Hundert Meter zu messen. In der Mitte befand sich die kleine Anhöhe mit einer großen, majestätisch wirkenden Statue. Sie war aus einem leuchtend weißen Stein gehauen und stellte eine Frau mit einem langen Kleid dar. Ihre Haare waren hochgesteckt und ihre Augen nach oben gerichtet. Ihre linke Hand hielt sie mit nach oben geöffneter Handfläche ausgestreckt in die Höhe, als ob sie von dort etwas empfangen würde, und in ihrer rechten hielt sie eine große Schale. Unterhalb der Schale begannen vier Kanäle, die wie die Pfeile auf einem Kompass in die vier Himmelsrichtungen zeigten und im angrenzenden Wald verschwanden. Von hier aus ergoss sich einst das Leben spendende Wasser der Quelle in alle Ecken des Landes Gan.

Der Pavillon unterhalb der Statue war ebenfalls aus weißem Stein erbaut. Seine filigranen Säulen und das leicht geschwungene Dach wirkten auf die Entfernung geradezu zerbrechlich. Darunter standen der Tisch und die vier Stühle, die genauso aussahen wie ihre Gegenstücke in dem Haus, in dem sie in Gan angekommen waren. Wären das Gras und die Bäume grün gewesen und das Wasser aus der Quelle geflossen, hätte es vermutlich keinen schöneren und friedlicheren Anblick gegeben. Nun aber wirkte alles furchtbar gespenstisch, denn von Leben war hier keine Spur mehr.

»Wir dürfen keine Zeit verlieren«, mahnte Joe. »Vielleicht schaffen wir es tatsächlich, vor den Schwarzalben zu dem Tisch zu kommen.« Die vier Gefährten holten tief Luft, schauten sich ernst in die Augen und rannten gemeinsam los, immer geradeaus auf den Pavillon zu. Je näher sie ihrem Ziel kamen, desto stärker wurde ihre Hoffnung, das Ziel ihres Abenteuers wirklich erreichen zu können. Gleich würden sie die Amulette in den Tisch legen und Gan, ja die ganze Welt damit retten. Das Leben auf der Erde bliebe in seiner Schönheit erhalten. Es käme nicht zur Herrschaft der Schwarzalben.

Anfangs bemerkten sie noch nicht die Schatten neben der Statue; das gleißende Sonnenlicht stach ihnen zu sehr in die Augen. Erst beim Näherkommen wurde für sie sichtbar, was sich da direkt vor ihnen abspielte: Links und rechts neben der Statue bewegte sich etwas. Die Schritte der Gefährten wurden langsamer, und sie erkannten die dunklen Gestalten, die nun hinter der Statue hervortraten. Es waren Schwarzalben. Jeder von ihnen hielt eine Lanze in der Hand. In ihrer Mitte, direkt vor der Statue, stellte sich ein großer Mann mit langen Haaren auf. Gekleidet war er in ein bis zum Boden reichendes schwarzes Gewand. Seine Haut und sein Haar waren seltsam fleckig, größtenteils dunkel, ja fast schwarz, aber an manchen Stellen war die Haut ganz hell, nahezu weiß. Die Augenfarbe des Mannes war dunkel. Finster schaute er auf die Träger der Amulette herab. Seine Zunge bewegte sich hektisch hin und her, ganz ähnlich wie die hässlichen schlangenförmigen, roten Zungen der Schwarzalben, die immerzu züngelten. Die vier Freunde blieben abrupt stehen. Was sollten sie nun tun? Gänzlich ungeschützt standen sie auf dem riesigen Platz vor der Statue, und nicht weit vor ihnen stand Harah, der Zerstörer, der Gebieter der Schwarzalben. Wer sonst sollte es sein?

Finn, Pendo und Chika überlegten schon, ob sie nun aufgeben sollten, als Joe sein Schwert zog. Er würde kämpfen, egal, was jetzt passierte. Das war ihm klar. Da begann Harah, laut zu lachen. Es war ein böses, triumphierendes Lachen. Wer sollte ihn noch daran hindern, die Herrschaft über Gan, ja über die ganze Welt anzutreten? Dieser kleine Junge wohl kaum.

»Habt ihr wirklich geglaubt, mich schlagen zu können?« Harahs Stimme klang tief und voll, fast schön. Aber hinter dem schönen Klang spürten die Gefährten den ganzen Hass dieser seltsamen Gestalt. »Ihr jämmerlichen Menschenkinder wollt Harah besiegen? Mit ein paar Lichtalbenwaffen? Da habt ihr euch aber getäuscht. Ich, Harah, bin der Stärkere. Ich habe die Macht über die Welt in meinen Händen.«

Die Gefährten hatten keine Idee, wie sie nun reagieren sollten.

»Gebt mir die Amulette. Los!«, herrschte Harah sie an, »Und dann kniet vor mir nieder.«

Die vier fassten erschreckt an ihre Amulette. Nein, niemals würden sie diese kampflos übergeben. So lange sie die Amulette bei sich trugen, gab es immer noch Hoffnung.

Auch Finn, Pendo und Chika zogen nun ihre Schwerter und schrien gemeinsam mit Joe: »NIEMALS!«, und schauten ihrem Feind direkt in die Augen.

Für Harah und die Schwarzalben hätte wohl nichts komischer sein können. Die Menschenkinder hatten offensichtlich keine Chance. Nichts war leichter, als ihnen die Amulette abzunehmen. Eine Gruppe von Schwarzalben setze sich dann auch gleich in Bewegung und marschierte mit ihrem tänzelnden Gang, über den man unter anderen Umständen wohl laut gelacht hätte, auf sie zu.

Mit einem Mal blieben sie jedoch abrupt stehen und begannen, aufgeregt miteinander zu tuscheln. Harah mit seiner Meute schien in Aufregung zu geraten und schaute wütend über die Träger der Amulette hinweg in Richtung des angrenzenden Waldes. Verwirrt drehten sich die Träger der Amulette um. Da sahen sie aus dem Wald unzählige Gestalten hervortreten. Lichtalben und Menschen mit Waffen in den Händen, aber auch Bergmännchen, Tiere und Waldgeister waren dabei. Chika erkannte in der Menge sogar ein weißes Einhorn und auch einen Bären. Es war eine richtige Armee, die da aus dem Wald trat. Eine Armee, zusammengesetzt aus den unterschiedlichsten Bewohnern Gans.

Nach ihrer ersten Begeisterung schauten die Gefährten schnell wieder zu Harah zurück. In seinen Augen erkannten sie großes, ungläubiges Erstaunen. Sogar seine Zunge hatte vor Schreck zu zucken aufgehört. Das Volk von Gan stellte sich hinter den Jungen und Mädchen auf. Harah sagte immer noch kein Wort. Voller Hass blickte er auf sie herab.

Nach einer Weile, die ihnen wie eine Ewigkeit vorkam, sprach er mit eiskalter Stimme zu der Menge: »Seit wann laufen die Bewohner Gans wie Soldaten herum? Ich dachte immer, ihr wärt ein friedliches Volk. Hat sich das geändert, seit ich euch verlassen habe?«

In der Menge, die bis dahin geschwiegen hatte, erhob sich ein Gemurmel. Wer war dieser Harah? Nach einer bedrückenden Weile fragte einer der Lichtalben verblüfft: »Me'ir, bist *du* das?«

»Me'ir?« Harah lachte. »Me'ir gibt es nicht mehr. *Der Leuchtende* ist tot. Für immer. Nein, ich bin jetzt Harah. Ich bin zurückgekommen, um dieses Land zu zerstören. Ihr habt mich verachtet und verbannt. Deshalb werde ich alles Licht auslöschen, alle Fruchtbarkeit austilgen. Ja, ich werde euch alle vernichten!« Er ließ wieder sein heimtückisches Lachen hören.

Finns Gedanken überschlugen sich. Was hatte Harah da gesagt? »*Der Leuchtende* ist tot?« Sofort kamen ihm die Worte der alten Prophezeiung in den Sinn:

Der Leuchtende sich
ins Dunkel verstrickt.

Hier stand nun derjenige, von dem die Prophezeiung erzählte. Me'ir, der Leuchtende, hatte sich ins Dunkel verstrickt. Es war tatsächlich kaum noch etwas Helles an ihm. Der strahlende Lichtalb, der er einst gewesen sein musste, war finster geworden, er war im Begriff, ein Schwarzalb zu werden. Hatte Alon nicht gesagt, der Name Harah würde *das Böse* bedeuten? Wie Puzzleteile setzten sich die verschiedenen Gedanken zusammen. Da wurde ihm schlagartig klar: Der entscheidende Moment war gekommen. In der Prophezeiung hieß es weiter:

Vom Bösen erfüllt,
nur der Rache gewillt.
Will zerstören das Land –
Tod bringt seine Hand.

Harah wollte Rache. Er wollte nicht nur die Zerstörung Gans, er wollte den Tod dieses Landes. Aber wer sollte dem Land diese Last abnehmen? Wer würde den Tod besiegen, und wie? Finn verstand die Worte immer noch nicht.

Ein Lichtalb, den Finn aus der Versammlung mit dem Rat der Lichtalben kannte, ergriff das Wort: »Ist dein Hass gegen uns wirklich so groß, dass du alles, was dir früher wichtig war, zerstören willst? Einst warst du ein Vorbild für uns Lichtalben. Du warst wie der leuchtende Morgenstern, der uns den Weg gewiesen hat.«

»Wenn ihr mich nicht aus Gan vertrieben hättet, wäre ich das auch geblieben«, sagte Harah.

»Selbst wenn wir dich aus unserer Gemeinschaft nicht verstoßen hätten, wärst du gewiss kein Vorbild mehr für uns, denn deine Pläne hätten unser Land zerstört.«

»Zerstört?«, sagte Harah mit finsterer Miene. »Ich wollte für unser Land nur den Platz, der ihm zusteht. Heraus aus dem Verborgenen wollte ich es führen. Die Menschen auf der ganzen Erde sollten *uns*, den strahlenden Lichtalben, endlich die Ehrfurcht entgegenbringen, die uns gebührt.«

»Wir waren dir doch vollkommen egal!«, gellte die Stimme einer Lichtalbenfrau über die Menge. »Du wolltest die Herrschaft über die Menschen, ja über die ganze Erde, und wir sollten dich dabei mit Waffen unterstützen. Aber wir haben dich durchschaut. Du warst Gift für uns, für das ganze Land. Du hättest nur Zerstörung gebracht.«

Harahs Augen wurden zu schmalen Schlitzen, aber mit betörend freundlicher Stimme sagte er: »Nun denn, damals jedenfalls hätte ich vielleicht euer Leben verschont. Ihr hättet mir dienen dürfen. Aber nun habe ich mir andere Gefährten gesucht, die mir treu zur Seite stehen. Auch ihnen wurde einst der Zugang nach Gan verwehrt.« Die Schwarzalben begannen aufgeregt zu zischen und zu hopsen. Ihre Augen und Zungen schienen röter denn je zu sein. »Ihr habt recht, meine Brüder«, sagte Harah leise. »Wir sollten nun unser Werk vollbringen.« Sein Blick wanderte zu den Trägern der Amulette. Kopfschüttelnd sagte er: »Ihr habt uns wirklich viel Mühe gemacht in den vergangenen Tagen, wisst ihr das? Aber umsonst.« Siegesgewiss grinste Harah in die Runde. Die Gefährten starrten ihn mit vor Zorn funkelnden Augen an. Da trat Davina aus der Menge hervor.

»Lass die Kinder frei! Sie sind doch unschuldig.«

Harah lachte gehässig auf und musterte höhnisch die Menschenfrau, die da mutig vor ihn trat. Unvermittelt hielt er inne und schaute Finn mit unermesslichem Hass direkt in die Augen. Finn wusste, nun war der Moment gekommen. Er würde sterben. Da zückte Harah auch schon seine Lanze und schleuderte sie mit kraftvollem Arm in seine Richtung. Ohne nachzudenken, sprang Pendo schützend vor ihn.

Der nächste Moment war der Schrecklichste, den die Gefährten und wohl auch die Bewohner Gans je erlebt hatten. Die Lanze fuhr Pendo mitten ins Herz. Als ob die Zeit mit einem Mal langsamer ging, sank sie zu Boden, direkt vor Finns Füße.

Alle schrien auf – die einen im Siegestaumel, die anderen vor Entsetzen. Finn, Chika und Joe wollten um Hilfe rufen, aber es wollte kein Ton hervorkommen. Sie waren wie betäubt.

Harah wandte sich Davina zu und sagte mit säuselnder Stimme: »Da hast du die Kinder! Ich brauche sie nicht mehr. Meine

Rache ist besiegelt mit dem Blut dieses Menschenkindes, der Trägerin eines Amulettes, und Gan gehört mir.«

Das Einhorn stieg auf die Hinterbeine und ergriff mit machtvoller Stimme das Wort: »Der Sieg mag der deine sein, aber du wirst ihn gewiss nicht kampflos bekommen.«

Im nächsten Moment stürmte die gesamte Armee auf Harah und die Schwarzalben zu. Menschen, Lichtalben, Bergmännchen und magische Tiere kämpften eine grausame Schlacht gegen die Schwarzalben und ihren Anführer, wie sie das Land des Lebens und des Friedens nie zuvor erlebt hatte: Zahlreiche Lichtalben stürzten sich mit ihren Schwertern auf Harah, der sich mit einer gespenstisch anmutenden Leichtigkeit verteidigte. Niemand konnte sich ihm nähern, geschweige denn ihn treffen. Ein dunkler Zauber schien ihn wie ein schützender Kokon zu umgeben. Gleichzeitig kämpften alle anderen gegen die finsteren Schwarzalben, die erhebliche Mühe hatten, sich gegen die große Anzahl ihrer Gegner zur Wehr zu setzen. Menschen und Lichtalben setzten ihnen mit Schwertern sowie Pfeil und Bogen zu. Das Einhorn ging mit seinem langen Horn auf sie los. Ein Bär zerschlug mit bloßer Faust die Lanze eines Schwarzalbs. Kleinere Tiere wie Mäuse, Ratten und Bieber bissen ihnen in die Beine. Sie alle wussten um die bereits besiegelte Niederlage, aber wenn sie und ihr Land schon untergehen sollten, dann zumindest nicht ohne Widerstand.

Inmitten des Kampfgetümmels, als ob sie überhaupt nichts damit zu tun hätten, knieten zwei Jungen und ein Mädchen neben ihrer Freundin, die reglos auf dem Boden lag. Still liefen ihnen die Tränen über die Wangen. Sie waren fassungslos und konnten sich nicht regen. Bis hierhin war ihnen ihr Aufenthalt wie ein großes Abenteuer vorgekommen, der Tod der Freundin aber zeigte ihnen die grausame Wirklichkeit.

Finn sprach nur leise vor sich hin:

Doch einer naht,
der die Hoffnung bewahrt.
Mit des Schöpfers Kraft
trägt er die Last,
und in größter Not
wird besiegt der Tod.

Die Worte der Prophezeiung fühlten sich schal in seinem Mund an. Sie machten keinen Sinn. Pendo hatte zwar die Last getragen – seine Last, denn offensichtlich wollte Harah ja ihn, Finn Petersen, treffen. Pendo hatte sich geopfert, damit er überleben konnte. Aber der Tod war trotzdem gekommen. Er wurde nicht besiegt. Pendo war tot und alle Hoffnung damit vergangen. Nur zu viert hätten sie die Quelle des Lebens wieder zum Fließen bringen können.

Joe erwachte aus seiner Erstarrung und begann laut zu schreien: »Pendo, wach auf. Du darfst nicht sterben!« Mit einem kräftigen Ruck zog er die Lanze aus ihrem Herzen und warf sie hinter sich. Er schüttelte Pendo, als ob er sie nur aufzuwecken brauchte.

Chika bat ihn tonlos: »Hör auf damit. Sie ist tot. Niemand kann ihr mehr helfen.«

Aus der tobenden Menge schälte sich eine Gestalt heraus. Es war Daniel, der auf sie zu gerannt kam. »Tu doch was, Finn!«, rief er verzweifelt. »Dein Schatz! Die Feder Äbrahs! Keine Not ist wohl größer als diese!« Er rannte weiter und stürzte mit einem leuchtenden Lichtalbenschwert bewaffnet auf den nächsten Schwarzalb zu.

Jetzt erst schienen die Gefährten zu bemerken, in welch gefährlicher Situation sie sich befanden. Um sie herum bildeten Menschen und Lichtalben einen dichten, schützenden Ring.

»Finn, hast du nicht verstanden?«, drängte Chika aufgeregt. »Die Feder, hol die Feder heraus, die Nebijah dir gegeben hat.«

»Aber was soll die jetzt noch bewirken?«, wollte Finn entgegnen, da griff Joe schon nach seiner Tasche.

»Lass! Ich mach ja schon«, giftete Finn ihn an. Vielleicht gab es ja doch noch Hoffnung. Er langte in seine Tasche, die er all die Tage so sorgsam unter seinem Umhang getragen hatte, und spürte es auch gleich in seiner Hand – das goldene Etui. Rasch öffnete er es und nahm die silbrig schimmernde Feder in die Hand. Er schloss kurz die Augen und streckte die Feder in die Höhe.

Zunächst geschah gar nichts. Aber nach ein paar Augenblicken begann die Feder hell zu leuchten. Ihr gleißendes Licht legte sich auf das Geschehen, das um sie herum tobte. Gleichzeitig war es, als ob die Feder ihnen die Ohren vor dem Kampf verschließen würde: Um sie herum war es auf einmal still.

»Seht nur!«, rief Chika verwundert. »Die Schwarzalben hören auf zu kämpfen. Sie ergreifen die Flucht. Was ist los?«

Die Lichtalben schrien: »Verfolgt sie, es darf keiner entkommen! Jagd ihnen hinterher.«

Auch Harah hörte auf zu kämpfen. Das gleißende Licht der Feder schien ihm Schmerzen zu bereiten. Da traf ihn auch schon ein Lichtalbenschwert an der Schulter. Er ließ seine Waffen fallen, breitete seine Hände aus und sagte mit donnernder Stimme: »Für heute habt ihr gewonnen. Aber ich komme wieder!« In diesem Moment traf ihn ein Pfeil in die Brust, den ein Bergmännchen auf ihn geschossen hatte. Harah schaute mit höhnisch grinsender Fratze in die Runde, zerfiel in unzählige schwarze Tropfen und verschwand.

Währenddessen hielt Finn immer noch die Feder nach oben gestreckt, und Chika und Joe schauten voller Verzweiflung auf ihre Freundin am Boden. Es war ihnen gleichgültig, was mit Harah geschehen war. Pendo war tot. Da hörten sie von Ferne ein lautes, durchdringendes Krächzen. Alle blickten suchend umher, bis jemand laut ausrief: »Dort, seht doch! Am Himmel!«

Sie erkannten ein helles Etwas am Horizont, das langsam näher kam. Es war ein Vogel, der laute, krächzende Töne von sich gab. »Der sieht mit seinem langen Hals wie ein Schwan aus, oder?«, fragte Chika, die nun ebenfalls zum Himmel aufschaute.

»Nein!«, rief Finn. »Das muss der Pelikan sein. Äbrah, der silberne Pelikan. Von ihm stammt doch die Feder«, sagte Finn.

»Es gibt ihn also wirklich«, staunte Joe.

Der Vogel kam näher und alle wurden still. Er sah tatsächlich einem Pelikan am ähnlichsten, wenn auch sein Schnabel etwas kürzer war. Sein helles Gefieder glänzte silbern im Sonnenlicht. Dies war kein gewöhnlicher Vogel, das spürten alle Anwesenden. Er strahlte etwas aus, das in ihren Herzen neue Hoffnung aufkeimen ließ. Es war, als ob sich mit seinem Erscheinen ein tiefer Friede über alles legte.

Der Pelikan setzte sich direkt neben Pendo. Erwartungsvoll schauten alle zu ihm hin. Äbrah aber beachtete die Menge gar nicht. Nur Pendo hatte er im Blick, die tot am Boden lag. Seine Augen füllten sich mit Tränen, und es erschien ihnen, als ob er um das Mädchen aus Südafrika trauern würde.

Chika nahm all ihren Mut zusammen und sagte leise und stockend zu ihm: »Kannst du unserer Freundin noch helfen? Harah hat sie mit seiner Lanze getötet.«

Nun schaute der Pelikan zu den drei Gefährten, die immer noch weinend neben Pendo knieten. Langsam senkte er seinen Kopf nach unten, so als ob er mit seinem Schnabel sein Federkleid ordnen wollte. Stattdessen aber begann er, sich in seine Brust zu picken. Immer tiefer pickte er hinein, bis das Blut über sein silbernes Federkleid rann. »Nein!«, schrie Chika laut auf und hielt sich die Hände vor den Mund. Hilfe suchend schaute sie zu ihren Gefährten und den Umstehenden. Aber keiner wagte es, sich zu rühren. Alle waren hin- und hergerissen zwischen der Erschütterung über das, was sie da sahen, und einer tiefen Ehrfurcht vor diesem Vogel, der alle Trauer und allen Schmerz in sich aufzunehmen schien.

Während er sich immer weiter in die Brust hackte, rückte der Vogel näher an Pendo heran und hievte seinen Brustkorb über ihre Wunde, damit sein Blut in sie hineinfloss. Der Vogel wirkte dabei äußerst geschwächt, alle Lebenskraft wich aus seinem

Körper, und dennoch schien er alle um sich herum zu beruhigen und zu trösten. Raue und kehlige Töne wie bei einem Sterbenden kamen aus seinem Schnabel. Nach einer kurzen Zeit, die Finn, Chika und Joe wie eine Ewigkeit vorkam, bewegte er sich wieder rückwärts, betrachtete erschöpft und traurig die vier Gefährten, breitete seine mächtigen Schwingen aus, hob sich mit einem kräftigen Flügelschlag empor und flog davon.

Chika, Joe, Finn und das Volk von Gan sahen ihm gebannt hinterher. Niemand achtete in diesem Moment auf Pendo. Da hörten sie auf einmal, wie jemand laut nach Luft schnappte. Sofort schauten alle herunter zu dem Mädchen, von dem das Geräusch offensichtlich gekommen war. Was sie nun sahen, konnten sie kaum glauben: Pendo lebte! Wo vorher die tödliche Verletzung war, war jetzt nur noch ein Loch in der Kleidung zu erkennen. Das Blut von Pendo und das des silbernen Pelikans Äbrah war gänzlich verschwunden. Noch etwas benommen blinzelte Pendo zu ihren Gefährten herauf: »Was ist passiert? Warum guckt ihr mich alle so an?«

Die anderen waren viel zu verwirrt, um ihr darauf antworten zu können. Sie schauten ihre Freundin nur mit großen Augen an.

Verdutzt über die Reaktion der Freunde sagte Pendo: »Ich weiß nur noch, wie alles plötzlich ganz dunkel wurde. Und dann sah ich ein helles Licht, das mich vollständig erfüllte. Glück durchströmte mich und alle Ängste fielen von mir ab. Es war so wunderschön! Und jetzt liege ich hier und nichts ist wie vorher. Wo ist Harah? Wo sind die Schwarzalben?«

»Das … das können wir dir auch nicht so genau sagen«, stammelte Finn. »Harah hatte dich mit seiner Lanze getötet, und dann kam der Vogel Äbrah und hat dich mit seinem Blut wieder lebendig gemacht.«

»Was?«, schrie Pendo, die nicht glauben konnte, was sie da hörte. »Ich wurde getötet? Was erzählt ihr denn da für einen Quatsch?«

Finn schwieg. Er konnte nicht weiterreden. Er war erschüttert über die plötzliche Wendung. Pendo, die durch Harahs Lanze getötet wurde, eine Lanze, die ganz offensichtlich für ihn bestimmt war, lebte. Sie war nicht mehr tot. Finn konnte nichts anderes tun, als sie zu umarmen. Er weinte vor lauter Freude. Auch die beiden anderen umarmten Pendo. Sie waren sprachlos und natürlich unglaublich glücklich. Am meisten aber wunderte sich Pendo, die kaum glauben konnte, was die Freunde berichteten.

Da trat die Lichtalbenfrau Elhadar zu ihnen und sagte: »Ihr Träger der Amulette, beeilt euch. Wir wissen nicht, ob der Feind fernbleibt, wenn der Vogel Äbrah nicht mehr hier ist. Ihr habt einen Auftrag.« Sie deutete auf den Tisch mit den vier Stühlen.

Die Freunde schauten einander an und nickten. »Ja, lasst uns zu dem Tisch gehen«, sagte Chika.

Sie stellten sich nebeneinander auf und fassten sich an den Händen. Feierlich schritten sie auf den Pavillon zu. Die strahlenden Gestalten der Lichtalben gingen zur Rechten und zur Linken neben ihnen her. Die Tiere, Menschen, alle Bergmännchen und die Baumgeister folgten ihnen. Keiner wagte zu sprechen, denn alle spürten, was für einen besonderen Moment sie hier erlebten.

Als sie bei dem prächtigen Pavillon ankamen, stellte sich jedes Kind hinter einen der Stühle. Das Einhorn, das sich direkt neben die Kinder gestellt hatte, erhob seine Stimme: »Ihr Bewohner von Gan, gelobt ihr, niemals wieder die Quelle der Lebensströme zu missachten und sie von nun an treu zu bewahren, damit sie zum Wohl unseres Landes und der ganzen Welt fließt?«

Wie aus einem Munde rief die Menge: »Wir geloben es!« Daraufhin knieten alle nieder.

Pendo, Chika, Finn und Joe setzten sich vorsichtig auf die Stühle, als ob diese jeden Moment unter ihrem Gewicht zusammenbrechen könnten, und holten ihre Amulette unter ihren Umhängen hervor. So wie in dem Haus Nebijahs, der Hüterin der vier Lebensströme, legten sie ihre Amulette in die Mulde auf dem Tisch. Sie passten genau hinein. »*Vier Ströme geben Leben und Kraft bis an die Enden der Erde*«, lasen sie hoffnungsvoll auf dem

Kreis, den die vier Amulette nun bildeten. Die Freunde blickten sich in die Augen und legten ihre Hände auf das Bild der vier Lebensströme. Sie ersehnten sich nichts mehr, als das Wasser der Quelle sprudeln zu hören.

Für ein paar Sekunden war es vollkommen still. Niemand wagte sich zu bewegen. Die Spannung war kaum zu ertragen. Da erhob sich eine Stimme aus der Menge der Wesen von Gan: »Seht doch! Die Statue!«

Was sie nun sahen, war überwältigend. Die Statue, die aus weißem Stein gehauen war, schien sich in pures Gold zu verwandeln. Auch der Pavillon mit dem Tisch und den Stühlen, auf denen sie saßen, wurden zu Gold. Es war, als ob alles um sie herum mit einer geheimnisvollen Kraft aufgeladen würde. Unter sich hörten die vier Gefährten ein durchdringendes Tosen.

»Das Wasser kommt!«, flüsterte Finn. »Ich kann es spüren.«

Im nächsten Moment sprudelte in der Schale der Statue das Wasser wie bei einem Springbrunnen in die Höhe. Alle sprangen auf und jubelten. Die Freude war schier grenzenlos. Selbst wenn der dunkle Harah jetzt wieder auftauchen würde, die Quelle könnte er nicht zum Versiegen bringen, denn diese unterlag einer viel höheren Macht. Das Wasser floss nun gleichmäßig an vier Stellen über den Rand der Schale in die dort befindlichen Kanäle. Die vier Lebensströme füllten sich langsam mit dem Leben spendenden Nass.

Bergmännchen, Menschen, Lichtalben, Baumgeister und Tiere stürzten sich auf die Träger der Amulette. Jeder wollte sich persönlich bei ihnen bedanken und sie umarmen. Und die vier Gefährten ließen es sich gerne gefallen. Sie konnten ihr Glück gar nicht fassen. Sie hatten ihre Aufgabe tatsächlich erfüllt! Die Quelle sprudelte wieder, die vier Lebensströme füllten sich neu, die Feinde waren besiegt … und Pendo war wieder lebendig.

Mitten im lauten Getümmel rief Pendo zu Joe: »Wir haben etwas vergessen!« Fragend schaute er sie an. Da hob sie ihre Hand, und die Menge wurde still.

»Unser Auftrag ist noch nicht erfüllt«, stellte Pendo fest. »Wir müssen zuerst aus den vier Lebensströmen trinken, damit wir die Leben spendende Kraft des Wassers zu uns nach Hause, zu den vier Enden der Erde bringen können. Denn nur wenn die Träger der Amulette von den Lebensströmen trinken, vereinigen sie sich mit den vier Enden der Erde, von denen sie kommen.«

»Lasst uns das gleich tun!«, rief Joe, der sich daran erinnerte, wie stürmisch er gleich zu Beginn ihres Abenteuers zu der Quelle gehen wollte, um daraus zu trinken. Damals hatte er nicht geahnt, wie gefährlich der Weg dorthin sein würde.

Gemeinsam gingen sie zur Statue und stellten sich an der Schale auf, aus der das Wasser floss. Menschen, Bergmännchen, Tiere, Lichtalben und Baumgeister schauten aus einigem Abstand ehrfürchtig zu. Es war ein besonderer Moment. Die meisten von ihnen kannten es nur aus alten Erzählungen oder aus Geschichtsbüchern. Aber nun standen die vier Träger der Amulette persönlich vor ihnen. Mit eigenen Augen konnten sie sehen, wie diejenigen, die seit ewigen Zeiten die Verbindung zwischen Gan und den vier Enden der Erde darstellten, aus den Lebensströmen trinken würden. Chika aus Asien stand an dem Kanal, der Richtung Osten zeigte. Der Kanal, an dem Pendo aus Afrika stand, führte in Richtung Süden. Joe aus Amerika stand im Westen und Finn aus Europa im Norden. Die vier Gefährten knieten sich ans Ufer der Kanäle, formten ihre Hände zu Schalen, mit denen sie das Wasser schöpften. Sie tranken aus der Quelle des Lebens. Es schmeckte, wie die vier für sich ganz überrascht feststellten, wie gewöhnliches Wasser, aber es erfrischte auf erstaunliche Weise. Neue Kraft schien ihnen zuzufließen, und alle Müdigkeit der vergangenen Tage war wie weggeblasen. Als sie sich wieder aufgerichtet hatten, knieten sich alle anderen hin und tranken ebenfalls von dem Wasser. Als ob die Quelle sich über diesen Moment, da die so unterschiedlichen Bewohner des Landes gemeinsam aus ihr tranken, besonders freuen würde, schien sie nun noch mehr Wasser zu spenden. Die Kanäle füllten sich vollständig, und wie durch ein Wunder begann alles aufzuleben: Die vertrocknete Rasenfläche, auf der sie alle standen, wurde innerhalb von wenigen Minuten wieder grün. Die Blumen wuchsen vor ihren Augen und erstrahlten in allen Farben. Im angrenzenden Wald bedeckte dichtes grünes Laub die Äste. In kürzester Zeit verwandelte sich die vormalige Ödnis in ein blühendes Paradies.

Kapitel 10

Die Hüterin der Lebensströme

In den vergangenen Tagen hatten Finn, Pendo, Chika und Joe so viel Dunkles und Bedrohliches erlebt; Angst und Verzweiflung hatten in einem nie geahnten Ausmaß von ihnen Besitz ergriffen. Die übersprudelnde Schönheit, die sie nun um sich herum sahen, konnten sie kaum fassen. Das Leben hatte gesiegt. Aber nicht nur die vier Gefährten waren überwältigt: Mit ihnen bestaunten auch alle Bewohner Gans das Wunder vor ihren Augen. Immerfort entdeckte jemand etwas Neues, auf das er die um ihn Herumstehenden aufmerksam machte. Selbst für die Bewohner des Zauberwalds war dieses Sprießen und Blühen ein außergewöhnliches Schauspiel.

Auf einmal aber verstummte die Menge und es wurde still. Die Gefährten schauten sich verwirrt um. Da bildete sich an einer Stelle in der Menge eine Gasse, die von der Quelle direkt zum Waldrand führte. Und dort, am äußersten Rand des Platzes, stand eine alte Frau – Nebijah, die Hüterin der vier Lebensströme.

Als sie den Weg entlangschritt, verneigten sich alle in scheuer Ehrfurcht vor ihr wie vor einer Königin. Finn, Pendo, Chika und Joe stellten sich am Ende des Weges unterhalb der goldenen Statue nebeneinander auf. Während ihrer abenteuerlichen Begegnungen mit den Schwarzalben und zuletzt mit Harah hatten sie kaum zu hoffen gewagt, das gütige Gesicht Nebijahs jemals wiederzusehen. Aber nun kam sie ihnen entgegen und lächelte die vier voller Stolz und Anerkennung an. Jedem von ihnen reichte sie mit einer anmutigen Geste beide Hände und stellte sich schließlich auf eine der Stufen, die zum Denkmal hinaufführten. Als die Kinder zu ihr und der goldenen Frauenstatue aufschauten, entdeckten sie eine erstaunliche Ähnlichkeit zwischen beiden. Es war, als ob die Figur eine Abbildung Nebijahs aus früheren Zeiten wäre.

Mit einer Handbewegung bat Nebijah um Ruhe. Ihre Augen ruhten liebevoll auf der Menge. Mit warmer, wohltuender Stimme begann sie zu sprechen:

»Volk von Gan. Es liegen wohl die schwersten Wochen hinter uns, die unser Land seit jeher erlebt hat.« Die Anwesenden blickten beschämt vor sich. Sie hatten mittlerweile verstanden, wie es zu dieser bedrohlichen Lage gekommen war. Jeder von ihnen war mit daran schuld.

»Ihr habt die Quelle missachtet«, sprach Nebijah weiter. »Ihr meintet, auf ihre Kraft verzichten zu können. Die Geschichten, die die Alten euch erzählt haben, hieltet ihr für Märchen. Selbst die Lichtalben, die die Traditionen unseres Landes so treu bewahren und pflegen, haben ihre tiefere Bedeutung vergessen. Nun aber seid ihr mit großer Sehnsucht zu ihr gekommen, habt mit all euren Kräften und in großer Eintracht für die Quelle gekämpft. Sogar die sprechenden Tiere und die Baumgeister aus dem Zauberwald, die seit langer Zeit im Verborgenen leben, sind herbeigeeilt. Heute habt ihr der Quelle der vier Lebensströme ganz neu die Treue versprochen. So hat sie sich euch wieder zugewandt und fließt nun prächtiger, als ihr und zahlreiche Generationen vor euch es jemals gesehen haben.

Ohne Hilfe von außen wäre dies aber niemals gelungen. Die Kluft zwischen euch und der Quelle war zu groß geworden. Die Träger der Amulette, vier Kinder, wie sie seit ewigen Zeiten immer wieder in unser Land kommen, um von den vier Lebensströmen zu trinken, eilten herbei und erklärten sich mutig bereit, uns zu helfen.« Die Anwesenden stimmten ein Jubelgeschrei an und ließen Chika, Pendo, Joe und Finn hochleben. Nachdem es wieder leiser geworden war, sprach Nebijah weiter.

»Ihr lieben Kinder, wir sind Euch zu größtem Dank verpflichtet. Es ist nicht vorstellbar, was ohne Euren heldenhaften Mut geschehen wäre. Vielleicht hätte es das Ende dieser Erde bedeutet, so wie wir sie kennen. Jeder von Euch hat auf seine Weise zur Rettung beigetragen: Chika vom östlichen Ende der Erde, Ihr habt Ängste und Sorgen überwunden. Weise habt Ihr alle Entscheidungen durchdacht und damit das Böse bekämpft. Chochuschuvio vom westlichen Ende der Erde, Ihr seid ein wirklich mutiger Junge. Eure Entschlossenheit hat Eure Gruppe vorangebracht.« Berührt schaute Joe nach unten. Er wusste, wie lästig sein Drängeln den Gefährten immer wieder gewesen war. Er freute sich umso mehr über das Lob Nebijahs.

»Finn vom nördlichen Ende der Erde, Euer Wissensdrang hat Euch alle wesentliche Schritte vorangebracht. Eine alte Prophezeiung wurde Euch gezeigt, und Fähigkeiten der Menschen, die seit langer Zeit niemand mehr für möglich hielt, habt Ihr wiederentdeckt.«

»Was für eine Prophezeiung?«, murmelten die anderen Finn zu.

»Ähm – das erkläre ich euch später«, flüsterte Finn zögerlich. Es war ihm peinlich, dass die Gefährten durch Nebijah von der Prophezeiung erfahren hatten.

»Und nicht zuletzt Pendo vom südlichen Ende der Erde. Eure Sorge um die Gefährten hat Euch bewahrt vor manchem Schaden. Aus Liebe ward Ihr sogar dazu bereit, bis in den Tod zu gehen. Solche Liebe ist stärker als die Mächte der Finsternis. Solche

Liebe kennt Harah nicht und auch nicht seine finsteren Gesellen, die Schwarzalben. Aber …«, Nebijah hielt kurz inne, »… den Tod kann auch diese Liebe nicht bezwingen. Und damit sind wir beim düstersten Kapitel unserer Geschichte. Harah, der einstmals der strahlende Lichtalb Me'ir war, wollte Rache nehmen an unserem Land. Er hatte die Verbannung aus Gan nie verwunden. Als die Quelle versiegt und der uns vor dem Bösen schützende Zauber gebrochen war, kam er mit seinen finsteren Gesellen hierher, um seine Dunkelheit über uns allen auszubreiten. Er wähnte sich schon am Ziel, denn keiner konnte die Quelle wieder zum Fließen bringen und damit den Zauber erneuern. Aber da kamt Ihr zur Hilfe. Harah erkannte sofort, wie gefährlich Ihr seinen Plänen werden konntet. Also musste er wenigstens einen von Euch töten. Ja, der Tod von nur einem hätte genügt, um die Quelle für immer sterben zu lassen. Als Pendo, getroffen von seiner Lanze, tot am Boden lag, glaubte Harah sich deshalb am Ziel.«

Pendo fasste sich ungläubig an die Stelle ihres Umhangs, wo das Loch als einzige Spur des tödlichen Angriffs noch zu sehen war. Sie war also tatsächlich getötet worden. Sie konnte das immer noch nicht fassen.

»Der Kampf zwischen unserer Armee und Harah mit seinen Schwarzalben war zwar mutig und heldenhaft, hätte aber nicht mehr sein können als ein letztes kleines Aufbegehren vor dem Untergang. An dem Sieg Harahs hätte er nichts geändert, denn alle Hoffnung war zunichte. Doch dann geschah das für ihn völlig Unerwartete: Er, der immer nur an die eigene Stärke und Überlegenheit glaubte, musste sich vor einem Wesen beugen, das er für ein Kindermärchen gehalten hatte. Nun sah er ihn, den silbernen Pelikan, von dem uns die uralten Legenden berichten. Der Vogel Äbrah! Seine bloße Gegenwart vertreibt alles Böse. Die Schwarzalben ertrugen seine Nähe nicht, und selbst Harah musste die Flucht ergreifen vor diesem Vogel aus alter Zeit. Dann vergoss Äbrah vor Euren Augen sein eigenes Blut, damit Pendos Blut wieder fließen konnte. Er nahm ihren Tod auf sich.«

Alle erinnerten sich an den schrecklichen Moment, als Pendo tot am Boden lag und der große Vogel kam, um sein Blut in ihre Wunde fließen zu lassen. »Was ist aus ihm geworden?«, fragte Pendo die Hüterin.

»Das wissen wir nicht. Er ist doch wieder davongeflogen«, sagte Chika ungeduldig.

Nebijah aber verstand den tieferen Sinn der Frage: »Ich weiß nicht genau, was mit ihm geschehen ist. Auch ich hatte Äbrah noch nie zuvor gesehen. Nur seine Feder habe ich all die Jahre als heiligen Schatz unseres Landes aufbewahrt. Die Legende aber sagt: Äbrah, der silberne Pelikan, ernähre seine Kinder mit seinem Blut, damit diese leben können. Ihn selbst kostet es das Leben.« Die vier Gefährten und alle anderen waren über diese Nachricht erschrocken. Sollte dieser herrliche Vogel, der stärker war als alle finsteren Mächte, jetzt wirklich tot sein?

Nebijah schaute die Kinder mit traurigen Augen an. Finn aber begann die Botschaft der alten Prophezeiung zu verstehen.

Doch einer naht,
der die Hoffnung bewahrt.
Mit des Schöpfers Kraft
trägt er die Last,
und in größter Not
wird besiegt der Tod.

Nicht er und auch keiner seiner Freunde brauchte zu sterben, damit das Böse besiegt würde. Auch Pendos Tod wäre nicht nötig gewesen. Äbrah war es, der die Last trug und den Tod besiegte.

»Volk von Gan! Der silberne Pelikan hat seinen Auftrag, der ihm vor Urzeiten gegeben wurde, erfüllt. Ewig gilt ihm unser größter Dank«, sagte Nebijah feierlich. »Ebenso wollen wir aber auch diesen Trägern der Amulette danken. Durch ihren Mut konnte das schlimmste Unheil von uns abgewendet werden.«

Die Menge der Tiere, Menschen, Lichtalben, Zwerge und Baumgeister applaudierte und jubelte. Nebijah lächelte und bat noch einmal um Ruhe.

»Allerdings dürfen wir uns nichts vormachen«, mahnte sie. »Gan wird nie wieder so sein wie zuvor. Ich habe im Wald gesehen, wie Truppen der Lichtalben die Schwarzalben und andere böse Kreaturen eingefangen haben, die in unser Land eingedrungen waren. Jetzt, wo die Quelle wieder fließt, sind sie geschwächt und lassen sich leichter besiegen, aber wir werden unmöglich alle vertreiben können. Auch Harah werden wir vermutlich nicht finden. Er ist vor euren Augen einfach verschwunden, und keiner weiß, wohin. Er wird vorgesorgt haben. Und er wird weitere Pläne gegen unser Land schmieden und nicht eher ruhen, bis er seine Rache gefunden hat. Das Böse wird von nun an auch weiterhin in unserem Land leben. Seht euch also vor.«

Nebijahs ernste Worte trübten die Freude über den Sieg. Alle hätten es sich gewünscht, in Gan wieder so wie früher leben zu können, doch nun begann wohl eine neue Epoche für das Land. Während alle Anwesenden diesem Gedanken nachhingen und überlegten, wie die Veränderung sich auswirken würde, trat ein Lichtalb zu Nebijah, verneigte sich vor ihr und flüsterte ihr etwas ins Ohr.

»Ah, sehr gut«, sagte Nebijah und lächelte geheimnisvoll den vier Gefährten zu. »Es gibt noch zwei weitere Personen, denen unser ganzes Volk zu Dank verpflichtet ist.«

Joe, Chika, Pendo und Finn wussten gleich, wer gemeint war und schauten sich suchend um. An einer Stelle tat sich wieder ein Weg durch die Menge auf und da sahen sie die beiden: Alfrigg, das Bergmännchen, und hinter ihm, von zwei Lichtalben gestützt, Alon.

Nun gab es für die Kinder kein Halten mehr. Sie vergaßen die feierliche Stimmung und rannten auf die beiden zu. Sie umarmten das Bergmännchen, dem das offensichtlich etwas peinlich zu sein schien, und auch Alon, ihren treuen Führer. Joe und Finn boten Alon ihre Schultern an und stützten ihn auf dem Weg zu Nebijah. Auch ihnen reichte die Hüterin der Lebensströme die Hände.

»Alfrigg und Alon, Ihr Helden von Gan, seid willkommen. Alfrigg aus dem Reich der Bergmännchen, ohne Eure Hilfe hätten die Trägerinnen und Träger der Amulette niemals die Wege durch die unbekannte Unterwelt gefunden. Selbstlos habt Ihr Euch zum Gefangenen der Schwarzalben gemacht, damit die Träger der Amulette fliehen konnten.« Mit einem strahlenden Lächeln sagte sie: »Danke.« Für das Bergmännchen gab es nun einen tosenden Applaus, den es mit Tränen in den Augen in Empfang nahm.

»Unser Dank gilt auch König Auberon, der sein Reich geöffnet hat, damit die vier Gefährten sicher ein Stück des Weges zurücklegen konnten. Übermittelt ihm unseren Dank und unsere Anerkennung. Ihr müsst wissen, ihr Bewohner Gans, auch unter der Erde hat es Kämpfe mit den Schwarzalben gegeben. Als der Kampf hier an der Quelle entbrannt war, begannen alle Bergmännchen gleichzeitig gegen die Schwarzalben zu kämpfen. Auch dort wurden sie besiegt.«

Nach dieser guten Nachricht waren die mahnenden Worte Nebijahs wieder vergessen. Die Freude über den Sieg der Bergmännchen in der unterirdischen Welt war zu groß.

Nachdem Nebijah sich erneut Gehör verschafft hatte, sprach sie: »Und nun zu Euch, Alon.« Der Waldhüter verneigte sich, soweit es seine Verletzung zuließ.

»Euer Mut ist beispiellos. Selbstlos habt Ihr diese Kinder begleitet und alles Euch Mögliche getan, um sie zu schützen. Ihr habt gekämpft gegen böse Bergmännchen und Menschen und auch gegen die Schwarzalben, die von den vier Enden der Erde kommend in unser Land eingedrungen waren. Ihr wurdet im Kampf schwer verletzt, und es war Euch nicht mehr möglich, die Kinder das letzte Stück ihres schweren Weges zu begleiten. Aber wie ich gehört habe, habt Ihr selbst in dieser Verfassung mit Eurem Bogen noch einige Schwarzalben zur Strecke gebracht. Danke für Euren heldenhaften Mut.« Und zur versammelten Menge gewandt sagte Nebijah: »Danke euch allen, die ihr so tapfer gekämpft habt.« Erneut brach die Menge in Jubel aus und ließ den Waldhüter hochleben.

»Nun aber genug der Worte. Lasst uns feiern. Wir wollen uns freuen über den Sieg, den wir heute errungen haben.«

Nebijah schaute verschmitzt in die Runde. »Die Waldgeister, die als Erste vom Sterben bedroht waren, da der Wald zu verdursten schien, wollen sich bei uns allen für die Rettung bedanken.«

Nebijah klatschte in die Hände. Da traten von allen Seiten weitere Waldgeister aus dem Wald. Sie brachten Decken und Sitzkissen und servierten im Nu allen Kämpferinnen und Kämpfern ein köstliches Festmahl, wie es noch nie zuvor in Gan eines gegeben hatte. Alle ließen sich nieder, nahmen begierig von den köstlichen Speisen und Getränken und begannen, miteinander den Sieg zu feiern.

Pendo, Chika, Finn und Joe setzten sich mit Alfrigg und Alon zusammen, auch Daniel und Davina riefen sie zu sich. Alon sagte: »Kinder, ihr habt es wirklich geschafft. Ist das nicht wunderbar?«

»Wir alle haben es geschafft, Alon. Du auch«, verbesserte Chika.

»Für mich war es eine Ehre, euch bei dieser großen Aufgabe helfen zu dürfen.«

»Das gilt für uns alle«, beteuerten Alfrigg, Davina und Daniel.

Finn war neugierig: »Ich würde furchtbar gerne hören, wie es euch ergangen ist, nachdem wir uns getrennt haben. Alfrigg, erzähl doch bitte!«

Alfrigg wurde sehr ernst. »Ich bin ja nun wirklich kein Feigling. Aber diese Schwarzalben …« Die Kinder merkten, wie schwer es ihm fiel, über die Ereignisse in den Stollen zu sprechen. »Also, nachdem wir gemeinsam durch die Felswand gelangt waren, habe ich mich gleich zwischen euch und die Schwarzalben gestellt, damit wenigstens ihr ans Ziel kommt. In diesem Moment sah ich nur ihre rot glühenden Augen. Das Gefühl der Angst überwältigte mich. Sie haben sich sofort auf mich gestürzt. Euch hatten sie tatsächlich nicht bemerkt. Ich wurde gleich gefesselt und dann mit schwerer Bewachung zu den anderen Bergmännchen, die ihr auch in den Stollen gesehen habt, gebracht. Ich sollte Gold und Edelsteine ausgraben. Wie Sklaven haben sie uns schuften lassen. Es waren grauenhafte Tage. Oh, wie ich diese Schwarzalben hasse! Sie sind schrecklich. Als die Quelle wieder zu fließen begann, haben wir das sofort gemerkt, denn die Schwarzalben verloren auf einmal ihre geheimnisvolle Kraft über uns. Sie verbreiteten keine Panik mehr. Schon bald wurden wir von anderen Bergmännchen befreit und begannen, mit ihnen gemeinsam gegen die Schwarzalben zu kämpfen. Oh, was hatte ich auf diesen Moment gewartet! Wir haben einen großen Sieg davongetragen.«

»Das ist großartig«, juchzte Chika und klatschte begeistert in die Hände. Die anderen stimmten ihr freudestrahlend zu.

Pendo aber hatte noch etwas anderes auf dem Herzen: »Lieber Alfrigg, ich möchte dir noch einmal Danke sagen. Wenn du nicht zu den Schwarzalben gerannt wärst, hätten sie uns gefangen genommen. Ich habe mir seitdem solche Sorgen um dich gemacht. Der Gedanke, dass du für uns dieses Leid auf dich genommen hast, hat mich fast zerrissen.«

Alfrigg brummelte leise vor sich hin. Er wusste nicht so recht, was er antworten sollte. Da sagte Alon: »Aber Pendo, hast du denn nicht das Gleiche getan?«

Pendo war im ersten Moment über diesen Hinweis Alons erstaunt, griff dann aber unwillkürlich an das Loch in ihrer Kleidung und schaute zu Finn.

»Weißt du«, erklärte ihr Alon, »wenn Gefährten ein gemein sames Ziel verfolgen, sind sie bereit, sich für den anderen einzusetzen. Das hat Alfrigg getan und das hast auch du getan.«

Alfrigg, der bei diesem Gespräch schon ganz rote Wangen bekommen hatte und wie eine Tomate mit Zipfelmütze aussah, sagte: »Ähm, Alon, ich denke, *du* solltest nun berichten.«

»Ehrlich gesagt gibt es da nicht viel zu erzählen. Wie ich vermutet hatte, kamen tatsächlich noch einige Schwarzalben den Weg entlanggeflogen. Sie wollten zur Quelle eilen, um sich dort mit Harah und dem Rest ihrer Meute zu versammeln. Einige von ihnen konnte ich mit dem unglaublich treffsicheren Bogen der Lichtalben abschießen. Normalerweise greife ich nicht von mir aus an. Selbst wenn ich ein Tier im Wald erlegen muss, macht mich das traurig. Aber diese finsteren Kreaturen …« Er beendete seinen Satz nicht. Vielleicht erschrak er vor seinen eigenen Gedanken. »Es kamen aber nicht nur Schwarzalben vorbei. Das ganze Land schien auf den Beinen zu sein. Tiere sprachen mich plötzlich an – außerhalb des Zauberwaldes! Ich konnte es kaum glauben. Es kamen auch Lichtalben und Menschen den Weg entlang. Jedem erzählte ich, sie sollten schnellstmöglich zur Quelle gehen, um euch beizustehen.«

»Dann hast du diese Armee hier zusammengetrommelt?«, fragte Joe.

»Nein, das nicht. Aber vielleicht durfte ich dem einen oder anderen den Weg weisen.«

»Wer die Armee zusammengerufen hat, können wir euch sagen«, meldete sich Daniel zu Wort. »Die Armee wurde von der Hüterin der Lebensströme höchstpersönlich zusammengestellt. Überall hat sie ihre Botschaften hingeschickt, und alle sind ihrem Ruf gefolgt.«

Alon fuhr fort: »Lichtalben haben mich schließlich verarztet und mit hierher genommen. Das war's. Mehr habe ich nicht zu erzählen.«

Nun begannen Joe, Pendo, Chika und Finn von ihren Abenteuern zu erzählen. Ihre Freunde kamen aus dem Staunen nicht heraus. Als sie Alfrigg von ihren Erlebnissen im Schloss der Lichtalben berichteten, erzählte Finn von der Prophetie in der Bibliothek.

»Warum hast du uns das nicht erzählt?«, fragte Joe empört, der sich noch gut an das seltsame Verhalten Finns nach seinem Besuch in der Bibliothek erinnern konnte.

»Nun ja, ich wollte in Ruhe darüber nachdenken. Ich musste das erst einmal verdauen. Und dann hatte ich das Gefühl, euch damit nur unnötige Sorgen zu machen. Ich dachte immer, einer von uns müsste sterben. Das konnte ich unmöglich erzählen.«

»Du hättest es aber erzählen müssen. Wir gehören doch zusammen und haben seit unserer ersten Begegnung immer alles zusammen gemacht«, entgegnete Pendo. Finn entging der vorwurfsvolle Unterton in ihrer Stimme nicht.

»Es tut mir leid. Ihr habt ja recht.«

Am Ende ihres Berichts sagte Joe etwas enttäuscht: »Aber wirklich gekämpft haben wir nicht. Außer bei dem kurzen Zusammenstoß mit den Schwarzalben vor der Höhle haben wir unsere genialen Lichtalbenwaffen nicht gebraucht.«

Da sagte Nebijah, die unbemerkt zu ihnen getreten war: »Wenn Ihr diese Art Waffen hättet gebrauchen sollen, hätte ich sie Euch zu Beginn Eures Abenteuers überreicht. Nein, Eure Aufgabe war nicht der Kampf. Ihr solltet die Quelle wieder zum Fließen bringen. Deshalb waren Eure Waffen ganz andere. Genau genommen waren sie viel mächtiger.«

Joe biss sich auf die Lippen und schaute verlegen nach unten.

»Die Waffen, die ich Euch an die Hand gegeben habe, konntet Ihr nicht mit Eurer eigenen Kraft einsetzen wie ein Schwert oder einen Bogen. Sie haben Euch vielmehr gezeigt, wie wenig in Euren Händen liegt und wie abhängig Ihr von einer höheren Macht seid.

Pendo, Euch habe ich Jakar anvertraut, den Diamanten, der den Habgierigen in Stein verwandelt. – Nebenbei bemerkt«, sagte Nebijah augenzwinkernd, »die Statuen der Seeräuber wurden schon außer Landes gebracht. Wenn sie auf ihrem Schiff wieder zum Leben erwachen, werden sie alles für einen bösen Traum halten.« Die Kinder lachten vergnügt. Das gefiel ihnen.

»Chochuschuvio, Ihr erhieltet von mir die Kerze Orah, die immer die Wahrheit ans Licht bringt. Die List der Zwerge habt Ihr mit ihrer Hilfe durchschaut. Auch sie habe ich außer Landes schaffen lassen.« Alfrigg grunzte vor Freude über diese Nachricht.

»Chika, Ihr bekamt den Spiegel Marah, mit dem Ihr Wege aus großer Gefahr gefunden habt – Wege, die ein menschliches Auge nicht sehen kann. Um die Kräfte dieser drei Schätze wusste ich. Schon vor Euch haben sie Menschen gebraucht. Aber am geheimnisvollsten erschien mit der vierte Schatz: die Feder des silbernen Pelikans Äbrah. Viele Legenden ranken sich um diesen Schatz. Ich war mir ehrlich gesagt nicht sicher, ob wirklich etwas passiert, wenn Ihr, Finn aus den nördlichen Landen, sie in die Hand nehmt. Menschen vor Euch hatten sie schon zu gebrauchen versucht, aber nie ist etwas passiert. Vielleicht hat es etwas mit den geheimnisvollen Fähigkeiten der Menschen zu tun, die Ihr wiederentdeckt habt. Ich weiß es nicht. Jedenfalls konntet Ihr als Erster den silbernen Pelikan herbeirufen.«

Finn dachte über die Fähigkeiten nach, von denen Nebijah sprach: Würde er sie auch in Zukunft haben – auch daheim in »seiner« Welt? Wäre es ihm auch weiterhin möglich, durch Wände zu gelangen? Er wagte es nicht, laut danach zu fragen, obwohl ihm viele Fragen auf der Zunge lagen. Vielleicht könnte er ja noch einmal in die Bibliothek auf Schloss Birah gehen, um sie nach weiteren Informationen zu durchforsten?

»Nun sollt Ihr aber feiern. Die Lebensquelle fließt wieder!«, sagte Nebijah und verließ die Kinder und ihre Freunde.

»Lasst uns noch etwas umhergehen«, schlug Joe vor. »Wir können doch nicht von hier weggehen, ohne ein sprechendes Einhorn, die Waldgeister und all die andern Lebewesen in Gan kennengelernt zu haben.«

»Au ja«, stimmten die anderen begeistert zu und zogen gleich los. Sie trafen aber nicht nur die ihnen noch fremden Wesen, sondern auch alte Bekannte wie die Wasserratte und die Bergmännchen, die sie befreit hatten. Auch der Lichtalb Elbachur kam auf sie zu. Die Kinder waren rundum glücklich und ausgelassen und genossen die Freundlichkeit der Bewohner Gans. Sie sogen die wunderbare Stimmung auf dem Platz rund um die Statue in sich auf, hatten sie doch in den letzten Tagen so viele Ängste und Sorgen ausgehalten.

Spät in der Nacht aber kam Nebijah auf sie zu: »Ihr Hüter der Amulette, es ist nun Zeit zu gehen.«

Alle vier wollten ihr widersprechen. Wie gerne wären sie noch geblieben und hätten mehr über Gan und seine Bewohner erfahren, alte Geschichten gehört und noch Stunden den Sieg über Harah gefeiert, aber sie sahen an Nebijahs Gesichtsausdruck, dass es zwecklos war zu widersprechen. Sie mussten wirklich aufbrechen. So verabschiedeten sie sich von Alfrigg und Alon sowie Daniel und Davina. Dann stellten sie sich mit Nebijah in einem Kreis auf und fassten sich an den Händen. Ein letztes Mal schauten sie auf die Quelle des Lebens, die vier Lebensströme und auf das versammelte Volk von Gan, das sich immer noch von den ausgelassenen Baumgeistern verwöhnen ließ. Plötzlich entdeckte Finn den alten Lichtalb, der ihm in der Bibliothek des Schlosses begegnet war. Der Alte schaute ihm versonnen und wissend in die Augen und lächelte ihn dann milde an. Im nächsten Moment tauchte vor Finns Augen die schon vertraute goldene Kugel auf und die vier verließen den Ort, dem sie tagelang entgegengeeilt waren.

Kapitel 11

Die Rückkehr

Im nächsten Moment fanden sich die Gefährten mit Nebijah in dem Haus wieder, in dem sie in Gan angekommen waren. Es schien ihnen eine Ewigkeit her zu sein, seit sie sich zum ersten Mal in dem gold- und silberfarbenen Raum getroffen hatten. Nichts hatte sich verändert. Alles war so friedlich wie zuvor.

»Wenn ich bedenke, wie viele Tage wir gebraucht haben, um zur Quelle zu kommen … und jetzt sind wir innerhalb von einer Sekunde zurückgekehrt! Hätten wir nicht auf demselben Weg zur Quelle hinreisen können?«, fragt Joe irritiert.

Bevor Nebijah antworten konnte, entgegnete Chika: »Die Quelle hätte dann bestimmt nicht zu fließen begonnen. Sie wollte unseren aufrichtigen Wunsch spüren.«

»Und dieser Wunsch«, ergänzte Pendo versonnen, »ist eigentlich erst auf dem Weg zur Quelle in uns gewachsen. Meint ihr nicht auch?«

»Das habt ihr sehr gut erkannt!«, lobte Nebijah die Mädchen. »Die Quelle fließt nicht aufgrund eines bestimmten Kommandos. Sie möchte von Herzen gewollt sein. Nur das aufrichtige und sehnsüchtige Herz konnte sie aus den Tiefen der Zurückgezogenheit herauslocken.«

»Es war also gar nicht sicher, ob die Quelle wieder zu fließen beginnt, wenn wir unsere Amulette in den Tisch legen?«, fragte Finn.

»Das ist richtig.«

Die vier schauten einander staunend an.

»Nebijah, ich habe noch eine Frage«, sagte Joe.

»Nur zu, Chochuschuvio aus den westlichen Landen.«

»Du hast vorhin gesagt, Gan würde nie wieder so sein wie früher. Was heißt das? Wie wird es mit Gan weitergehen?«

»Das ist eine sehr kluge Frage, auf die es aber keine einfache Antwort gibt. Auf der einen Seite hat das Volk von Gan manches in den letzten Tagen wiederentdeckt, was keiner für möglich hielt. Die Tiere des Zauberwaldes und die Baumgeister, die viele Jahrzehnte im Verborgenen lebten, sind in die Gemeinschaft zurückgekehrt. Aber auch Lichtalben, Menschen und Bergmännchen haben sich in der Not verbündet, obwohl sie sonst einander doch etwas misstrauisch gegenüberstehen. Wenn das Volk von Gan es schafft, diese Gemeinschaft auch in Zukunft zu leben, wird es die Kraft haben, dem Bösen zu widerstehen. Andererseits wird unser Land Euren Ländern ähnlicher werden, denn finstere Mächte leben nun auch hier. Es wird uns nicht gelingen, alles Böse, das in den letzten Tagen eingedrungen ist, wieder zu vertreiben. Der Kampf wird also weitergehen. Wie er aussehen wird? Ich weiß es nicht. Alte Prophezeiungen unseres Landes verheißen uns schwere Tage.«

Die Kinder lauschten nachdenklich den Worten Nebijahs. Sie hatten ihr Ziel erreicht, und dennoch war nichts mehr wie vorher.

»Jetzt ist es Zeit, zurückzukehren«, unterbrach Nebijah ihre Gedanken. »Wenn Ihr an den vier Enden der Erde ankommt, wird dort keine Zeit vergangen sein.«

Bevor Nebijah vor ihren Augen verschwand, fragte Finn noch schnell: »Aber Nebijah, werden wir uns wiedersehen? Dürfen wir noch einmal zurückkehren?«

Sie lächelte ihn an: »Diese Frage vermag ich nicht zu beantworten. Der Schöpfer der Lebensströme ist es, der die Träger der Amulette ruft. Ich bin nur ihre Hüterin. Lebt wohl!«

Nebijah verneigte sich vor ihnen, und im nächsten Moment zerfiel sie in viele kleine goldene Tröpfchen und war verschwunden.

Chika sagte traurig: »Jetzt sind wir wohl am Ende unseres Abenteuers angelangt. Wirklich schade! Ob wir uns jemals wiedersehen?«

»Warum nicht?«, sagte Finn. »Wir leben zwar auf verschiedenen Kontinenten, aber nicht in verschiedenen Welten, oder? Wir können doch in Kontakt bleiben.« Schnell tauschten sie ihre Adressen aus. Der Gedanke, sich schreiben zu können oder sogar miteinander zu telefonieren, beruhigte sie zwar, machte den Abschied von den neu gewonnenen Freunden aber nicht leichter. Sie hatten so vieles miteinander erlebt und hätten einander noch so viel zu sagen gehabt, aber nun mussten sie Gan verlassen. Sie hatten die Aufgabe zu erfüllen, die Hunderte von Trägern der Amulette vor ihnen schon erfüllt hatten: die Leben spendende Kraft der Quelle des Lebens an die Enden der Erde zu bringen.

So verabschiedeten sie sich herzlich voneinander und jeder ging in den Raum, in dem er vor nicht mal einer Woche in Gan angekommen war. Alle mussten lächeln, als sie die Tapeten in ihren Räumen sahen, denn sie verstanden nun ihre Bedeutung: Pendos Tapete, bestickt mit unzähligen glitzernden Edelsteinen, erinnerte an Jakar. Chikas Raum war geschmückt mit vielen Spiegeln, die sie gleich an Marah denken ließen. Joes Tapete mit den brennenden Kerzen rief ihm das Abenteuer mit den Zwergen in Erinnerung, das die vier Freunde nur mithilfe der Kerze Orah bestehen konnten. Und in Finns Raum stellte die wunderschöne Dekoration mit silbernen Federn und Vögeln den Vogel Äbrah dar.

Finn setzte sich auf sein Bett. Er konnte sich noch nicht von diesem Ort lösen. Er wollte die Atmosphäre des Raumes in sich aufsaugen und die Ereignisse der vergangenen Tage nachklingen lassen. Erst allmählich wurde er sich einer tiefen Sehnsucht gewahr: Er wollte zurück zu seinen Eltern – und natürlich zu Großvater, der wohl der Einzige war, mit dem er sein Abenteuer würde teilen können.

Finn nahm seinen Schlafanzug, der unberührt an derselben Stelle lag, wo er ihn vor ein paar Tagen hinterlassen hatte, und zog ihn an. Alles, was nach Gan gehörte, auch das goldene Etui mit der Feder des Pelikans Äbrah, legte er stattdessen auf den Stuhl.

Er ging ins Bett und fasste mit beiden Händen an sein Amulett, genau wie damals, als er nach Gan gekommen war. Es fing sofort an, sich zu erwärmen und hell zu leuchten. Der Stein zitterte, und im nächsten Moment füllte sich der ganze Raum mit einem gleißenden Licht. Finn hörte den lauten Knall, glitt einige Zeit schwerelos durch das helle Licht, hörte erneut einen Knall und lag wieder auf seinem Bett in der Dachmansarde seiner Großeltern.

Gerade wollte er tief durchatmen, da hörte er lautes Gepolter auf der Treppe. Erschrocken sprang er auf und warf dabei den Stuhl neben seinem Bett um. Da flog auch schon die Tür auf, und sein Vater stand im Türrahmen, hinter ihm der Großvater.

»Was war denn *das* für ein Krach?«, fragte der Vater aufgebracht.

Finn wusste nicht so recht, was er sagen sollte. »Ähm, mir ist der Stuhl umgekippt.«

»Das hörte sich eher an, als wäre der ganze Schrank umgekippt!« Finns Vater schaute sich suchend im Zimmer um. »Aber es scheint ja nichts Schlimmes passiert zu sein«, sagte er, schon etwas ruhiger, drehte sich um und ging kopfschüttelnd nach unten.

Finns Großvater aber stand in der Tür und sagte seltsam bewegt: »Wir sollten morgen wohl einen ausführlichen Spaziergang am Deich entlang machen, Junge.«

Finn lächelte ihn nur an und sagte: »Ja, Großvater, das sollten wir.«